KB237472

파멸왕

우각 신무협 장편소설
ORIENTAL FANTASY STORY & ADVENTURE

십지신마록(十地神魔錄) 3부

4

dream
books
드림북스

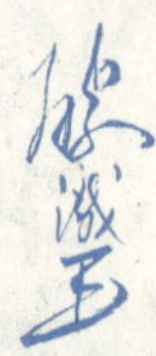

파멸왕 4
북방패왕(北方霸王)

초판 1쇄 인쇄 / 2010년 7월 2일
초판 1쇄 발행 / 2010년 7월 12일

지은이 / 우각

발행인 / 오영배
편집장 / 김경인
편집 / 윤대호, 신동철, 신경선
펴낸 곳 / (주)삼양출판사 · 드림북스

주소 / 서울특별시 강북구 미아8동 322-10호
대표 전화 / 02-980-2112 팩스 / 02-983-0660
편집부 전화 / 02-980-2116 팩스 / 02-983-8201
블로그 / blog.naver.com/dreambookss

등록번호 / 제9-00046호
등록일자 / 1999년 3월 11일

ⓒ 우각, 2010

값 8,000원

ISBN 978-89-542-3822-9 04810
ISBN 978-89-542-3767-3 (세트)

십지신마록(十地神魔錄) 3부
파멸왕
4
북방패왕(北方覇王)
우각 천무협 장편소설
ORIENTAL FANTASY STORY & ADVENTURE
dream
books
드림북스

목차

제 1장
북풍대주(北風隊主)

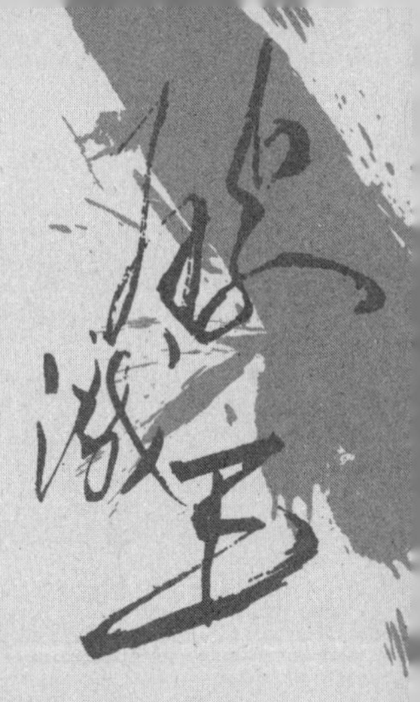

북풍(北風).

분명히 깃발에는 그렇게 쓰여 있었다. 금실로 수놓은 두 글자가 유난히도 빛나고 있었다.

합아륵과 회천호가 동시에 앓는 듯한 음성을 흘렸다.

"북풍대."

"대막의 무법자. 북풍……대."

사막의 구릉 위에 넓게 도열해 있는 삼백 명의 사내들. 각궁과 환도로 무장한 그들의 몸에서는 패도무쌍한 기운이 흘러나오고 있었다.

그 한 명, 한 명의 기세는 그다지 인상적인 것이 아니었다.

하지만 하나, 하나가 모여 수십 명을 이루고, 그 수십 명이 다시 수백 명이 되었을 때 그들의 기세와 존재감은 기하급수적으로 불어났다.

간혹 이런 무리가 있었다. 개인일 때보다 단체일 때 더욱 큰 힘을 발휘하고, 수십, 수백 명이 마치 하나의 생명체인 듯 서로의 기운을 북돋아주고 동조하는 무리들이.

북풍대는 그런 단체였다. 그 한 명, 한 명의 힘은 결코 회천호나 합아륵에 비할 수는 없지만, 삼백 명이 모두 모인 그들의 파괴력과 존재감은 상상할 수 없을 만큼 엄청났다.

합아륵과 회천호 같은 절대의 무인들조차 그들의 존재감에 피부가 아파올 정도였다.

합아륵이 으르렁거리듯 입을 열었다.

"너의 군대라고?"

"그래! 나의 군대다."

"북풍대가 너의 군대란 말이냐?"

철군패는 두 번 대답하지 않았다.

대답은 엉뚱한 곳에서 터져 나왔다.

"망할 놈! 도대체 누가 너의 군대란 말이냐?"

카랑카랑하기가 쇠를 긁는 것 같아 고막을 아프게 하는 목소리였다. 그의 목소리를 듣는 순간 철군패의 입가에 한줄기 미소가 떠올랐다.

"훗!"

“염병할 놈. 도대체 뭘 처먹었기에 그새 그렇게 큰 것이냐?”

황마를 타고 북풍대의 선두에서 빠져나오는 남자. 그리 크지도 작지도 않은 적당한 키에 마치 차돌을 뭉쳐놓은 것처럼 단단한 분위기를 물씬 풍기는 남자는 얼굴을 잔뜩 일그러트린 채 철군패를 노려보고 있었다.

못마땅하다는 표정으로 철군패를 노려보는 그의 뒤로 또 한 명의 남자가 따라 나왔다. 눈이 부실만큼 하얀 피부에 짙은 눈썹과 차갑게 빛나는 검은 눈동자가 유난히 인상적인 잘생긴 남자였다.

잘생긴 남자가 철군패를 향해 고개를 숙이며 말했다.

“돌아오셨군요. 형님.”

“오랜만이구나.”

“기다리고 있었습니다.”

“음!”

철군패가 고개를 끄덕이자 잘생긴 남자의 얼굴에 떠오른 미소가 더욱 짙어졌다.

그의 시선이 삼백 명 북풍대의 얼굴을 일일이 훑고 지나갔다. 그의 얼굴이 스쳐지나갈 때마다, 시선이 마주친 자들은 웃거나 어깨를 으쓱해보였다. 환영한다는 그들만의 언어였다.

하지만 여전히 선두에 나와 있는 남자는 못마땅한 표정이었다.

“망할!”

"여전하구나, 천의."

"웬 놈들이 분탕질을 친다고 하기에 달려왔더니, 설마 네놈이 이곳에 있을 줄이야."

"후후!"

"십삼 년 만인가? 정말 징그럽게 오래 걸렸군. 뭐 하느라고 이렇게 오래 걸린 것이냐?"

"조금 바빴었다."

"그래서 원한 것은 얻었느냐?"

"어느 정도는……."

"두고 보겠다. 네놈의 호언장담이 사실인지."

"얼마든지."

철군패가 고개를 끄덕였다.

눈앞에 있는 사내의 이름은 양천의(楊天義), 현재 북풍대를 이끌고 있는 남자였다. 그의 등 뒤에 서 있는 잘생긴 남자의 이름은 검운영(劍雲影)이었다.

철군패와 양천의 등이 조우하는 모습을 보며 합아륵이 얼굴을 일그러트렸다.

"이게 도대체 어떻게 된 일이냐? 도대체 북풍대가 왜 이곳에 나타났단 말이냐?"

"어이, 말대가리. 몰라서 그러는 거야? 너희들 때문이잖아. 너희들이 이곳에서 분탕질을 치니까 우리가 달려온 거잖아."

"말대가리?"

"그래! 너 말이야. 네 얼굴이 말대가리처럼 생겼잖아. 너희들이 신월족과 호문족의 영역을 어지럽혔잖아.

너희들 때문에 하루아침에 삶의 터전을 잃은 자들이 징징 울면서 우리에게 달려왔다고. 그러니까 절대 봐주지 않을 줄 알아."

양천의의 입에서는 험한 육두문자가 마구 터져 나왔다.

본래 양천의는 입이 거친 남자였다. 하지만 그는 말로 떠들기보다 행동으로 옮기는 것을 더욱 좋아했다. 그가 거친 욕설을 내뱉는다는 것은 곧 그의 화가 폭발하기 직전이라는 뜻이었다.

철군패의 입가에 미소가 떠올랐다.

십삼 년이란 세월이 흘렀건만 양천의는 예전이나 지금이나 전혀 달라지지 않았다. 그 익숙한 모습이 철군패에게 묘한 안도감을 주었다.

"호문족과 신월족은 네놈들과 관련이 없지 않았던가? 북풍대는 대막의 용병단일뿐, 다섯 부족과는 아무런 연관이 없는 것으로 알고 있는데."

"흐흐! 말대가리. 누가 그러더냐? 다섯 부족과 북풍대가 연관이 없다고. 다섯 부족의 젊은이가 뭉쳐서 만들어낸 것이 바로 북풍대다."

"그럴 수가!"

합아륵이 망치로 뒤통수를 얻어맞은 듯한 표정을 지었다.

세상은 모두 북풍대를 대막의 이단아이자 단순무식한 용병단
으로 알고 있었다. 이제까지 단 한 번도 북풍대와 대막 다섯
부족 사이의 연관성이 보이지 않았기 때문이다.

하지만 한 번만 자세히 생각해보면 북풍대와 다섯 부족의
연관성은 쉽게 알아낼 수 있는 것이었다. 단지 북풍대의 존재
감이 너무 커서 연관시킬 생각을 하지 못했을 뿐이다.

합아륵이 철군패와 북풍대를 번갈아 바라보았다. 시간이 갈
수록 그의 얼굴이 험악하게 일그러졌다. 철군패에게 제대로
속았다는 생각이 그의 뇌리를 지배하기 시작한 것이다.

양천의가 철군패를 지나치며 말했다.

"네 녀석이 어떻게 살았는지는 나중에 듣기로 하지. 일단은
저 새끼들 먼저 조져놓고."

"대주라고 불러."

"뭐?"

"나는 대주고, 너는 부대주. 그러니까 대주라고 불러야지."

"크으!"

그렇지 않아도 구겨져있던 양천의의 얼굴이 더욱 일그러졌
다. 그가 고개를 팩 돌려 철군패를 노려봤다. 그 모습을 보며
북풍대원들이 키득거리며 웃음을 억지로 참았다. 어떤 이들의
얼굴은 벌겋게 달아올라 있었다.

검운영이 양천의의 어깨를 툭 치며 말했다.

"갑시다, 형님. 대주님과의 일은 따로 해결하십시오. 지금

은 저들을 응징해야할 때입니다."

"으응!"

검운영의 말에 양천의가 고개를 끄덕였다. 검운영의 얼굴에 떠오른 짙은 살기를 보았기 때문이다. 이렇게 살기를 띄었을 때의 검운영은 양천의조차 감히 무시할 수 없을 정도로 무서웠다.

검운영이 철군패의 옆에 섰다.

"호문족과 신월족이 처참하게 망가졌습니다. 결코 용서할 수 없습니다."

"용서하지 않아도 돼. 대신 저 녀석들 둘은 내 거야. 손댈 생각하지 않는 게 좋을 거야."

"형님이 여기에 있는 줄 알았다면 애당초 오지도 않았을 겁니다."

검운영의 말에 철군패가 피식 웃었다.

살이 에일 정도의 살기를 발산하는 검운영의 모습은 예나 지금이나 변함이 없었다. 그때도 검을 쓰는 솜씨가 살이 떨릴 만큼 무서웠는데, 지금은 얼마나 발전했는지 짐작조차 가지 않았다.

검운영 옆에 양천의가 섰다. 그 모습에 뒤에 서 있던 북풍대원들이 미소를 지었다. 이렇게 저 세 명이 서 있는 모습을 보는 것은 정말 오랜만의 일이었다.

북풍대라는 이름으로 사막을 누빈 지 십 년이 넘었지만, 언제나 마음 한구석이 허전했었는데, 이제야 비어있는 조각이 맞춰진 것 같았다.

철군패의 포효가 터져 나왔다.

"북풍대."

"예!"

삼백 명의 사내들이 일제히 한목소리로 대답했다. 그들의 거친 음성에 일진광풍이 일 정도였다. 그들의 눈이 이글이글 타오르고 있었다.

"포로는 필요 없다. 모조리 지우도록."

"예!"

십여 년 만의 명령이었다. 그러나 북풍대는 그의 음성을 결코 잊지 않았다. 그들이 환도를 들며 힘차게 대답했다.

푸르르!

말들이 미친 듯이 투레질을 하고 발굽으로 모래바닥을 긁었다. 북풍대의 고조된 분위기를 말들도 피부로 느끼고 동조하는 것이다.

"이놈들!"

합아륵이 이를 뿌득 갈았다.

그의 눈앞에서 누런 먼지가 피어오르고 있었다. 삼백의 인마가 하나가 되어 전의를 불태우는 모습이 그의 망막을 아프게 자극하고 있었다.

혼자라고 생각했던 철군패였다. 하지만 철군패는 혼자가 아

니었다. 대막에서 제일 강하다고 알려진 군대가 그의 수하를
자처하고 있었다. 그들의 기도는 결코 금갑충호대에 밀리지
않았다.

합아륵이 외쳤다.

"금갑충호대."

"예!"

"녀석들을 하나도 남김없이 쓸어 버려라."

"존명!"

푸스스!

순간 금갑충호대가 모래 속으로 모습을 감췄다. 그들의 특
기인 지하에서 공격을 하려는 것이다.

"어차피 북풍대 역시 쓸어 버리려고 했는데 오히려 잘됐구
나."

합아륵이 공력을 끌어올렸다. 그러자 그의 주위로 아지랑이
가 피어올랐다. 회천호도 마찬가지로 공력을 끌어올렸다.

어차피 변하는 것은 없었다. 그들은 서로를 말살해야할 적
이었다. 그들이 적의가 담긴 시선으로 철군패를 노려봤다.

그 순간 철군패의 차가운 음성이 사막에 울려 퍼졌다.

"쓸어!"

"예!"

쿠쿠쿠!

대지를 울리며 북풍대가 튀어나왔다.

삼백의 인마는 철군패를 지나쳐 합아륵과 회천호가 있는 곳으로 질주했다. 어느새 양천의와 검운영이 합류해 북풍대를 이끌고 있었다.

"놈들!"

합아륵의 눈빛이 이글거렸다. 그가 겁도 없이 감히 자신을 향해 달려오는 북풍대를 향해 일장을 날리려 했다.

두두두!

그 순간 북풍대가 양쪽으로 갈라져 합아륵과 회천호를 지나쳐갔다. 때문에 그의 장력은 헛되이 허공을 가르고 말았다.

삼백 마리의 인마가 지나가자 바닥이 펑펑해지며 누런 먼지가 피어올랐다.

"크윽!"

"음!"

순간 모래 속에 숨어있던 금갑충호대 중 몇 명이 신음성을 지르며 밖으로 튀어나왔다. 금갑으로 온몸을 보호했지만, 모래를 통해 전해져오는 말의 무게와 충격에 내장이 진탕된 까닭이다.

비록 외상은 입지 않았지만, 그들이 받은 충격은 결코 적은 것이 아니었다.

"흐흐! 모래에 숨어 있다고 안전할 줄 알았다면 오산이다."

양천의의 눈이 희번덕거렸다.

말 삼백 마리에 사람이 삼백 명이다. 삼백의 인마가 지나가

면 대지는 초토화된다. 제아무리 모래를 깊이 파고 숨었다고
해도 마찬가지였다. 삼백의 인마가 지나갈 때의 충격은 금갑
으로 해소할 수 있는 수준의 것이 아니었다.

북풍대가 크게 원을 그리며 뒤돌아 다시 질주했다. 그들이
질주하는 정면에는 바닥에서 튀어나온 금갑충호대원이 비틀
거리고 있었다.

삼백 명의 북풍대는 그대로 금갑충호대원을 짓밟고 지나갔다.

쿠콰가각!

삼백 마리의 말이 짓밟고 지나가자 금갑이 처참하게 우그러
지며 이음새에서 검붉은 선혈이 흘러나왔다.

말은 그 자체로 하나의 훌륭한 무기였다. 고래로부터 나라
를 세운 군주들이 기병(騎兵)을 선호했던 이유가 있는 것이다.
잘 조련된 기병일수록 전장에서 발휘하는 위력은 기하급수적
으로 커진다.

북풍대는 단순한 용병집단이 아니었다. 그들은 제대로 된
기병집단이었다. 말을 탈것으로만 사용하는 것이 아니라 무기
로도 이용할 줄 아는 기병.

스걱!

"컥!"

환도가 지나가자 비틀거리며 서 있던 금갑충호대원 한 명이
목을 붙잡고 쓰러졌다. 부여잡은 목에서 선혈이 흘러나왔다.

말이 달리는 속도에 검을 휘두르는 속도까지 더해지자 그

위력과 파괴력이 가히 절정고수에 비견될 정도였다. 더구나 그들이 사용하는 도는 중원의 것과 달리 완만한 곡선을 이루며 휘어져 있어 파괴력이 몇 배에 달했다.

모래 위를 질주해 숨어있는 자들을 끄집어내고, 다시 끄집어낸 자들을 짓밟거나 베어 버린다. 그것이 북풍대의 전술이었다. 그런 북풍대의 전술에 금갑충호대원들이 속절없이 쓰러졌다.

"모두 모래 밖에서 싸워라."

결국 금갑충호대주는 모래 속에 숨어 싸우기를 포기했다. 모래 속에 숨어 암습하는 것도 상대가 모를 때나 효과가 있는 것이다. 이들처럼 모래위에서 효율적으로 싸우는 방법을 알고 있는 상대에게는 통하지 않는단 사실을 그야말로 뼈저리게 느끼고 있었다.

모래 속에 은신해 있던 금갑충호대원들이 지면 위로 불쑥불쑥 모습을 드러냈다. 그런 그들의 얼굴에는 낭패한 기색이 역력했다. 그 모습을 보며 양천의가 소리쳤다.

"한 놈도 살려두지 마라. 모조리 모가지를 날려 버려라. 감히 대막에서 허락도 없이 살육을 저지르다니."

북풍대는 대막의 지배자였다. 그리고 다섯 부족의 수호자였다. 그들은 자신들의 적을 용서하는 법을 알지 못했다.

강한 자만이 모든 것을 가지고, 강한 자는 약자를 보살피는 것이 대막의 법도였다.

　북풍대와 금갑충호대의 치열한 격전은 그렇게 서막을 열고 있었다.

＊　＊　＊

　철군패가 회천호와 합아륵을 향해 걸음을 옮겼다. 두 사람 역시 철군패를 향해 걸음을 옮겼다. 그들은 은연중 시선을 교환하고 있었다.

　평상시라면 절대로 협력하는 일이 없었을 두 사람이었다. 하지만 그들은 철군패라는 강대한 적에 맞서 힘을 합치기로 암암리에 합의했다.

　어차피 금갑충호대의 도움은 기댈 수 없는 상황이었다. 그들은 스스로의 몸을 보호하기에도 급급했다.

　츠파팟!

　그들의 기파에 주위의 모래가 사방으로 치솟아 올랐다. 보이지 않는 무형의 기운이 철군패를 압박해왔다. 하지만 철군패는 아랑곳하지 않았다. 이 정도의 압박감으로 그를 멈추게 할 수는 없었다.

　시작은 합아륵이었다.

　"놈!"

　그가 노성과 함께 철군패를 향해 연속으로 여덟 번의 주먹질을 했다. 철군패는 물러서지 않고 그를 향해 일격포를 먹였다.

콰앙!

여덟 번의 주먹질이 한 번의 주먹질을 이기지 못하고 흔적도 없이 소멸됐다. 그 충격에 합아륵의 몸이 흔들렸다. 하지만 철군패는 더 이상 합아륵을 공격할 수 없었다. 그 순간 회천호의 공격이 시작되었기 때문이다.

좌르륵!

갑자기 쇳소리와 함께 기다란 물체가 철군패를 향해 날아왔다. 마치 뱀처럼 기다란 몸체를 자랑하는 얇은 은색 쇠사슬이었다. 쇠사슬의 끝에는 무섭도록 예리한 단검이 매달려 있었다. 유성추(流星錐)를 회천호 나름대로 개조한 무기였다. 이를테면 유성검이라고나 할까.

철군패는 고개를 살짝 움직여 이마를 노리고 날아온 유성검을 피했다. 하지만 아직 회천호의 공격은 끝이 아니었다. 그가 손끝을 살짝 움직이자 비껴나갔던 유성검이 크게 호를 그리며 되돌아와 철군패의 뒤통수를 노렸다.

몸을 움직여 피하거나 손으로 쳐내야만 하는 상황이었다. 회천호는 철군패가 전자의 방법을 선택할 것이라고 생각했다. 맨손으로 쳐내기에는 유성검이 너무나 날카로웠고, 실린 경력 또한 감당하기 쉽지 않았기 때문이다.

그러나 철군패는 선택은 그 어느 것도 아니었다. 그는 제 삼의 방법을 택했다.

슈우우!

철군패가 만중보를 펼쳐 그대로 회천호를 향해 몸을 날려왔다. 여전히 유성검이 뒤통수를 노리고 있었지만, 그는 전혀 개의치 않았다. 어찌 보면 자신의 목숨 따윈 어떻게 되든 상관없는 것처럼 보였다. 그 무모함에 회천호의 기가 질렸다.

그때 나선 이가 합아륵이었다. 그가 철군패를 향해 자신의 성명절기 광혈신장(光血神掌)의 절초인 광혈만상(光血萬像)을 펼쳤다.

쿠콰콰!

엄청난 강기의 기류가 철군패를 향해 몰아쳤다.

뒤에는 유성검이, 앞에서는 강기의 기류가 몰아치고 있었다. 피할 수도 없는 상황에서 철군패는 또다시 전진을 택했다.

쿵!

천하에서 가장 무거운 보법, 만중보(萬重步)가 펼쳐졌다. 바닥에 그의 발자국이 깊게 패이며 그의 몸이 강기의 기류를 향해 정면으로 부딪쳐갔다.

쿠와앙!

철군패의 강력한 일격이 강기의 기류에 부딪치며 틈이 벌어졌다. 벌어진 틈 사이로 합아륵의 놀란 얼굴이 보였다. 철군패는 그 얼굴에 주먹을 꽂아 넣으려 했다. 하지만 그 순간 유성검이 그의 손등을 뚫고 들어와 팔목을 휘감았다.

팽!

쇠사슬이 팽팽하게 당겨지며 철군패의 팔이 허공에서 멈췄다.

회천호가 유성검을 통해 막대한 공력을 주입했다. 그가 익힌 내공이 쇠사슬을 타고 철군패의 몸으로 파고들었다.

회천호가 외쳤다.

"지금이오. 놈은 잠시 동안 움직일 수 없을 것이오."

합아륵은 단번에 회천호의 말뜻을 알아차렸다. 그가 철군패의 몸통을 향해 또다시 광혈신장의 절초인 광혈천라(光血天羅)의 초식을 펼쳤다.

지근거리에서 이뤄진 공격이었다. 철군패에겐 피할 시간조차 주어지지 않았다.

합아륵은 이번 공격으로 철군패의 몸통을 산산이 부술 수 있을 거라 믿어 의심치 않았다.

그때였다. 도저히 믿을 수 없는 일이 그들의 눈앞에서 일어났다.

부르르!

철군패의 몸이 떨리는가 싶더니 갑자기 그의 몸이 두 개, 세 개로 겹쳐 보였다. 파형권 궁극의 방호기공 천공패(天空牌)가 펼쳐진 것이다.

강력한 초진동에 합아륵의 주먹에 서려 있던 공력이 흩어지며 튕겨나갔다. 철군패는 그 틈을 놓치지 않고 유성검이 꽂힌 주먹을 홱 잡아당겼다.

그러자 가공할 힘을 이기지 못하고, 회천호가 속수무책으로 끌려왔다.

주르륵!

그는 공력을 끌어올려 천근추를 펼치며 대항했지만, 철군패의 어마어마한 힘은 그런 모든 노력을 간단하게 무위로 돌려버렸다. 철군패의 압도적인 힘 앞에서는 천근추도, 내공도 통하지 않았다.

"챠아앗!"

철군패가 기합을 내지르며 힘을 주었다. 그러자 회천호의 몸이 유성검에 끌려 허공을 날았다. 그가 향하는 곳에는 아직 균형을 잡지 못하고 있는 합아륵이 있었다.

쾅!

두 사람의 몸이 한데 뒤엉켜 바닥에 나뒹굴었다. 그나마 마지막에 회천호가 힘을 줄이고 합아륵이 요령껏 받지 않았다면 큰 상처를 입었을 상황이었다. 하지만 한 번의 공격을 막아냈다고 안심할 수 있는 상황은 아니었다. 뒤이어 철군패의 공격이 해일처럼 밀어닥친 것이다.

철군패의 눈빛이 변했다. 그가 몸 안의 공력을 가속시키기 시작했다.

위잉!

그의 귀에만 들리는 소음이 몸 안에 울려 퍼졌다.

극한까지 가속된 공력은 이 세상에 존재하지 않는 힘을 생성해내기 시작했다. 이른바 파멸력이었다.

우우웅!

철군패의 몸보다 대기가 먼저 반응했다. 그 모습에 심상치 않음을 느낀 합아륵과 회천호가 잠시 서로의 얼굴을 바라보다 이를 악물었다.

그들 역시 자신들이 가진 최후의 절초를 펼쳐야할 때라고 본능적으로 느낀 것이다.

"놈! 어림없다."

"결코 물러서지 않겠다."

그들이 기백을 토해내며 최후의 절초를 토해내기 시작했다.

광혈풍(光血風)과 유성비검우(流星飛劍雨).

십이사조의 일원으로 그들을 존재하게 만든 비장의 절초가 일제히 철군패를 향해 펼쳐졌다.

그 순간 철군패의 몸이 죽음의 수레바퀴를 그리기 시작했다.

파멸력을 담은 주먹이, 팔꿈치가, 그리고 어깨를 비롯한 몸통이 회전을 시작한 것이다.

죽음의 수레바퀴와도 같은 연환공격 멸옥쇄(滅獄碎)였다.

쿠콰가각!

거대한 세 기운이 격돌했다.

세상도, 세 사람의 얼굴도 새하얗게 물들어갔다.

콰앙!

*　　*　　*

갑작스레 들려온 폭음에 양천의의 고개가 자신도 모르게 팩 돌아갔다. 그런 그의 눈에 포탄처럼 무서운 속도로 튕겨져 나가는 두 사람의 모습이 들어왔다.

"저 괴물 같은 자식."

양천의가 눈을 부릅떴다.

새처럼 훨훨 날아 뒤로 떨어지는 인형들의 몸은 마치 어육을 다져놓은 것처럼 처참하게 망가져 있었다. 비록 형체를 알아볼 수는 없었지만, 그들이 십이사조 중 두 명이란 사실까지 알 수 없을 정도는 아니었다.

츠으으!

철군패가 호흡을 할 때마다 주위의 대기가 흔들리는 모습이 보였다. 그가 알던 옛 친구는 어느새 가늠할 수조차 없는 괴물이 되어 있었다.

"저 자식."

그가 몸을 부르르 떨었다. 적을 눈앞에 두고도 행동을 멈출 만큼 충격적인 광경이었다. 눈앞의 금갑충호대가 그런 양천의의 목을 노리고 도를 휘둘렀다.

깡!

금갑충호대의 공격을 대신 막아준 이는 검운영이었다. 그의 일검이 다시 번쩍였을 때 양천의를 공격해왔던 금갑충호대원은 목에서 피를 뿌리며 쓰러지고 있었다. 한 치의 방심도 용서치 않는 무서운 살검이었다.

적을 쓰러트린 검운영이 양천의의 어깨를 치며 말했다.

"형님. 정신 차리시오."

"봤냐?"

"뭘 말이오?"

"군패, 저 자식이 저들을 쓰러트리는 모습을 봤냔 말이다."

"봤소."

"저 자식, 어느새 괴물이 되었다."

"원래 예전부터 그러지 않았소. 그래서 형님과 나를 이겼던 것이고."

"빌어먹을!"

양천의가 분한 듯 발로 바닥을 찼다.

굳이 겨뤄보지 않아도 알 수 있었다. 그와 자신 사이에 얼마나 큰 격차가 나는지.

압도적인 힘의 차이를 두 눈으로 확인했다.

그가 입술을 질근 깨물었다. 그 모습을 보며 검운영이 고개를 흔들었다. 하지만 그의 마음을 이해하지 못하는 것도 아니었다.

양천의는 철군패를 필생의 숙적으로 생각하고 있었다. 물론 철군패 자신은 전혀 그런 생각을 하지 않았지만 말이다. 양천의가 철군패에게 어떤 마음을 갖고 있는지 잘 알고 있는 검운영은 그의 기분을 충분히 이해할 수 있었다.

"형님, 우선 이 금빛 갑주를 입은 자들부터 쓰러트립시다.

군패 형님과의 승부는 그 후에 해도 늦지 않을 것이오.”

“…….”

“형님?”

“알았다.”

양천의가 신경질적으로 고개를 돌렸다. 그의 눈에는 이미 진득한 살기가 떠올라 있었다.

“다들 죽었다고 복창해라. 똥색 버러지들아.”

양천의가 욕설을 내뱉으며 말 등에 걸어놨던 거대한 대부를 집었다. 그의 애병인 광혈(狂血)이었다.

부웅!

콰지직!

광혈이 허공을 가르자 금갑충호대의 금갑이 처참하게 우그러들었다. 광혈에 격중당한 금갑충호대원은 비명도 지르지 못하고 절명했다.

질릴 정도로 단순한 일격. 하지만 그 안에 담긴 역도는 상상을 초월한다. 오죽하면 그의 별호가 광혈마부(狂血魔斧)겠는가.

그가 거대한 대부를 휘두를 때마다 금갑충호대원들의 몸이 폭풍에 휩쓸린 것처럼 파괴됐다.

양천의의 곁에는 검운영이 있었다. 양천의가 패도적이라면 검운영은 날카로웠다. 그리고 무엇보다 독랄했다. 그는 약간의 허점이라도 보이면 집요하리만큼 무섭게 파고들었다. 그리고 숨통을 끊었다.

실전검(實戰劍)의 달인이 바로 검운영이었다.

삼백 명의 북풍대원들 역시 검운영처럼 실전 무공의 달인들이었다. 그들은 철군패처럼 강력한 위력을 가진 무공은 소유하지 못했지만, 대신 기병의 이점을 철저히 살리면서 자신들이 가진 무공의 위력을 극대화시켜 펼칠 줄 알았다.

더군다나 그들은 오랜 세월을 함께 보내 눈빛만 봐도 서로의 의중을 알 수 있었다. 마치 하나의 생명체처럼 움직이는 그들의 유기적인 모습은 거대한 짐승과도 같았다.

한 명이 위기에 빠지면 주위의 동료 두 명이 그 뒤를 받쳐주고, 여유가 있는 자는 근처의 동료들을 도우러 움직인다. 또한 말을 자신의 수족처럼 다루며 무기로 활용하는 그들의 움직임은 가히 예술이라 할만 했다.

쿠쿠쿠!

거친 말발굽에 모래가 사방으로 튀었고, 금갑충호대원들이 짓밟혀 쓰러졌다.

북풍대는 금갑충호대를 압도하고 있었다. 모래위의 전투에서 그들은 이제까지 단 한 번도 진 적이 없었다. 발목까지 푹푹 빠지는 모래마저 그들에겐 훌륭한 무기였다.

"크아악!"

"허억!"

곳곳에서 금갑충호대원들의 비명성이 터져 나왔다. 모래위로 쓰러지는 그들의 얼굴엔 믿을 수 없다는 빛이 떠올라 있었다.

철군패가 회천호와 합아륵을 내려다보았다. 그런 그의 얼굴에도 피곤한 기색이 떠올라 있었다.

손가락이 부르르 떨리는 것이, 파멸력을 응용한 후유증 같았다. 하지만 그는 애써 떨림을 참으며 다리에 힘을 주고 버텼다.

"크륵! 네, 네놈!"

합아륵이 피를 게워내며 철군패를 올려다보려 애를 썼다. 회천호는 이미 숨이 끊겼는지 미동조차 없었다. 그나마 합아륵의 내공이 더욱 강했기에 겨우 마지막 숨을 부여잡고 있는 것이었다.

하지만 그마저 이젠 한계에 다다른 듯 연신 피를 게워내고 있었다.

하지만 그는 결코 이대로 죽을 수 없다는 듯이 얼굴을 흉측하게 일그러트리며 입을 열었다.

"이, 이게 무슨 무공이냐?"

"파형권."

"형……체를 파괴한단 뜻이냐? 크큭! 정말 터무니없는 무공이구나. 이 무공을 만들어낸 자는 분명 철저하게 미친 것이 틀림없다."

"그럴지도……."

"흐흐! 네놈, 네놈을 내 손으로 죽였어야 했는데. 원통하구나. 크윽!"

악문 입술 사이로 연신 피가 흘러나왔다. 검붉은 선혈 속에는 내장 부스러기가 언뜻 보였다. 이미 합아륵은 돌아올 수 없는 길을 가고 있었다. 대라신선이 오더라도 그를 살리는 것은 불가능했다.

합아륵이 철군패를 붙잡으려 연신 손을 허우적거렸다. 하지만 그의 손은 엉뚱한 곳만 휘젓고 있었다. 그렇게 몇 번을 헛손질하던 합아륵의 움직임이 마침내 잦아들었다.

철군패는 숨이 끊어진 합아륵과 회천호의 모습을 잠시 바라보다 몸을 일으켜 주위를 둘러봤다.

전투는 이미 소강상태로 접어들고 있었다.

북풍대의 일방적인 승리였다. 금갑충호대를 압도한 그들의 전투력은 그야말로 완벽, 그 자체였다.

철군패는 그들의 모습이 아름답다고 생각했다.

십삼 년이란 세월은 그뿐만 아니라 북풍대도 완벽하게 만들었다.

그의 명에 죽고 살 단 하나의 군대.

북풍대(北風隊).

북쪽에서 바람이 불어오고 있었다.

＊　　＊　　＊

생존자는 단 한 명도 없었다.

애초부터 포로를 잡기 위한 전투가 아니었다. 포로 따윈 거추장스런 짐일 뿐이었다. 이제까지 북풍대는 단 한 명의 포로도 잡은 적이 없었다.

적에게 공포를 주기 위해서는 결코 약한 모습을 보여서는 안 된다. 일말의 약점이나 인정을 보이는 순간, 적들은 그들을 두려워하지 않게 된다.

북풍대는 이제까지 그런 신념으로 싸워왔다. 그들의 부족을 위협하는 위부의 세력에 맞서서 그렇게 싸워왔기에 공포의 전설을 이룩할 수 있었다.

철군패는 우선 화왕에게 물을 먹인 뒤 자신 역시 목을 적셨다. 제아무리 내공을 이용해 갈증을 참았다고 하지만, 그 역시 인간이었다. 몇 모금의 물이 몸에 들어가자 활력이 도는 것이, 이제 살 것 같았다.

화왕 역시 물을 마시자 활력이 도는지 힘차게 투레질을 했다.

양천의와 검운영이 철군패에게 다가왔다. 하지만 근처에 이르자 말들이 움직일 생각을 하지 않았다.

마치 석상이 된 것처럼 말들은 철군패에게 접근하는 것을 꺼려했다. 정확히 말하자면 화왕의 곁으로 다가가는 것을 두려워했다.

"이 녀석들 도대체 왜 그러는 거야?"

양천의가 박차를 가했지만, 말은 꼼짝도 하지 않았다.

"형님."

“왜?”

“군패 형님의 말 좀 보시오. 아마도 저 말 때문에 우리들의 말이 겁을 집어먹은 것 같소.”

“뭐야? 겨우 덩치 때문에 우리의 전마(戰馬)가 겁을 집어먹었단 말이야?”

“아무래도 보통 말이 아닌 것 같소.”

“빌어먹을! 주인이나 말 새끼나 사람 속 썩이는 것은 매한가지구만.”

결국 양천의와 검운영은 말에서 내려 철군패에게 다가올 수밖에 없었다.

“어떻게 된 것이냐? 이놈들은 분명 십이사조. 어떻게 이런 놈들과 원한을 맺게 된 것이냐?”

“너야말로 십이사조에 대해 어떻게 안 것이냐? 이들의 정체를 아는 사람은 극소수일 텐데.”

“우리는 이들이 사막에 들어서는 순간부터 감시하고 있었다. 중간에 잠시 종적을 놓쳐 이런 참극이 벌어지긴 했지만, 그래도 밖에 있는 정보원을 모두 동원해 간신히 정체를 알아낼 수 있었다. 물론 네놈하고 은원이 엮인 줄은 전혀 몰랐지만. 도대체 어떻게 된 거냐?”

“자세한 사항은 본거지로 가면서 이야기하지.”

“망할 놈!”

양천의가 투덜거리면서 말에 올라탔다. 그러자 검운영이 북풍대에게 명령을 내렸다.

"모두 본단으로 돌아간다."

"이들의 시신은 어찌합니까?"

"본보기로 놔둔다. 우리의 영역에 침범하는 자는 그 누구도 이렇게 된다는 사실을 만천하에 알린다."

"알겠습니다."

검운영은 냉정했다.

누구보다 잘생긴 얼굴을 하고 있었지만, 적에게는 그 누구보다 냉정한 남자가 바로 검운영이었다.

철군패와 북풍대는 본거지로 향했다.

북풍대의 본거지는 바로 풍혈족(風血族)의 영토였다. 풍혈족의 영토는 그나마 푸른 초지가 펼쳐져 있는 몇 안 되는 곳 중의 하나로, 지난 백 년 이래로 풍혈족의 영역이었다.

풍혈족의 영역으로 들어서자 사람들의 호기심 어린 시선이 느껴졌다. 금갑충호대를 피해 이곳으로 피신한 신월족과 호문족의 사람들이었다.

사람들은 흔히 다섯 부족이 서로를 잡아먹지 못해 안달이 난 사이로 알고 있었지만, 실상은 달랐다. 그들은 때에 따라서는 서로를 견제하기도 하고 반목도 했지만, 커다란 위기 앞에서는 항상 뭉쳤다. 위기에 처한 부족을 외면하는 일 따윈 이제까지 단 한 번도 없었다.

철군패의 거대한 덩치가 보이자 여기저기서 사람들이 탄성을 토해냈다. 그렇지 않아도 거대한 그가 화왕에 타고 있자, 북풍대의 다른 이들이 마치 망아지를 타고 있는 듯한 느낌이 들 정도였다.

사람들이 철군패를 보고 수군거렸다. 그들로서는 생전 처음 보는 철군패의 거대한 모습이 그저 두려울 뿐이었다. 때문에 어떤 이들은 노골적으로 적개심이 담긴 시선을 보내기도 했다. 하지만 그들 대부분은 철군패를 모르는 신월족과 호문족 사람들이었다.

풍혈족 사람들의 반응은 달랐다.

"군패 형이다."

"아!"

풍혈족 사람들은 단숨에 철군패를 알아봤다. 비록 얼굴은 많이 변했지만, 그의 거대한 몸집은 결코 쉽게 잊어버릴 수 있는 종류의 것이 아니었다.

"와아아!"

사람들이 북풍대에게 함성을 보냈다.

사람들의 길을 뚫고 철군패와 북풍대가 가장 큰 건물로 향했다. 흙벽돌을 쌓아 만든 집은 다른 집들보다 최소 두 배는 크고, 더 넓었다.

집 앞에는 커다란 차양이 처져 있어, 그늘이 넓게 드리워져 있었다.

차양 밑에는 남들보다 왜소한 체구의 노인이 의자에 앉아

불어오는 산들바람을 즐기고 있었다. 노인이 보이자 북풍대원들이 모두 말에서 내려 예를 취했다.

"족장님."

"다녀왔습니다."

사내들의 인사에 노인이 흐뭇한 미소를 지으며 고개를 끄덕였다. 그런 노인을 바라보는 사내들의 태도에는 공경과 존경의 염이 가득했다. 한없이 왜소해 보이는 눈앞의 노인이야말로 풍혈족 천 명을 이끄는 지도자였다.

뿐만 아니라 다섯 부족의 연합회인 부족회의의 수장이기도 했다.

노인은 인자한 표정으로 삼백 명 북풍대를 바라봤다. 한 명, 한 명을 훑어보던 그의 시선이 철군패에게서 멈췄다.

"오!"

그의 입술을 비집고 탄성이 흘러나오며 반쯤 감겨 있던 눈이 크게 뜨였다.

철군패가 미소를 지으며 화왕에서 내렸다.

"돌아왔습니다."

"네가 돌아왔구나."

"여전히 정정해 보이십니다."

"이제나 저제나 죽을 날만 기다리고 있는 늙은이에게 별말을 다 하는구나."

노족장이 웃자 듬성듬성 빠진 이가 드러났다.

수많은 세월을 사막에서 보내온 노족장이 이렇듯 환한 웃음을 보이는 것은 실로 오랜만의 일이었다.

노족장이 힘들게 일어서려 하자 철군패가 부축했다. 커다란 철군패의 손바닥을 잡으며 노족장이 말했다.

"허허! 손바닥이 마치 소 거죽 같구나. 네가 얼마나 고생을 했는지, 보지 않아도 알 수 있을 것 같구나."

"아직 약과입니다."

"얼마나 더 강해지려고 그러느냐? 너는 아직도 원하는 것을 얻지 못했느냐?"

"그건 아닙니다. 단지 스스로 부족함을 느낄 뿐입니다."

"허허! 너는 항상 그랬지. 늘 무언가를 찾아서 헤맸지. 찾았느냐?"

"네!"

"그런데도 부족해?"

"후후!"

"욕심이 많구나. 어쨌거나 좋다. 안으로 들어가자. 너와 할 말이 매우 많다."

노족장이 철군패의 손을 잡아끌었다. 철군패는 순순히 노족장에게 이끌려 실내로 들어갔다. 그 뒤를 양천의와 검운영이 따랐다.

흙벽돌로 쌓아 만든 집안 내부는 생각보다 시원했다. 널찍한 실내에는 그 흔한 장식 하나 없었으며, 생활에 꼭 필요한 집기들만 존재했다.

천 명이 넘는 풍혈족 사람들을 이끄는 지도자의 집이라고 보기에는 너무나 소탈한 모습이었다. 하지만 철군패는 의외라고 생각하지 않았다.

그의 기억에 남아있는 노족장의 모습은 언제나 청빈, 그 자체였다. 그의 집이 넓은 것도 마을 공동의 회의장소로 이용되기 때문이다.

나무로 만든 허름한 탁자에 앉은 그들은 곧 이야기를 나누기 시작했다.

"그간 어찌 지냈느냐?"

"천산에 갔었습니다."

"역시 그랬구나. 그래, 원하는 것을 얻었다구?"

"네!"

"그럴 줄 알았다. 너는 원하는 것을 얻기 전까지 결코 뒤돌아보거나 쉬는 녀석이 아니었으니까."

"제가 그렇게 욕심쟁이로 보입니까?"

"그럼 아니더냐? 그 곰처럼 커다란 덩치로 다른 사람들을 속일 수 있을지 모르지만, 이 늙은이만큼은 못 속인다. 네놈은 곰의 탈을 쓴 여우다. 그것도 천년은 더 묵었음직한."

"하하하!"

철군패가 오랜만에 호탕한 웃음을 터트렸다. 그러자 방안의 집기가 지진이라도 난 것처럼 덜덜 떨렸다.

양천의가 미간을 찌푸렸다.

"곰 같은 녀석. 고막 떨어지겠다. 웃음소리 좀 줄여라."

"후후!"

철군패가 여전히 나직한 웃음을 흘리며 양천의를 바라보았다. 철군패를 바라보는 양천의의 눈은 여전히 투지로 불타오르고 있었다. 그 모습에 검운영마저 고개를 절래절래 저었을 정도였다.

양천의는 늘 그랬다. 그는 늘 철군패에게 경쟁심을 불태우며, 하나부터 열까지 사사건건 대립했다. 그렇다고 해서 친하지 않은 것도 아니었다. 친하긴 한데 경쟁심을 불태우는 묘한 존재, 그가 바로 양천의였다.

검운영도 처음엔 철군패와 대립했던 인물이었다. 하지만 철군패와 부딪친 후 자신의 부족함을 절감하고, 기꺼이 동생임을 자처했다. 십삼 년 만에 만났음에도 그의 태도에는 변함이 없었다.

양천의가 철군패를 노려보며 말했다.

"원하는 것을 얻었다구?"

"그래!"

"싸우자."

"뭐?"

"싸우자고."

양천의의 눈에서는 투지가 불타오르고 있었다. 그는 정말 철군패를 상대로 싸울 작정이었다. 그의 눈빛과 태도에는 한 점의 가식도 존재하지 않았다.

그 모습을 보며 노족장이 고개를 설래설래 저었다. 하지만 한편으로는 정겹게도 느껴졌다.

서로 대치하는 두 사람의 모습에서 노족장은 먼 과거의 기억을 떠올리고 있었다.

십오 년 전 어느 날 풍혈족을 찾아온 남다른 덩치의 소년. 그는 대막을 횡단하는 상단 일행에 배짱 좋게 끼어들어 이곳까지 찾아왔다.

황당해하는 상인들과 마을 사람들 사이에서도 그는 결코 기죽지 않았다. 그는 자신의 어미를 찾아 이곳까지 왔다고 했다. 마을 사람들 모두가 소년의 말을 믿지 않았다. 이곳 풍혈족의 여인은 결코 외지인과 혼인을 하지 않기 때문이다.

모두가 소년이 거짓말을 한다고 생각했다. 하지만 소년의 말은 사실로 밝혀졌다.

오랫동안 독신을 고집하던 한 중년 여인이 매우 오래전 중원에 다녀왔을 때 중원의 한 남자와 인연이 닿아 몇 년 동안 같이 살았다고 했다. 그때 아이를 낳고 길렀지만, 고향에 있는 부모가 위독하다는 소식에 눈물을 삼키고 돌아올 수밖에 없었다고 했다.

그 이후 소년의 아비와는 연락이 끊겨졌고, 마을에서 홀로 살면서 독신을 고수해온 중년 여인이 바로 소년의 어미였다.

딱 삼 년이었다. 중년의 여인이 자신을 찾아온 소년과 함께 산 시간은. 원래부터 몸이 허약했던 중년 여인은 아들 품 안에서 행복한 미소를 지은 채 흙으로 돌아갔다.

그 삼 년 동안 매우 많은 일들이 있었다.

다섯 부족의 족장들이 모여서 자신들을 노리는 외부의 세력에서 지켜줄 전사들을 훈련시키기로 결정하고, 자질이 뛰어난 소년들을 뽑은 것도 당시의 일이었다.

수백 명의 소년들이 뽑혔다. 다섯 부족은 이제까지 자신이 모아온 보물과 비급을 이용해 소년들을 전사로 키우기 시작했다.

소년들을 전사로 키우는 일을 책임졌던 이가 바로 노족장이었다. 지금은 은퇴했지만, 노족장은 한때 세상을 종횡하며 무서운 위명을 떨치던 무인이었다. 그는 자신이 알고 있는 모든 지식을 동원해 소년들을 전사로 키워냈다.

무공을 익히기에 앞서 소년들은 스스로 서열을 정했다.

소년들이 서열을 정하는 방식은 간단했다. 서로 싸워 이기는 자가 무조건 높은 서열을 갖는 것이다.

소년들은 매일같이 싸웠다. 피투성이가 되고, 팔다리가 부러지는 일이 예사였지만, 소년들은 싸우는 것을 결코 주저하지 않았다.

수많은 소년들 중에서 두각을 나타낸 이는 세 명이었다. 철군패, 양천의, 검운영. 그들은 수많은 소년을 제압하며 스스로의 우월함을 만천하에 알렸다.

　결국 세 명은 마지막까지 남아 싸웠다. 그 과정에서 검운영이 제일 먼저 떨어져나갔고, 철군패와 양천의가 치열한 싸움을 했다. 그리고 간발의 차이로 철군패가 양천의를 제압했다.

　그렇게 어린 소년 철군패는 북풍대의 대주가 되었다. 그리고 어미가 죽었을 때 이곳을 떠나 홀로 천산으로 향했다. 그리고 다시 홀연히 돌아왔다. 그것이 노족장이 아는 철군패의 모든 것이었다.

　노족장이 은은한 미소를 지었다.

　"잘 돌아왔다."

제 2장
출세북풍(出世北風)

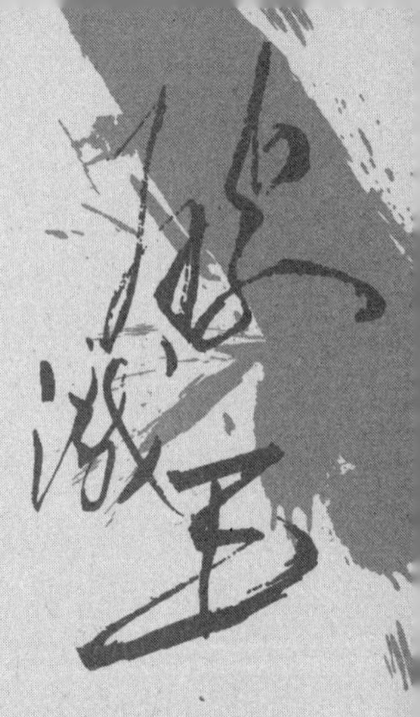

쿠당탕!

"크윽!"

양천의가 거칠게 바닥을 굴렀다. 하지만 그는 바닥에 내동 댕이쳐지기 무섭게 재빨리 몸을 일으켰다. 그리고 다시 철군 패를 향해 달려들었다. 하지만 몇 번을 덤벼도 마찬가지였다.

철군패는 마치 거대한 벽과도 같은 존재감으로 양천의를 압 도했다. 몇 번이나 양천의가 악을 쓰고 덤벼들었지만, 결과는 언제나 똑같았다.

쾅!

"커억!"

굉음이 울리면 양천의가 비명을 지르며 바닥에 나뒹굴었다. 그래도 그는 결코 포기할 줄을 몰랐다.

짐승처럼 몇 번이고 달려드는 양천의도 무서웠지만, 그런 그를 상대로 묵묵히 폭력을 행사하는 철군패의 모습도 기가 질릴 정도였다. 하지만 북풍대 그 누구도 그 모습을 보며 동요하지 않았다.

비록 오래된 기억을 끄집어내는 것처럼 낯설게도 보였지만, 기실 그들은 이런 모습에 매우 익숙했다. 그들 대부분이 이런 과정을 거쳐 지금의 북풍대가 되었다. 개중에는 철군패에게 그야말로 죽을 때까지 얻어맞은 자들도 존재했다. 하지만 지금 과거의 일을 가지고 원망을 하는 이는 단 한 명도 없다.

스스로 납득이 될 때까지 덤벼든다.

지금 양천의는 스스로를 납득시키는 과정이었다. 아마 오늘이 지나면 그는 아무런 일도 없었다는 듯이 북풍대의 부대주로 돌아갈 것이다. 그리고 철군패를 대주로 받아들일 것이다. 예전에 그랬던 것처럼.

양천의가 침을 뱉으며 힘겹게 일어섰다. 그의 침 속에는 선혈이 섞여 있었다. 그가 입가에 흐르는 침을 닦으며 중얼거렸다.

"망할 새끼! 그렇게 떠날 때는 언제고, 또 이렇게 나타나 대주라고 그래?"

"천의."

"시끄러워, 개새끼야. 내 오늘 네놈의 얼굴을 흠씬 두드리지 않으면 잠이 오지 않을 것 같다. 그러니까 딱 열 대만 맞아라. 더도 덜도 말고 열 대만 때리면 내 속이 풀릴 것 같다.”

빠각!

그의 주먹이 철군패의 얼굴에 작렬했다. 다시 한 번 휘두른 주먹 역시 반대편 얼굴에 작렬했다. 철군패는 피하지 않고 양천의의 주먹세례를 묵묵히 받아들였다.

그렇게 열 번의 주먹질을 했을 때, 양천의가 더 이상 버티지 못하고 기절했다. 철군패는 쓰러지는 양천의의 몸을 안아들었다. 그러자 검운영이 다가와 양천의를 건네받으며 말했다.

“형님이 떠난 동안 천의 형님이 외로움을 많이 느끼셨습니다. 악의가 있어서 그러는 것은 아니니 노여움을 푸세요.”

“알고 있다. 잘 돌봐 주거라.”

“내일 아침이면 언제 그랬냐는 듯이 벌떡 일어날 겁니다. 본래 회복력 하나는 남부럽지 않으니까요.”

철군패가 고개를 끄덕였다.

양천의의 태도가 그만의 반가움의 표시라는 것을 철군패는 알고 있었다. 만일 정말 철군패와 생사결을 하려고 했다면 거대한 도끼를 들고 덤볐을 것이다. 그러나 양천의는 도끼 대신 양 주먹으로 덤볐다. 맨주먹으로는 철군패에게 안 된다는 사실을 알면서도.

“후후!”

곳곳에서 북풍대원들이 웃음을 흘리고 있었다.

그들은 오랜만에 돌아온 형제를 웃음으로 맞이하고 있었다. 그들의 웃음에는 한 점의 가식도 존재하지 않았다. 십 몇 년을 떨어져 있었지만, 그들은 어제 집을 나갔던 가족이 돌아온 것처럼 반갑게 맞아주고 있었다.

북풍대가 결성되었을 때부터 대주는 철군패였다. 십 몇 년의 세월이 흘렀지만, 그 사실은 결코 변하지 않았다.

북풍대원들이 철군패를 지나치면서 한마디씩 했다.

"잘 돌아오셨소."

"참 빨리도 오셨소? 좀 더 일찍 오지 않고."

"하여간 형님은 게을러서 탈이라니까."

"후후후!"

철군패는 웃음으로 그들의 말을 받았다.

이제야 그는 마음의 고향으로 돌아왔다. 어디를 둘러봐도 모래밖에 보이지 않는 척박한 땅이었지만, 그는 이곳을 사랑했다.

그날 북풍대는 철군패를 위해서 소를 잡았다.

*　　*　　*

내일 아침에나 정신을 차릴 거라던 양천의는 벌써 일어나 멀쩡한 모습으로 고기를 굽는 모닥불 앞에 앉아서 침을 흘리고 있었다. 그 괴물 같은 회복력에 사람들이 미소를 지었다.

고기가 익어가면서 노릇한 향이 주위에 진동했다. 철군패와 북풍대원은 나란히 앉아서 고기를 뜯었다. 누군가 집안에 보관해오던 술을 내왔다.

대막에서 술을 내온다는 것은 귀한 손님으로 대접한다는 뜻이었다. 그만큼 북풍대원들이 철군패를 생각하는 마음은 각별한 것이었다.

양천의가 고기를 질겅질겅 씹으며 술을 한 모금 마셨다. 술병 입구가 온통 기름으로 범벅되었지만, 그는 아랑곳하지 않고 철군패에게 내밀었다. 철군패는 사양하지 않고 술병을 받아 마셨다.

벌컥벌컥 소리를 내며 식도를 넘어가는 술. 고급이라는 단어와는 거리가 멀었지만, 그들의 입맛을 이만큼 충족시켜주는 것도 없었다.

입안이 온통 헐었는데도 양천의는 술과 고기를 맛있게 먹었다. 손가락 사이에 묻은 기름까지 싹싹 핥아먹던 그가 문득 고개를 들고 철군패를 바라봤다. 철군패도 그의 시선을 피하지 않고 마주 보았다. 그러자 양천의가 누런 이를 드러내며 말했다.

"왜 돌아온 것이냐?"

"왜라니?"

"흐흐! 내 눈을 속일 생각은 하지 마라. 네놈은 음흉해서 결코 아무런 목적 없이 이런 곳을 찾아올 놈이 아니야. 말해봐. 무슨 속셈으로 이곳으로 온 것인지."

“다른 생각은 없다. 그저 세상에 나가기 직전에 들러본 것일 뿐.”

“세상에 나갈 것이냐?”

“음!”

“네놈 혼자서? 솔직히 말해봐라. 네놈 혼자서 나갈 생각은 없지?”

“후후!”

“음흉한 놈, 역시 그렇구나.”

양천의가 고개를 주억거렸다. 그는 별로 놀랍다는 표정을 짓지도 않았다. 어쩌면 철군패를 처음 보았을 때부터 이런 날이 올 것을 알았는지도 몰랐다.

“잘됐구나. 어차피 우리 역시 곧 세상으로 나갈 작정이었으니까.”

양천의의 말에 철군패가 뜻밖이라는 표정을 지었다. 그러자 검운영이 보충설명을 했다.

“십이사조 때문입니다. 얼마 전부터 그들이 노골적으로 우리에게 충성을 요구해왔습니다. 자신들의 수족이 되어 명령을 따르라고. 당연히 우리는 거절했고, 그들은 수하들을 보내 몇 번이나 우리를 분열시키려 했습니다. 그들을 그냥 놔둔다면 앞으로도 이런 일들이 반복될 겁니다.”

“그래서 그들을 응징하겠다? 쉽지 않을 것이다.”

“형님이 돌아오시지 않았습니까.”

"훗!"

철군패의 입꼬리가 말려 올라갔다. 그러자 검운영이 비슷한 미소를 지으며 말했다.

"요 근래 새외를 떠도는 재밌는 소문이 하나 있더군요. 십이사조와 홀로 대적하는 자, 사람들은 그를 가리켜 멸제라고 부르더군요. 덩치는 산처럼 크고, 날래기는 비호보다 빠르며, 단호하기가 칼과도 같아 맺고 끊음이 분명한 남자의 이야기. 어디서 많이 들어본 것 같지 않습니까?"

"들었더냐?"

"소문을 듣는 순간 형님의 이야긴 줄 알았습니다. 그리고 준비를 하였지요. 형님이 돌아오면 바로 움직일 수 있도록."

"역시 치밀하구나."

"형님에 비하면 약과지요. 어차피 우리를 먼저 건드린 것은 저쪽입니다. 우리는 우리 부족을 지키기 위해 움직일 겁니다. 받은 것 이상으로 돌려주는 것이 대막의 율법 아닙니까? 이미 북풍대는 준비가 끝났습니다, 형님."

검운영의 눈이 섬뜩하리만큼 날카롭게 빛났다.

예전부터 검운영은 그랬다. 아군에게는 누구보다 관대하지만, 자신의 적에게는 그 누구보다 무자비했다. 그리고 한 번 적이라고 생각하면 두 번 다시 우호적인 모습을 보이지 않았다. 철군패만큼이나 맺고 끊음이 분명한 남자가 바로 검운영이었다.

"하여간 네놈은 그러면 안 돼. 십 몇 년 동안 연락 한 번 없이 잠적해 있다가 이제야 나타나다니. 네놈이 없는 동안 내가 얼마나 심심했었는지 알아? 개새끼. 끝까지 같이 하자고 해놓고는, 지 혼자 내빼기나 하고. 좋았냐? 혼자 다니니까 그리 좋디?"

이미 얼큰하게 취한 양천의의 음성이었다. 잠깐 동안 얼마나 술을 많이 마셨는지, 그의 얼굴은 붉게 달아오르고, 혀는 반쯤 꼬부라져 말을 알아듣기 힘들 정도였다.

그 모습에 검운영이 미소를 지으며 말했다.

"아시죠? 저렇게 욕을 해도 형님을 많이 기다렸었다는 것을. 형님이 그렇게 떠난 후 많이 외로웠었나 봅니다."

"알고 있다."

철군패의 얼굴에 짙은 음영이 생겼다.

개새끼, 소새끼하며 욕을 해도 그 안에 담긴 깊은 정을 알기에 철군패는 웃을 수 있었다. 양천의의 욕설이 정겹게 느껴지는 것도 그런 이유 때문이었다.

양천의는 어느새 술에 취해 꾸벅꾸벅 졸고 있었다.

"너는 그러면 안 돼. 말도 없이 그러면……."

그의 잠꼬대가 모닥불의 연기를 타고 허공으로 흩어져갔다.

검운영이 타오르는 불씨를 보며 말했다.

"잘 돌아오셨습니다. 보고 싶었어요."

* * *

　새벽 동이 틀 무렵 북풍대원들은 모조리 모닥불 가에 이리저리 쓰러져 새우잠을 자고 있었다. 간밤에 치른 전투의 흔적인 양 나뒹구는 엄청난 양의 술병이 그들이 얼마나 많은 술을 마셨는지 보여주고 있었다.

　마지막까지 남아있던 검운영도 취기를 이기지 못하고 양천의의 배에 머리를 얹은 채 곯아떨어져 있었다.

　"후!"

　철군패가 깊은 숨을 내쉬며 자리에서 일어났다. 간밤에 그토록 많은 술을 마셨지만, 철군패는 약간의 취기만을 느낄 뿐 제법 멀쩡한 모습이었다.

　잠시 주위를 두리번거리던 철군패는 곧 마을 뒤쪽에 있는 야트막한 동산으로 걸음을 옮기기 시작했다. 다른 모래 언덕과 달리 동산에는 파릇파릇한 풀들이 자라고 있었다. 아마 드넓은 대막에서 이처럼 푸른 산은 이곳이 유일할 것이다.

　철군패는 묵묵히 걸음을 옮겼다. 산을 오를수록 그의 눈에는 감회의 빛이 떠올랐다. 그리고 점차 그의 걸음이 느려졌다.

　산의 정상에 오르자 잘 가꿔진 정원처럼 각양각색의 꽃들이 흐드러지게 피어있는 모습이 보였다. 사계절 작열하는 태양과 물 한 방울 제대로 얻기 힘든 사막의 환경을 생각하면 도저히 있을 수 없는 일이 눈앞에서 벌어지고 있었다. 그래도 철군패는 이상하게 생각하지 않았다. 십삼 년 전, 그가 이곳을 떠나기 전에도 이곳은 이렇게 꽃으로 뒤덮여 있었기에.

꽃밭에서 약간 벗어난 그곳에 봉긋하게 솟아오른 무덤이 있었다. 그리고 무덤 주위에도 꽃은 피어 있었다. 무덤을 바라보는 철군패의 얼굴에 옅은 미소가 떠올랐다.

"어머니."

그가 봉분으로 다가가 흙을 어루만졌다.

눈앞의 봉분은 그의 어머니의 것이었다. 그의 어머니는 죽어서 이곳에 묻히길 원했다. 그리고 이 산의 주인은 기꺼이 그녀의 소원을 들어주었다. 덕분에 그의 어머니는 죽어서도 소원을 이룰 수 있었다.

단 삼 년이었다. 그와 어머니가 함께한 시간은. 너무나 짧은 시간이었지만, 그래도 후회는 없었다. 그 덕분에 어머니가 자신을 버린 것이 아니란 사실을 알았으니까.

그렇게 철군패가 홀로 상념에 잠겨 있을 때, 조용히 다가오는 인형이 있었다.

"왔구나."

"왔습니다."

"나는 언제고 네가 돌아올 줄 알았다."

유난히 정감 있는 목소리였다. 철군패가 뒤돌아보자 중년의 미부가 보였다. 유난히 길고 고운 삼단 같은 머릿결을 하고 있는 중년의 미부는 따사로운 눈으로 철군패를 바라보고 있었다.

철군패가 그녀에게 고개를 숙여 인사했다. 그러자 중년의 미부가 은은한 미소를 지으며 말을 이었다.

"그녀는 행복할 것이다. 너와 같은 아들이 있고, 또 그 아들이 결코 잊지 않으니까."

"어떤 아들도 어미를 잊지는 않을 겁니다."

"그래! 그것이 세상의 이치지. 하지만 간혹 그럴 수 없는 사람도 있다."

사연 많은 눈빛을 가진 여인이었다. 그녀의 목소리에는 쓸쓸한 기운이 담겨 있었다.

철군패는 그녀의 과거를 알지 못했다. 그가 그녀에 대해 아는 것이라고는 그녀가 매우 오래전에 이곳 풍혈족의 영토로 흘러들어왔고, 홀로 동산에서 살았다는 것이다. 그리고 이곳을 가꾸기 시작했다는 것 정도였다.

처음엔 모두가 그녀를 비웃었다. 삭막한 모래 언덕을 개간하려는 그녀의 모습이 어리석게만 보였던 것이다. 하지만 사람들의 비웃음에도 그녀는 결코 포기하지 않고 땅을 개간했다. 그때 그녀를 도운 자가 철군패의 어머니였다.

그렇게 두 사람은 모래 언덕을 개간하기 시작했다. 새로 지하수를 뚫어 물을 끌어오고 흙을 개간하며, 그들은 지금의 꽃밭을 일궜다. 처음에는 그녀들을 조소어린 시선으로 바라보던 사람들도 차츰 변해가는 동산의 모습에 감동을 받고, 어느 순간부터 적극적으로 참여하기 시작했다. 그렇게 모래언덕은 푸른 초지로 바뀌었고, 한두 송이 꽃이 피어나더니 오늘날의 모습을 갖췄다.

그렇게 모래언덕은 대막 유일의 꽃이 흐드러지게 핀 동산으로 바뀌었다. 그리고 이곳에 중년 미부의 거처가 있었다.

"잠시 집으로 들어가겠느냐? 차를 끓여 주고 싶구나."

"그럼 신세를 지겠습니다."

"너는 그녀의 아들, 나에게도 외인이 아니다."

"고맙습니다."

철군패가 여인을 따라 집으로 들어갔다. 노족장의 집과 마찬가지로 흙벽돌로 만든 여인의 집은 무척이나 아담하면서도 따뜻하게 느껴졌다. 벽 한쪽에는 직접 만든 것으로 보이는 장삼이 여러 개 걸려 있어 눈길을 끌었다.

철군패가 여인에 대해 아는 것은 단 한 가지, 그녀의 이름이 모일려(茅壹麗)라는 것이다. 그 외에 그녀의 정체라든지, 어디서 왔는지 등에 대해서는 하나도 알지 못했다.

이름 석 자 외에는 모든 것이 비밀에 가려진 여인. 하지만 철군패의 어머니는 생전에 그녀를 무척 좋아해 이곳에서 많은 시간을 보냈다.

모일려가 차를 따랐다. 일반적인 차가 아니라 언덕에서 채취한 꽃으로 만든 백화차(百花茶)였다. 이름처럼 백 가지 꽃이 들어간 것은 아니지만, 그래도 각종 꽃이 들어가 있어 묘한 흥취를 안겨주었다.

"입맛에 맞을지 모르겠구나."

"아주 좋습니다."

"다행이구나."

모일려가 고개를 주억거렸다.

그녀의 몸에서는 함부로 근접할 수 없는 위엄과 분위기가 자연스럽게 흘러나왔다. 때문에 마을 사람들은 그녀를 함부로 대하지 못했다. 이런 분위기는 결코 하루아침에 가질 수 없는 것이란 사실을 철군패는 잘 알고 있었다.

그녀의 과거를 알지는 못했지만, 그녀가 결코 범상한 사람이 아니란 사실 정도는 충분히 짐작할 수 있었다. 그래도 철군패는 그녀의 정체를 물어보지 않았다. 그의 어머니는 있는 그대로의 모일려의 모습을 좋아했다. 굳이 자신이 그녀의 과거를 캐물을 필요는 없었다.

모일려가 그윽한 눈으로 철군패를 바라봤다.

"그녀가 살아있었다면 좋아했을 것이다. 이렇게 사내답게 자란 아들은 모든 어미의 자랑이니까."

"그래도 표는 내지 않으셨을 겁니다."

"그렇겠지. 너는 곧 떠나겠구나."

"왜 그렇게 생각하십니까?"

"너와 같은 눈빛을 가진 자는 이렇듯 좁은 곳에 만족하지 못한다. 세상을 향해 넓은 날개를 펴고 웅비를 해야만 만족할 것이다. 설령 그 끝이 너의 파멸일지라도."

철군패는 유심히 모일려를 살폈다.

십삼 년 전에 보았을 때도 유달리 신비로운 분위기를 풍기던 여인이었다. 그때는 단지 그녀의 분위기 때문에 압도되었었다. 그때는 왜 자신이 압도당했는지 몰랐지만, 지금 다시 보니 그 이유를 알 것 같았다.

'무공을 익힌 고수였던가?'

지금 그의 눈에는 모일려의 몸을 타고 흐르는 기의 흐름이 똑똑히 보였다. 평범한 사람들은 결코 볼 수 없는 독특한 기의 흐름이.

모일려는 반박귀진(返撲歸眞)의 경지에 이른 고수였다. 비범함이 극에 달해 오히려 평범해 보이는 경지. 그런 경지에 이른 고수는 그리 많지 않았다.

철군패는 모일려에게 어떤 사정이 있을 거라고 생각했다.

모일려가 미소를 지었다.

"보아하니 너는 내가 무공을 익혔단 사실을 알아차렸나 보구나."

"본의 아니게 그렇게 되었습니다."

"내게 미안해할 필요 없다. 이미 네가 그러한 경지에 이르렀으니, 사물의 본질을 꿰뚫어보는 것이 당연한 일인 것을."

"아무에게도 이야기하지 않겠습니다."

"괜찮다. 어차피 숨기려고 작정한 게 아니었으니까. 그저 하루, 하루 익히다 보니 어찌 그런 경지에 이르게 된 것일 뿐."

“무가 출신이셨습니까?”

“천하에서 가장 강한 무가 중 하나가 바로 나의 가문이란다. 하지만 이제는 모두 옛이야기에 불과할 뿐이다.”

모일려의 얼굴에 고졸한 미소가 피어올랐다.

철군패는 그녀의 눈빛이 무척이나 쓸쓸해 보인다고 생각했다. 그녀의 눈빛은 여러모로 자신의 어머니를 떠올리게 만들었다.

“혹시 가문을 알려주시면 소식을 전하겠습니다.”

“소용없다. 나의 가문은 이미 이십 년 전에 멸망했으니까.”

“그런…….”

“네가 미안해할 필요는 없다. 너와는 아무런 상관없는 이야기니까. 나의 가문이 멸망한 것은 숙명에 의한 것. 나는 숙명에서 도망친 비겁자에 불과하다. 그러니 누구를 원망할 자격도 없다.”

수많은 감정이 담긴 목소리였다.

“혹시 제가 도와드릴 일은 없습니까?”

“딱히 너에게 부탁할 일은 없다. 나는 이곳에 은거하는 삶에 만족하고 있다. 경치 좋은 암자에도 있어 봤고, 천하절경의 장소에도 있어 봤지만, 나에게는 이곳이 가장 잘 어울린다. 남은 인생도 이곳을 가꾸는데 모두 쏟아 부을 생각이다.”

이곳이야말로 모일려 최후의 안식처였다. 그녀에게 어떤 사정이 있었는지 모르지만, 이곳까지 흘러들어온 데에는 범상치 않은 사연이 있을 거란 생각이 들었다.

아마 노족장도 그런 사실을 알았기에 그녀를 위해 기꺼이 이곳을 내줬을 거란 생각이 들었다.

"어머니께서도 좋아하실 겁니다. 당신께서 살아생전 아꼈던 곳에 누워계시니까요."

"이곳의 반은 그녀의 것이나 마찬가지다. 나는 네가 원한다면 언제든 이곳을 내줄 수 있다."

"제가 원하지 않습니다. 제가 있을 곳은 여기가 아니니까요."

"하긴 이곳은 네게 너무 좁지. 혹시라도 중원으로 가게 되면 각별히 몸을 조심하길 바란다. 그리고 특히 구주천가의 무인들을 만나면 조심하거라. 그들은 진정 무자비한 자들이니까."

"나는 그들이 두렵지 않습니다."

"그렇겠지. 하지만 그들은 진정으로 무서운 자들이다. 필요하다면 자신의 처자마저도 이용할 수 있는 자들, 그런 자들을 상대하는 것은 결코 쉬운 일이 아니니, 될 수 있으면 부딪치지 않는 것이 좋을 것이다."

"충고 명심하겠습니다. 이만 가보겠습니다. 맛있는 차 고마웠습니다."

철군패가 자리에서 일어났다.

그를 바라보는 모일려의 눈에 아쉬움의 빛이 떠올랐다. 하지만 그것도 잠시, 이내 그녀가 아무렇지 않은 표정으로 말했다.

"나가지 않겠다. 잘 가거라."

"그럼 안녕히 계십시오."

인사 후에 철군패가 문을 열고 사라졌다. 홀로 남은 모일려가 철군패가 사라진 입구를 바라보며 중얼거렸다.

"나는 네가 제발 구주천가와 충돌을 일으키지 않길 바란다."

*　　*　　*

왜타마종(矮駝魔宗) 곡혈성은 고서(古書)를 두고 흥분한 표정을 지었다.

진무법진총요(眞武法陣總要)라는 이름의 고서였다.

이제는 신화시대라고 불리는 칠백 년 전보다 이전에 만들어진 고서로, 도가에서 전설처럼 내려져오는 진법의 총 요체가 담긴 책자였다.

"흐흐! 이런 횡재수가 있나? 이런 고서가 우연히 나의 손에 들어오다니."

진무법진총요를 얻은 것은 실로 우연이었다.

그가 자주 거래하는 고서점에 들른 것이 오늘 오전이었다. 마침 오늘은 다른 곳에서 들여온 책을 정리하는 날이었다. 고서점 내부에는 정리하기 위한 책들이 널려 있었고, 진무법진총요도 그 한가운데 묻혀 있었다.

그러나 보물은 아무리 진흙 속에 묻혀 있어도 빛이 나는 법. 곡혈성은 단번에 책의 진가를 알아보고 잽싸게 주웠다. 그는 고서점 주인에게 돈 몇 푼을 쥐어준 후 급히 책자를 갖고 자신의 거처로 왔다.

급히 살펴본 결과, 그는 이 고서가 진본임을 깨달았다. 신화 시대 때 만들어진 진본은 구하기가 무척 힘들어 그도 몇 권 가지고 있지 않았다.

이런 진본을 얻었다는 것 자체가 엄청난 행운이었다.

"흐흐! 이런 흥분은 십이 년 전 이후 처음 느끼는군."

그는 십이 년 전의 기억을 떠올렸다. 당시 담천월의 명령으로 거대한 유적을 해체하면서 칠백 년 전의 진법을 만났을 때의 떨림이 지금 고스란히 되살아나고 있었다.

당시 칠백 년 전의 진법대가인 만박노조(萬博老祖) 사공천이 남긴 흔적을 보고 얼마나 기뻐했던가? 지금 진무법진총요를 보는 그의 흥분은 당시에 못지않았다.

그는 떨리는 손으로 진무법진총요를 펼쳤다.

누런 책장 위에 쓰인 검은 글씨를 바라보는 그의 눈동자가 미미하게 떨렸다.

"드디어……."

칠백 년 전 도가에서 사용되었던 모든 진법의 총화가 이 책에 들어 있었다. 곡혈성은 순수한 처녀의 속살을 엿보는 기분으로 책장을 넘겼다.

그는 급속히 진무법진총요에 빠져들었다. 그는 시간이 가는 줄 모르고 책을 탐독했다. 그렇게 얼마나 시간이 흘렀을까? 그는 문득 자신의 손가락이 미세하게 떨리는 것을 느꼈다.

"도대체 왜?"

그의 얼굴에 의혹의 빛이 떠올랐다.

이제까지 수없이 책을 탐독해왔지만, 이런 경우는 단 한 번도 없었다. 아무리 밤을 지새워도 눈 한 번 침침한 적 없었고, 손이 떨린 적은 더더욱 없었다. 그러고 보니 눈가가 파르르 떨리는 것이 아무래도 이상했다.

"도대체 무슨 일인가?"

그가 급히 책장을 덮고 자리에서 일어났다. 하지만 몸을 일으키는 순간 갑자기 머리가 핑 돌더니 몸이 균형을 잃고 휘청였다.

곡혈성의 얼굴에 황당한 빛이 떠올랐다. 머리는 더할 수 없이 맑은데, 몸이 따라주지 않는 황당한 상황이라니.

그가 문득 머리를 짚은 자신의 손을 바라보았다. 그러자 손가락 끝이 검게 변해있는 모습이 보였다.

"설마?"

어떤 생각이 났는지, 그가 급히 자신이 이제까지 읽던 진무법진총요를 펼쳐보았다. 그러자 책장에 검게 변한 부분이 보였다. 모두 그가 손가락으로 짚었던 부분이었다.

"서, 설마 독인가?"

누군가 책장마다 독을 발라 났다. 그것도 모르고 곡혈성은 책장을 넘길 때마다 손가락에 침을 묻혔다. 아마도 그때 독이 그의 몸으로 침투했을 것이다.

"누, 누가?"

그가 믿을 수 없다는 표정으로 주위를 둘러보다 그대로 뒤로 넘어갔다.

그가 기절한 직후, 방문이 조용히 열리며 일단의 사내들이 들어왔다. 복면을 한 사내들은 기절한 곡혈성을 바라보며 눈을 빛냈다.

복면인들 중 우두머리가 곡혈성을 바라보며 중얼거렸다.

"역시 걸려들 줄 알았다. 머리가 조금 좋다고 자부하는 족속들은 하나같이 그럴듯한 책을 갖다놓으면 어김없이 걸려들고 말지."

말은 그렇게 했지만, 사실은 곡혈성을 노리고 펼쳐진 치밀한 심계였다.

우선 곡혈성이 자주 가는 고서점을 파악하고, 그가 좋아할 만한 책을 은밀히 흘린다. 그리고 책장마다 독을 묻혀 자신도 모르는 사이에 중독이 되게 만든다. 그리고 곡혈성이 혼절한 후에 나타나 그를 데려가면 되는 것이다.

곡혈성은 대사조 신도제원의 심복이었다. 비록 신도제원과 상당히 떨어져 지낸다고 하지만, 그 역시 무시할 수 없는 고

수. 그런 곡혈성을 흔적도 없이 납치한다는 것은 결코 쉬운 일
이 아니었다. 그런데 눈앞의 복면인들은 그런 일련의 일들을
너무 쉽게 해내고 있었다.

　복면인들은 혼절한 곡혈성을 자루에 담고 조용히 방을 빠져
나갔다. 어디서도 곡혈성이 납치당한 흔적은 남지 않았다.

＊　＊　＊

　곡혈성뿐만이 아니었다. 대륙 전역에서 유명한 진법가들이
나 책사들이 조용히 납치되는 사건이 벌어지고 있었다. 하지
만 그 사실을 아는 자는 없었다.

＊　＊　＊

　푸르르!
　화왕이 기분 좋은 듯 투레질을 했다. 질 좋은 건초와 마른
콩을 먹였더니 원기를 회복한 모양이었다. 철군패는 화왕의
뺨을 쓰다듬어주었다.
　주위의 말들이 화왕의 기세에 눌려 멀찍이 물러나 있었다.
북풍대의 말들 역시 사막에서 혹독하게 단련된 전마(戰馬)였
지만, 화왕의 압도적인 존재감에는 어쩔 줄 몰라 하고 있었다.
　화왕은 어디에 있어도 눈에 띌 수밖에 없는 말이었다. 마치

철군패처럼 말이다.

주위에선 북풍대가 각자 자신의 말에 간단한 짐을 싣고 있었다. 활과 전통, 환도와 창대를 꽂아 넣고 간단한 비상식량을 점검하는 그들의 모습은 무척이나 진지했다.

철군패의 곁에선 양천의와 검운영이 자신의 장비들을 점검하고 있었다. 양천의는 투덜대면서, 검운영은 평상시처럼 진지한 표정으로 말이다.

"젠장할! 건량 좀 챙겨놓으라니까. 망할 놈의 영감탱이. 그깟 몇 푼이 아까워 준비를 하지 않은 거겠지."

"설마 그렇겠습니까? 워낙 갑작스럽게 일어난 일이니까 미처 준비를 못한 거겠지요."

"아니야. 이 영감탱이가 우리를 엿 먹이려고 하는 것이 분명해. 으아아!"

양천의가 기괴한 소리를 질렀다. 하지만 그 모습을 이상하게 보는 사람은 아무도 없었다. 늘상 양천의가 하는 행동이기 때문이다. 혼자 웃고, 화를 내고, 떠드는 그의 모습은 일상처럼 사람들의 뇌리에 각인되어 있었다.

검운영은 피식 웃으며 말 위에 올라탔다.

평상시보다 말의 근육이 굳어있는 것이 느껴졌다. 아마도 긴장을 한 것 같았다. 그 이유가 철군패의 애마인 화왕 때문이란 것을 모를 검운영이 아니었다.

'형님은 자신의 덩치에 걸맞게 괴물 같은 말을 타고 있구나.'

철군패에겐 비밀이지만, 간밤에 북풍대원 몇 명이 화왕을 타기 위해 도전을 했었다. 하지만 화왕의 등에 타고자했던 사람들은 하나도 남김없이 바닥을 나뒹굴어야 했고, 그도 모자라 화왕의 거대한 말발굽에 짓밟혀 육포가 될 뻔했다.

검운영도 그중의 한 명이었다. 때문에 화왕이 얼마나 사나운 성질을 갖고 있는지 잘 알고 있었다. 물론 철군패에겐 비밀이었다.

철군패가 안장도 없이 화왕의 등 위에 올라탔다. 그러자 화왕이 기분 좋은 투레질을 했다.

밖으로 나오자 마을 사람들이 나와 있었다. 그들 역시 북풍대가 출진한다는 이야기를 들은 것이다. 떠나는 북풍대를 바라보는 사람들의 눈에는 염려의 빛이 가득 담겨 있었다.

그들 역시 북풍대가 왜 나가는지 알고 있었다.

두 명의 십이사조가 목숨을 잃은 이상, 남은 십이사조는 더욱 광분해 이곳을 노릴 것이 분명했다. 일단 한 번 은원이 얽히면 어느 한쪽이 멸망할 때까지 벗어날 수 없는 것이 강호의 법도였다. 십이사조를 멸망시키든, 사막의 다섯 부족이 멸망하든, 어느 한쪽이 완전히 사라질 때까지 전쟁은 계속될 것이다.

앉아서 당하기보다는 선제공격을 해서 적을 말살시키는 것. 그것이 북풍대가 출진하는 이유였다. 사람들은 출진하는 북풍대를 위해서 행운을 기원했다.

삼백 명의 북풍대가 출진하는 모습은 그야말로 장관이었다.

비록 중갑주나 거창한 깃발은 들고 있지 않았지만, 그들의 몸에서는 사위를 압도하는 박력이 넘쳐흐르고 있었다.

사막을 횡단하는 일이었다. 하지만 그 누구도 걱정하지 않았다. 삼백 명의 북풍대에게 대막은 안마당이나 마찬가지였기 때문이다. 그 덕분에 이곳까지 철군패를 안내해왔던 염 노인은 조금 더 마을에 머물면서 상처를 치료할 수 있게 됐다. 그는 훗날 다른 사람들과 함께 이곳을 떠날 것이다.

모두가 철군패를 바라보고 있었다. 그가 북풍대를 무사히 돌려보내주길 바라고 있었다.

철군패가 크게 외쳤다.

"출진(出陣). 북풍대."

"와아아!"

사람들의 함성에 일진광풍과 누런 먼지가 일어났다. 먼지는 하늘 높이 올라가 태양을 가렸다. 일순 천지가 어둠에 잠긴 듯했다.

제 3 장

정중지동(靜中之動)

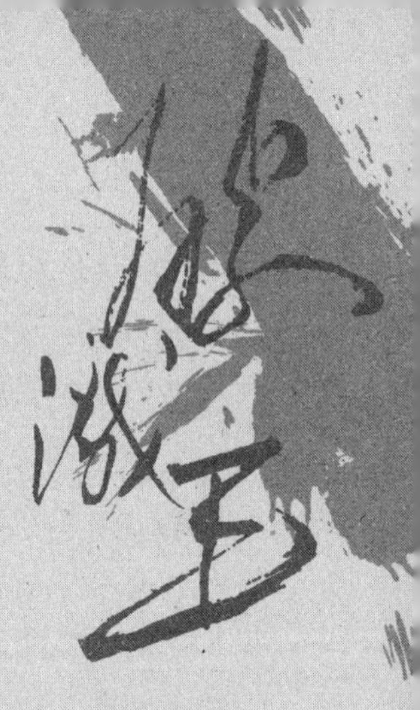

　단월은 차분한 눈으로 전방의 광경을 바라보았다. 하늘을 찌를 듯한 고루거각들이 그녀의 시야를 어지럽히고 있었다. 건물들 사이에는 예외 없이 수많은 무인들이 존재했다.

　일견 어지러워 보이기도 했지만, 사실은 엄격한 법도에 의해 움직이는 사람들. 그들의 움직임엔 한 치의 빈틈도 보이지 않았다.

　이십 년 전 마해와의 전쟁을 치른 후, 구주천가는 대대적인 조직개편을 했다.

　십전제 천우경을 중심으로 문상부(文相府)와 무상부(武相府)가 양측에서 보좌를 하고, 그 밑으로 다시 위기진압군이라 할 수 있는 오천(五天)이 있고, 다시 휘하의 조직에 오군(五軍)과 오대(五隊)가 존재한다.

거기에 화진천이 대주로 있는 혈포사신대(血袍死神隊)와 천우경의 직할조직인 흑영대(黑影隊)까지 포함시키면 그 규모는 기하급수적으로 불어난다.

그렇게 수많은 조직들이 엄격한 법도 아래 공존하고 있었다. 그 정점에 천우경이 존재하고 있는 것은 만천하가 아는 사실이었다.

십전제라는 이름만으로도 천하를 압도하는 남자 천우경. 그는 공식석상에 거의 모습을 드러내지 않는다. 이십 년 전의 혈사를 잠재운 이후로 꼭 필요한 자리가 아니면 모습을 나타내지 않는단 사실은 비밀도 아니었다.

모습을 드러내지 않아도 상관없었다. 사람들은 단지 그가 같은 공간에 있다는 사실만으로도 안심했고, 그를 의지했다. 아마 천하에서 그만큼 의지가 되는 사람도 드물 것이다.

최소한 구주천가의 무인들은 그를 철석같이 의지하고 있었다. 그러나 단월은 달랐다. 그녀는 구주천가의 무인도 아니었고, 천우경에게 의지할 처지도 아니었으니까.

걸음을 옮기는 단월의 표정은 한없이 무겁기만 했다. 어쩌면 구주천가의 무거운 공기가 그녀의 어깨를 짓누르기 때문인지도 몰랐다.

억누르는 무거운 분위기속에서 그녀가 향하는 곳은 천원각

(天元閣)이었다. 감히 하늘의 으뜸이라는 이름을 쓰는 오만한 건물. 바로 십전제 천우경의 거처였다.

본래 구주천가의 가주가 쓰는 거처는 따로 있었으나, 특이하게도 천우경은 과거 소가주 시절 머물던 흑무원(黑霧院)을 개조해 계속 머물렀다. 그리고 이름을 천원각으로 바꿨다. 그날 이후로 천원각은 구주천가의 중심이 되었다.

단월이 천원각으로 오라는 호출을 받은 것은 불과 반 시진 전이었다. 구주천가의 가주 천우경이 그녀를 보고 싶다고 호출한 것이다. 당연히 그녀는 천우경의 부름에 응할 수밖에 없었다.

지금 단월은 무척 긴장하고 있었다. 천우경은 구주천가 내에서 기거하는 사람들도 거의 볼 수 없는 신화적인 존재였다. 그런 존재가 단월을 호출했다. 당연히 긴장할 수밖에 없었다.

남정옥이나 다른 수행원들은 단월을 따라나서지도 못했다. 무려 구주천가의 가주를 만나는 자리였다. 다른 이들의 동석은 허용되지 않았다. 대신 구주천가의 무인들이 단월을 수행했다. 그들의 무거운 기도에 단월은 숨이 턱턱 막히는 기분이었다.

그녀의 눈앞에 거대한 문이 나타났다. 천원각으로 통하는 입구였다. 입구에는 강력한 기도를 가진 무인들이 경비를 서고 있었다. 다른 문파였다면 능히 요직에 앉을 만한 기도를 가진 자들이 천원각의 경비를 서고 있는 것이다.

'역시 구주천가라고 해야 하나?'

단월은 입술을 질근 깨물었다.

이곳에서부터 압도를 당하면 안 된다. 그녀는 당당해지려고 애를 썼다. 고개를 들고 허리를 꼿꼿이 세웠다. 비록 면사로 얼굴을 반쯤 가리고 있었지만, 눈빛만큼은 죽지 않으려고 했다.

단월을 안내해온 무인들이 천원각의 무인들에게 인계하며 말했다.

"여기서부터는 저들과 함께 들어가셔야 합니다. 저희는 여기서 기다리고 있겠습니다."

"고마워요."

단월은 그들에게 감사의 뜻을 표하고, 천원각의 무인들을 따라 안으로 들어갔다. 높다란 담장으로 둘러싸인 천원각은 별천지나 다름없었다. 구주천가와 완벽하게 격리된 천원각은 그 자체만으로 막강한 위용을 뽐내고 있었다. 거기에다 곳곳에서 느껴지는 삼엄한 시선들. 만일 단월이 조금이라도 수상한 짓을 한다면 곳곳에서 천원각을 지키고 있는 고수들에 의해 단숨에 척살되고 말 것이다.

가히 용담호혈(龍潭虎穴)이라고 할 수 있는 곳이 바로 이곳 천원각이었다.

문득 그녀의 눈이 빛났다.

천원각에서 나오고 있는 중년의 무인 때문이었다.

머리부터 발끝까지 검은 옷을 입고 있는 중년의 무인. 단지 일별하는 것만으로도 심장이 멈출 것 같은 예리한 기도를 흘뿌리고 있는 그의 모습이 마치 잘 벼려진 한 자루의 신검 같았다.

그의 시선이 마치 날카로운 칼처럼 단월의 망막을 후벼 팠다. 하지만 단월은 그의 시선을 피하지 않았다. 의외로 대가 센 모습을 보여주자 중년의 무인이 의외라는 눈빛을 했다.

"소저는?"

"무영문의 단월이라고 합니다."

"흠! 가주께서 만나기로 하셨다는 소저가 바로 당신이었군. 좋은 눈빛을 가졌군."

"과찬이십니다. 지 대주님."

"호! 나를 알고 있는가?"

"천원각을 마음대로 드나들 수 있고, 십전제 천우경 대협을 지척에서 모시는 극강의 무인은 단 한분밖에 없죠. 흑영대주(黑影隊主) 지영정 대협."

"과연! 무영문의 정보력이 구주천가와 더불어 천하제일을 다툰다더니, 허언이 아니었군. 거기에다 그런 정보를 이용해 단숨에 나의 정체를 꿰뚫어보는 소저의 혜안 또한 놀랍군."

"과찬이십니다."

단월은 겸허하게 고개를 숙여보였다.

"과연 문상이 욕심을 낼 만한 인재군. 자네와 같은 젊은 사람을 볼 때면 항상 마음이 기껍지."

"저 역시 천우경 대협과 함께 난세를 종식시킨 영웅을 직접 보게 되어 영광입니다."

"세상의 소문은 늘 과장되기 마련이지."

흑영대주 지영정이 의미 모를 미소를 지었다. 그러나 단월은 그처럼 웃을 수 없었다.

눈앞의 남자는 십전제 천우경을 지척에서 호위하는 존재였다. 그가 이끄는 스물여덟 명의 흑영대는 구주천가에서 최강의 파괴력을 가진 단일 집단이었다. 최근 들어 새로이 구주천가의 검으로 떠오른 혈포사신대조차 그들에 비하면 어린아이 집단이라 할 수 있었다.

하긴 이미 이십 년 전에 마해와의 전쟁에서 최전선에 섰던 자들이다. 천우경을 따라 인세에 길이 남을 지옥의 전투를 경험한 그들이 두려워할 것은 아무것도 없었다. 죽음의 전장을 경험한 이들과 그렇지 못한 이들의 격차는 그만큼 컸다.

"그럼 안으로 들어가 보시게. 가주께서 기다리고 계실 테니까."

"그럼!"

단월이 지영정을 향해 포권을 취해 보였다. 자신보다 먼저 태어나 세상을 평정한 무인에게 보내는 그녀의 예의였다.

지영정이 미소를 지으며 그녀의 곁을 지나쳤다. 그의 몸에서는 여전히 막강한 기도가 흘러나오고 있었다.

단월을 압박하려는 의도가 아니라, 원래 그의 모습 자체가 그런 것이다.

단월은 멀어져가는 지영정의 뒷모습을 보면서 걸음을 옮겼다.

‘흑영대주 지영정, 천우경의 그림자 심복. 직접 행사하지 않지만, 그의 영향력은 오히려 문상 온유하와 무상 혁련청화를 능가한다고 알려져 있다. 그만큼 그를 흠모해서 마음으로 따르는 무인들이 많다는 뜻이다.’

단월은 쿵쾅거리는 심장을 진정시키려 애를 썼다. 아직 천우경을 만나기도 전이었다. 벌써부터 이러면 곤란했다.

그녀는 애써 호흡을 고르며 천원각으로 들어갔다. 복도로 들어서자 시비들이 나와 그녀를 안내했다. 시비들이 안내한 곳은 천원각의 삼 층이었다.

잠시 숨을 고른 시비가 곧 안을 향해 말했다.

“단월 소저께서 오셨습니다.”

“안으로 모시거라.”

안에서 나직한 저음의 목소리가 들렸다. 듣는 이의 마음을 편하게 해주는 듣기 좋은 목소리였다.

시비가 문을 열자 내부의 전경이 단월의 눈에 들어왔다.

구주천가의 가주전이라는 것을 증명이라도 하듯이 고풍스런 집기들로 꾸며진 실내였다. 오랜 역사를 보여주는 손때 묻은 장식장과 벽에 걸린 검이 유난히 눈에 띄었다.

밖의 전경이 환히 보이는 창문가에는 오래된 탁자를 사이에 두고 두 명의 남자가 마주보고 있었다.

강인한 얼굴선에 유난히 뚜렷한 이목구비, 그리고 사위를 압도할 듯이 무서운 빛을 내뿜는 검은 눈동자와 굳게 다문 입술이 마치 사자와도 같은 중년 남자, 그리고 그런 중년 남자를 유난히 빼닮은 젊은 무인이었다.

단월은 본능적으로 중년의 무인이 구주천가의 가주인 천우경이라는 사실을 깨달았다. 그녀가 급히 천우경에게 포권을 취하며 예를 차렸다.

"무영문의 단월이 십전제 천우경 대협께 인사를 올립니다."

천우경의 시선이 단월에게 향했다. 순간 단월은 영혼의 그릇이 깨져나가는 듯한 충격을 느꼈다.

자신을 바라보는 담담한 시선 속에 담긴 폭풍과도 같은 거력(巨力)을 느꼈기 때문이다.

부르르!

자신도 모르게 몸이 떨렸다.

제아무리 호흡을 고르며 안정을 찾으려 해도, 몸이 먼저 공포를 느끼고 제멋대로 반응하고 있었다. 이제까지 그녀가 이렇게 두려움을 느낀 것은 처음이었다.

이대로 가다가는 심장이 터져 나갈 것 같았다. 결국 그녀가 먼저 고개를 돌렸다. 그제야 천우경이 빙긋 웃으며 말했다.

"무영문에 재녀가 있어 앞날이 밝다더니 과연 그렇군. 반갑네. 내가 바로 천우경이라네."

"만나 뵙게 되어 영광입니다."

"이쪽은 나의 아들인 천위강이라네. 둘이 인사하시게."

천우경의 소개가 끝나자 천위강이 일어나 인사를 했다.

"천위강이오."

"단월입니다."

"반갑소. 과연 듣던 바대로 미색이 출중하시군요."

"과찬이십니다."

"앉으시오."

"네!"

단월은 천위강이 권해주는 자리에 앉았다. 그녀가 앉자 시비가 달려와 차를 내놨다.

"드시게. 용정차라네."

"감사합니다."

"머리를 맑게 하는데 용정만한 것이 없지. 때문에 젊은 시절부터 즐겨 마셨다네. 자네의 입맛에도 맞았으면 좋겠군."

"향이 좋네요. 머리가 맑아지는 것 같습니다."

"다행이군."

빙긋 웃는 천우경의 모습은 세인들이 흔히 알고 있는 것처럼 그렇게 무서워 보이지는 않았다. 하지만 단월은 보이는 겉모습에 현혹되지 않았다.

그녀는 자신의 속내를 보이지 않는 사람이 더 무서운 법이란 것을 잘 알고 있었다. 그녀는 절대로 긴장의 끈을 놓지 않았다.

"자네 부친은 어떻게 지내시는가?"

"염려 덕분에 잘 지내고 있습니다."

“후후! 내가 젊었을 적에 그에게 많은 도움을 받은 적이 있지. 생각해보면 그때가 그립군.”

“부친께서도 종종 그때의 일을 말씀하십니다. 당신 일생에서 가장 큰 도박이었다고.”

“하하! 그랬던가? 하긴 그랬을 거야.”

천우경이 호탕하게 웃음을 터트렸다. 하지만 단월은 웃을 수 없었다. 이 안에서 웃을 수 있는 자격을 지닌 이는 오직 천우경뿐이었다.

잠시 후 천우경이 웃음을 멈추고 말했다.

“언제 또다시 그를 만났으면 좋겠군.”

“그렇게 전해드리겠습니다.”

“고맙네. 그래, 구주천가를 둘러보니 어떻던가?”

“거대한 기운을 느꼈습니다. 건물 곳곳에서 느껴지는 칠백년의 역사에 압도당할 뻔했습니다.”

“수많은 이들이 이곳을 지키기 위해 피를 흘렸지. 그리고 앞으로도 많은 사람들이 피를 흘릴 것이네. 천하의 평화를 위해서라면 구주천가는 앞으로도 어떤 희생이라도 치를 수 있다네. 그것이 구주천가가 존재하는 이유니까.”

“항상 구주천가의 희생에 감사해하고 있습니다.”

“후후! 문상이 자네를 부른 이유를 알고 있는가?”

“짐작하고 있습니다.”

“그렇겠지. 자네는 머리가 좋은 사람이니까.”

천우경이 의미심장한 미소를 지었다. 그의 미소에 단월은 왠지 모르게 가슴이 섬뜩해지는 것을 느꼈다.

자신의 모든 것을 꿰뚫어보는 듯한 천우경의 눈빛이 부담스러웠다. 마치 벌거벗은 채 설원 한가운데 내던져진듯한 느낌에 몸서리가 쳐졌다.

‘이것이 제왕의 존재감. 칠백 년 역사의 구주천가를 이끌어가는 자의 위용인가?’

단월의 눈이 빛났다.

태어난 그 순간부터 제왕으로 키워진 남자. 그는 자신의 손으로 삼대봉신가(三大奉臣家)를 멸문시키거나 봉문시키고, 장로원을 폐쇄시켰다.

천우경은 그 자신을 정점으로 하는 조직을 완성시키고, 정상에 올라섰다. 그 과정에서 수천 명이 목숨을 잃었지만, 그는 눈 하나 깜빡이지 않았다.

지금 단월은 천우경이 왜 자신을 보자고 했는지 이유를 알아내기 위해 머리를 굴리고 있었다. 물론 겉으로는 티를 내지 않았지만, 상대는 십전제 천우경이었다. 어쩌면 그는 자신의 속내를 이미 짐작하고 있을지도 몰랐다.

“지금은 매우 혼란스러운 시기라네. 하지만 유감스럽게도 천하 곳곳에서 좋지 않은 조짐들이 감지되고 있네. 새외에서는 십이사조와 멸제라는 자가 격돌하고 있고, 대륙에서는 본가에 대항하는 자들이 스스로를 반천련이라고 부르면서 일어나고 있지.”

“유감스러운 일입니다.”

“그래! 유감스러운 일이지. 그들은 본가가 이 땅을 지키기 위해 어떤 희생을 치렀는지 이미 잊어버린 모양이라네. 그래서 나는 이번 기회에 그들에게 본가의 힘을 보여줄 생각이라네.”

천우경의 입가에 한줄기 호선이 그려졌다. 겉보기엔 그저 부드러운 미소에 불과했지만, 단월은 그의 겉모습 뒤에 숨겨진 야수성을 조금은 들여다본 기분이었다.

“후후! 수많은 이들이 피를 흘렸고, 희생됐네. 그런 본가의 희생과 은혜를 잊어버린 자들에게 응당 처분을 내릴 것이네. 자네는 어떻게 생각하는가?”

“지……당하신 생각입니다.”

지금 이 자리에서 단월이 선택할 수 있는 대답은 한 가지뿐이었다. 설령 자신의 생각이 다르다고 하더라도 지금 천우경 앞에서 그런 이야기를 할 수는 없었다.

“나는 본가를 지키기 위해서라면 어떤 일이라도 할 수 있네. 설령 그것이 만인의 지탄을 받는 일일지라도 말이야. 오늘의 내가 있기 위해 수많은 사람들이 희생을 했네. 나는 결코 그들의 희생을 잊을 수 없네. 그래서 솔직히 말하겠네. 무영문이 본가를 도와주길 바라네.”

“도움이라시면?”

“후후! 반천련을 끄집어내야지. 나는 무영문이 반천련을 끄집어내는 데 도움을 주길 바라네. 오직 그것만이 내가 바라는 바일세.”

더없이 담담한 말이었지만, 단월에게는 머리를 망치로 얻어맞은 것 같은 충격이었다.

요컨대 무영문과 단월을 미끼로 반천련을 끄집어내겠다는 것이 아닌가? 이미 반천련도 무영문이 구주천가와 모종의 소통을 하고 있다는 사실을 알았을 것이다. 또다시 그들이 함정에 걸려들 리가 없었다.

‘그런데도 이렇게 말한다는 것은 나와 무영문에게 반천련의 실체를 밝혀달라고 명령하는 것이 아닌가?’

단월은 침음성을 흘렸다.

지금 천우경은 불가능한 임무를 명령하고 있었다. 그러면서도 구주천가는 한 발짝 뒤로 물러나는 모습을 보였다. 한마디로 실패를 하건, 성공을 하건 모든 책임은 오로지 무영문의 몫이라는 의미였다.

순간 단월의 얼굴에 의혹의 빛이 떠올랐다.

그가 아는 천우경은 이렇게 남에게 자신의 일을 떠맡기는 사람이 아니었다. 그는 무슨 일이든 자신이 앞으로 나서는 사람이었다. 전장의 선두에 서서 적을 척결하는 자. 그런 그의 모습 때문에 구주천가가 위기를 넘기고 하나로 뭉친 것이 아니었던가?

지금 천우경의 모습은 단월이 알고 있는 부분과 상당부분이 달랐다. 비록 이십 년 전의 일이긴 하지만, 당시 단월은 천우경이 금지에서 봉인이 풀린 거대한 마인과 싸우는 모습을 보았다.

당시의 그는 투사였지, 물러서 있는 자가 아니었다. 그녀가 알고 있는 천우경의 모습과 지금의 천우경의 모습에는 많은 차이가 있었다. 하지만 그런 사실을 입 밖으로 내뱉을 수는 없었다.

천우경이 빤히 그녀를 바라보고 있었다. 이 시대의 절대자가 암묵적으로 그녀에게 명령을 내리고 있었다. 그의 말은 문상 온유하와는 다른 차원의 무게를 지니고 있었다.

단월이 힘겹게 입을 열었다.

"반천련만 끄집어내면 되는 겁니까?"

"후후! 그 정도면 족하네. 나머지는 본가에서 알아서 할 것이네."

"알겠습니다. 방법을 생각해보겠습니다."

"고맙네! 이건 진심일세."

천우경이 차를 마셨다. 그에 맞춰 단월도 차를 마셨다. 하지만 차 맛을 느낄만한 마음의 여유는 이미 사라지고 없었다. 입안이 온통 쓰게만 느껴졌다.

잠시간 침묵이 이어지자 단월은 천우경의 용건이 끝났다고 느꼈다. 그녀가 자리에서 일어났다.

"저는 이만 나가보겠습니다."

"차가 자네 입맛에 맞았으면 좋겠네."

"제가 마셔본 차 중에서 가장 맛있었습니다."

"다행이군. 배웅하지 않겠네."

"그럼 이만……."

단월이 예를 취하고 밖으로 나갔다.

천우경은 그 모습을 물끄러미 바라보다 단월의 모습이 완전히 사라지자 천위강을 바라보았다.

"어떻느냐?"

"좋군요."

"그래! 좋은 여자다. 하지만 남자가 감당하기 버거운 여자이기도 하지."

"그 정도는 되어야 도전해볼 만한 가치가 있는 것 아닙니까?"

"후후! 너는 아직 세상을 모르는구나. 세상에 간단한 일은 존재하지 않는다. 저리 아름다운 여인이라면 얼마나 많은 독침을 숨기고 있을지 알 수 없지."

천우경이 남아있는 차를 입안에 털어 넣었다.

여전히 천위강은 단월이 사라진 곳을 바라보고 있었다. 그의 눈빛이 갖는 의미를 모를 천우경이 아니었다.

그의 자식은 아직 세상을 너무 모른다. 분명 축복받은 환경에서 태어나 온갖 혜택을 받아 큰 성취를 이룬 것이 분명하지만 많은 것이 모자라다. 그래서는 예전의 자신과 같은 전철을 밟을 수밖에 없었다.

천우경이 입술을 질근 깨물었다.

떠올리기도 싫은 기억이었다. 하지만 결코 잊을 수는 없는 기억이었다. 아니, 결코 잊어서는 안 됐다. 두 번 다시 그런 일을 당하지 않기 위해서라도 절대 잊어서는 안 됐다.

그는 한 가지는 분명히 알고 있었다.

오늘날의 구주천가는 온전히 자신의 능력만으로 만들어진 것이 아니었다. 결과론적으로 말하자면 그가 구주천가의 가주가 된 것은 매우 운이 좋았기 때문이었다. 목숨이 경각에 달했을 때 '그'가 구원해주지 않았다면 오늘날의 구주천가는 물론이고, 천우경도 존재하지 않았을 것이다. 그 사실을 잘 알기에 천우경은 한 치의 방심도 용납하지 않았다. 그날 이후 천우경은 완벽주의자가 되기로 결심했다.

한 치의 방심도 용납하지 않고, 구주천가를 노리는 적이 있다면 단호히 응징했다. 그렇게 그는 예전과는 다르게 자신만의 철권통치를 하고 있었다.

천우경은 천위강을 바라보았다.

자신과 온유하와의 사이에서 태어난 아들이었다.

최고의 두뇌를 가진 여인과 최고의 육체를 가진 남자 사이에서 태어난 아이답게 천위강의 자질은 매우 뛰어났다. 분명 그는 천우경의 뒤를 잇기에 부족함이 없었다. 하지만 천우경은 부족하다고 생각했다. 자신이 생각하는 완벽함과 거리가 있었기 때문이다. 그래도 그는 자신의 생각을 결코 밖으로 표내지 않았다.

문득 천위강이 말했다.

"어머님이 요즘 적적해하시는 것 같습니다. 시간 나실 때 한 번 들러보시지요."

"그녀가 그러더냐?"

"어머님이 어디 속내를 드러내시는 분입니까? 제 느낌이 그렇다는 것입니다."

"네가 그렇다면 그런 것이겠지. 알겠다. 내 근일 들르겠다."

"어머님이 기뻐하실 겁니다."

"그래!"

천우경이 고개를 주억거렸다. 하지만 그는 이미 다른 생각을 하고 있었다.

'그가 돌아올 때까지 구주천가를 지키는 것은 나의 몫. 설령 그 어떤 오명을 뒤집어쓴다고 할지라도 반드시 구주천가를 지킬 것이다.'

*　　*　　*

천원각을 나온 단월은 자신의 거처로 향했다. 그때 그녀에게 따라붙는 사람이 있었다. 혈포사신대주 화진천이었다.

"무슨 일이신가요?"

"문상께서 당신을 모시고 오라는 명을 내리셨소."

"방금 전에는 가주이고, 이번에는 문상인가요? 좋아요. 따라가죠."

단월의 목소리에는 가시가 돋쳐 있었다.

이곳에서 그녀의 의견이나 존재감 따위는 통용되지 않는다. 그녀의 운명은 이 시대를 움직이고 있는 절대자들에 의해 좌지우지되고 있었다. 그렇기에 화가 났다. 자신이 아무것도 아닌 것 같아서 더욱 기분이 나빴다.

화진천이 미간을 살짝 찌푸렸다. 하지만 뭐라고 말하지는 않았다. 어느 정도는 그녀의 기분이 이해도 되었기 때문이다.

어차피 이곳에 온 것 자체가 그녀의 의지가 아니었다. 자신의 의지와 다르게 연금생활을 하고 있는데, 천우경과 온유하의 뜻에 의해서 움직여야 하니 화가 나는 것도 당연했다. 하지만 그렇다고 해서 화진천이 따로 그녀를 배려해줄 수는 없었다. 그의 영혼의 주인이라고 할 수 있는 천우경의 뜻과 어긋나기 때문이다.

구주천가가 균형을 잡아야만 천하가 평화롭다. 모두가 천하를 위해서 하는 일이었다. 큰일에 사심(私心)이 개입되어서는 안 된다는 것이 화진천의 생각이었다.

단월이 화진천을 따랐다. 그녀의 머릿속은 복잡하게 헝클어져 있었다. 천우경을 만난 여파였다. 하지만 그것도 잠시, 이내 그녀는 냉정하게 마음을 가다듬기 시작했다.

'벌써부터 이렇게 약한 모습을 보이면 어쩌자는 것인가? 정신 차려라, 명희야.'

그녀는 자신의 진짜 이름을 불렀다. 누구에게도 자신의 입으로 알려주지 않은 자신의 진짜 이름을.

그녀가 스스로 자신의 진짜 이름을 알려준 이는 오직 한 명뿐이었다. 그 이후로 그녀는 누구에게도 자신의 이름을 알려주지 않았다.

이렇게 힘들 때면 그녀는 진짜 이름을 되뇌며 스스로 용기를 북돋고는 했다.

문상부로 들어서자 온유하가 단월을 기다리고 있었다. 그녀는 만면 가득 미소를 지으며 단월을 맞았다.

"어서 와요."

"문상을 뵙습니다."

단월이 예를 취했다.

온유하는 단월에게 의자를 권했다. 단월은 사양하지 않고 의자에 편히 앉았다. 하지만 마음은 가시방석에 앉은 것처럼 불편하기 그지없었다. 그는 이미 온유하가 자신을 왜 불렀는지 짐작하고 있었다.

"그분을 만났다고 들었어요."

"네!"

"어땠나요?"

"뭐가 말인가요?"

"과연 소문처럼 무섭게 보였냔 말이에요."

"솔직히 그렇게 까진 보이지 않았어요."

“호호! 그럴 거예요. 그분은 외인에게 자신의 진면목을 보여주는 분이 아니니까요. 그래, 그분이 하신 말씀은 들었나요?”

“예!”

“수락했다고 들었어요.”

“예!”

“잘됐군요. 그 일 때문에 단월 소저를 부른 거예요. 혹시 단월 소저는 그에 대한 계획이 있나요?”

“솔직히 아직은 없습니다. 너무나 갑작스런 일이니까요.”

단월은 솔직히 이야기했다. 그러자 온유하가 그럴 줄 알았다는 듯 미소를 지었다. 그녀의 미소에 단월은 불길한 느낌을 받았다. 그녀의 느낌은 현실이 되었다.

“그렇다면 단월 소저에게 한 가지 방도를 알려줄게요. 아마 단월 소저도 나의 이야기를 듣는다면 동의할 거예요.”

온유하의 입가에 어린 미소가 더욱 짙어졌다.

단월의 미간에는 깊은 골이 패였다. 그녀의 느낌은 온유하의 이야기를 듣지 말라 하고 있었다. 하지만 그녀에겐 선택의 여지가 없었다. 결국 온유하의 말을 듣는 수밖에 없었다.

“말씀하세요. 경청하겠습니다.”

“나는 이번 기회가 단월 소저는 물론이고, 무영문에게도 좋은 도약의 발판이 될 수 있을 거라 생각해요. 그래서 무영문의 저력을 감안해서 이번 작전을 생각해봤어요. 그러니까……”

온유하의 목소리가 점점 낮아졌다. 그럴수록 단월의 미간에
패인 골은 깊어져만 갔다.

                    *   *   *

철군패가 감았던 눈을 떴다.

보이는 것은 온통 황량한 사막뿐이었다. 그 어떤 생명체도
살아남을 수 없는 열사의 대지. 하지만 철군패는 그 속에서 강
인한 생명력을 느꼈다. 이곳에서 살아남을 수 있다면 천하 어
디에서도 살아남을 수 있었다.

오직 강인한 생명력을 지닌 자만이 살아남는 땅. 어쩌면 그
래서 더욱 철군패와 어울리는지도 몰랐다. 철군패를 따르는
북풍대 역시 마찬가지였다. 그들은 뜨겁게 내리쬐는 태양 볕
에도 별반 지친 표정을 짓지 않았다.

푸르르!

가끔 말들이 지친 듯 투레질을 하곤 했지만, 그마저도 일부
에 불과했다. 북풍대가 타는 말은 모두 사막에서 자란 전마였
다. 기질이 강인할 뿐 아니라, 체력도 일반 말보다 월등해 결
코 쉽게 지치지 않았다.

양천의가 철군패 곁으로 말을 몰아 다가왔다.

"근데 우리 어디로 가는 것이냐? 어디로 가는 것인지 알고
나 따라가자."

"일단은 사막을 벗어나야겠지."

"그리고?"

"기다리면 알아서 그들이 찾아올 거야."

"그들이라면 십이사조를 말하는 것이지?"

"그래! 십이사조의 세 명이 죽었다. 그들은 반드시 내가 사막에서 나오기를 기다릴 거야."

철군패의 확신에 찬 음성에 양천의가 고개를 끄덕였다.

문제는 그들이 어디서 철군패와 북풍내를 기다릴 것이냐 하는 것이었다. 그곳이 어디가 됐든 일단 철군패 일행이 사막을 벗어나는 그 순간 움직일 것이 분명했다.

그러나 양천의나 검운영 모두 그다지 걱정하지 않는 모습이었다.

"네 녀석도 정말 터무니없는 녀석들과 은원관계를 맺었구나."

"후후! 그것은 사막의 다섯 부족들도 마찬가지 아니던가? 어차피 십이사조는 공공의 적이야. 그것만으로도 그들을 응징할 충분한 이유가 되지."

"하기는……."

양천의가 손가락을 꼼지락거리며 철군패의 말에 동의했다.

가만히 있는 사막의 다섯 부족을 건드려온 것은 분명 십이사조였다. 그들 때문에 녹주를 잃은 사람들은 아직도 갈 곳을 제대로 찾지 못하고 있었다. 그들을 생각한다면 결코 용서할 수 없었다.

북풍대원들은 사막을 벗어나 다른 세상으로 간다는 사실에 들뜬 얼굴을 하고 있었다. 사막이 무척이나 익숙한 그들이었지만, 그래도 더 넓은 세상에 대한 동경마저 없는 것은 아니었다. 바깥세상으로 나간다는 설렘은 그들의 가슴을 뛰게 하기 충분했다.

해가 뉘엿뉘엿 넘어갈 무렵 철군패 일행은 거대한 모래 언덕 아래에서 유숙을 했다.

북풍대는 준비해온 마른 쇠똥으로 불을 피웠다. 모르는 사람이 본다면 더럽다고 할지도 모르겠지만, 사실 마른 쇠똥은 그리 냄새도 나지 않을뿐더러 가볍고 화력도 좋아 나뭇가지 하나 구하기 힘든 사막에서는 최고의 보물이나 마찬가지였다.

타닥타닥 타오르는 불길을 바라보는 철군패의 얼굴이 붉게 물들었다. 각진 얼굴선이 강인한 인상을 더욱 도드라지게 만들었다. 유적에 들어갈 때만 하더라도 남아있던 동안은 흔적도 없이 사라지고, 이제 강인한 남자의 모습만 남았다.

사막으로 들어올 때 같이 왔던 사람들은 모두 제자리를 찾아 떠나가고, 북풍대가 새로 합류했다. 철군패는 세상일은 알 수 없는 거라고 생각했다.

'관설.'

철군패는 나직이 임관설의 이름을 읊조렸다.

평범한 아이는 아니라고 생각했다. 무슨 이유에선지 본신의 힘을 억누르고 있다는 사실도 알아봤다. 하지만 그녀가 대사조 신도제원과 연관이 있는 사람이라는 사실은 알아보지 못했다.

'인연인가? 악연인가?'

확실히 신도제원과는 악연이 분명하다. 그렇다면 관설과의 만남도 악연일 가능성이 농후하다. 차라리 그때 모른 척 버려두는 것이 나을 뻔했다는 생각이 들었다.

그때 곁에 있던 검운영이 그의 상념을 깼다.

"형님, 무슨 생각을 그리 하십니까?"

"그냥, 이것저것."

"형님이 그렇게 상념에 빠진 모습은 처음 보는 것 같습니다."

"후후! 그런가?"

철군패가 나직 웃음을 흘렸다.

삼백 명 북풍대는 철군패 주위에 삼삼오오 모여 앉아 있었다. 그러면서도 주위를 경계하는 것을 늦추지 않고 있었다.

철군패가 양천의에게 물었다.

"아이들 수준은 어느 정도냐?"

"무슨 수준?"

"무공을 얼마나 익혔냔 말이다."

"뭐, 주어진 것은 거의 다 익혔다. 너도 보지 않았느냐? 우리가 얼마나 강한지. 아마 이 사막에서 우리를 이길 수 있는 자는 거의 없을 것이다."

"사막에서는 그렇겠지."

"그게 무슨 말이냐?"

"앞으로 우리가 싸울 자들은 어디에서 공격해올지 모른다. 전장이 꼭 사막이 되리란 보장은 없다는 뜻이지."

"상관없어. 사막이든, 아니든 우리는 결코 쉽게 지지 않을 테니까."

양천의가 가슴을 두드리며 호언장담했다. 하지만 철군패의 얼굴 표정은 그리 밝아지지 않았다. 그 모습에 양천의의 눈썹이 성큼 치켜 올라갔다.

"설마 우리를 못 믿어서 그런 표정을 짓는 것은 아니겠지?"

"너희를 못 믿는 것이 아니다. 단지 만사를 튼튼하게 단속하려는 것일 뿐. 대원들을 모두 한자리에 모아라."

"왜?"

"대주의 명령이다."

"끄응!"

양천의가 앓는 소리를 냈다.

처음 북풍대가 설립될 때 대주의 조건은 단 한 가지뿐이었다. 북풍대에 지원한 아이들 중 가장 강한 사람이 된다. 그리고 나머지 사람들은 모두 그의 명령에 절대 복종한다.

비록 양천의가 끝까지 남아 철군패에게 도전했지만, 결과적으로 그는 패했다. 부대주인 그는 철군패의 명령을 들어야할 의무가 있었다.

양천의가 신경질적으로 소리쳤다.

"모두 모여라. 대주께서 할 말이 있으시단다."

북풍대가 자리에서 일어나 철군패 주위로 몰려들었다. 어슬렁거리는 걸음이 대부분이었지만, 눈빛만큼은 그 누구보다 날카롭게 빛나고 있었다.

철군패는 그들 한 명, 한 명을 눈에 넣었다.

이제부터 그를 따라 전장을 누벼야할 전사들이었다. 그들은 아직 더 강해질 여유가 있었다.

"모두 나를 따라와 줘서 고맙다. 너희들이 있어 내 마음이 든든하다."

북풍대가 은은한 미소를 지었다. 철군패에게 보내는 신뢰의 미소였다.

철군패의 말이 이어졌다.

"너희들은 분명 강하다. 아마 사막에서의 전투라면 너희들을 이길 수 있는 자는 그리 많지 않을 것이다. 하지만 앞으로 우리는 사막뿐 아니라 수많은 전장을 전전해야 할 것이다. 이제 우리는 새로운 방식의 전투법과 무공을 익혀야 한다. 나는 너희들이 새로운 무공을 충분히 익힐 수 있는 능력을 가졌다고 본다."

"대주가 주는 무공을 익히면, 대주만큼 강해질 수 있습니까?"

누군가 물었다. 그러나 돌아온 철군패의 대답은 너무나 간단했다.

"절대로 불가능하다."

"젠장! 그럼 끝까지 쫄따구로 남아있어야 한단 말이야?"

"하하하!"

그의 투덜거림에 북풍대 전원이 함박웃음을 터트렸다. 하지만 그것도 잠시, 이내 그들이 진지한 얼굴로 철군패를 바라보았다. 그들의 눈빛 속에는 강렬한 열망이 담겨 있었다. 그들의 열망이 무엇을 뜻하는지 철군패는 잘 알고 있었다.

"너희들에게 알려줄 절기는 백병도(白兵刀)라는 상고의 무공이다."

"백병도? 이름은 제법 뽀대나잖아."

"단지 이름만 그럴듯한 절기가 아니다. 백병도는 강경일변도의 무시무시한 파괴력을 가진 무공이다."

칠백 년 전 환사영은 파멸력을 이용한 무공을 연구하는 틈틈이 자신이 군대를 운용한 경험을 집대성해서 또 하나의 무공을 만들어냈다. 그것이 바로 백병도였다.

파멸력에 대해 적혀 있던 책자 뒤편에는 백병도에 대한 설명이 있었고, 철군패는 파형권을 익히는 틈틈이 백병도에 대해 연구했다.

백병도는 무인을 위한 무공이 아니었다. 백병도는 군인을 위한 무공이었다. 일대일의 대결에도 강력한 위력을 발휘하지만, 그보다 더 강한 위력을 발휘하는 곳은 바로 대규모의 난전이 벌어지는 전장이었다.

　백병도를 익힌 자는 특유의 기파를 뿜어내게 된다. 일반적인 무인들은 그 느낌을 결코 감지할 수 없지만, 같은 백병도를 익힌 자는 특유의 기운을 느끼고 동조하게 된다. 굳이 눈으로 보지 않아도, 같은 백병도를 익힌 자가 어떤 초식을 펼치고, 어떻게 해야 위력이 극대화되는지 피부로 느낄 수 있는 무공이 바로 백병도였다.

　한 명이 펼칠 때보다 둘이 펼칠 때 위력이 커지고, 둘보다는 넷이, 넷보다는 여덟 명이 펼칠 때 위력이 기하급수적으로 불어난다. 하지만 여기에는 한 가지 전제가 붙는다. 바로 무공을 익히는 자들의 수준이 비슷해야 한다는 것이다.

　누구 한 명만 너무 뛰어나거나, 누구 한 명이 너무 뒤떨어지면 전체의 역량에도 영향을 끼쳐 원활하게 펼칠 수 없었다. 전체가 하나의 생명체처럼 강인한 의지와 배려심이 없다면 절대제 위력을 발휘할 수 없는 무공 백병도.

　백병도를 얻었을 때부터 철군패는 북풍대를 생각했다. 이 무공은 북풍대를 위한 무공이었다. 삼백 명의 북풍대는 누구 하나 모자람이 없었고, 서로를 위하는 유대감도 극진했다. 이들이 아니라면 천하에서 백병도를 익힐 만한 무인은 아무도 없을 것이다.

　한편 철군패의 설명을 들은 북풍대의 무인들은 얼굴이 벌겋게 상기되었다. 그들도 무인이었다. 그들은 철군패의 말을 듣는 순간 백병도가 자신들을 위한 무공임을 깨달았다. 백병도 만 익힐 수 있다면 그들은 더욱 강력해질 수 있을 뿐 아니라, 하나의 생명체 같은 끈끈한 유대감도 얻을 수 있을 것이다.

"이제부터 백병도의 구결과 초식에 대해 알려줄 것이다. 세 번 연이어서 구술해줄 테니 잘 외워야 한다."

"예!"

북풍대의 우렁찬 목소리가 사막의 밤하늘을 울렸다.

철군패는 백병도의 운용구결을 구술하기 시작했다. 북풍대 원들은 그의 목소리를 하나라도 놓칠세라 온 신경을 집중해서 들었다. 그들의 눈이 어둠 속에서 무섭게 빛나고 있었다.

철군패는 자신의 말처럼 세 번 연속해서 구결을 구술해주었 다. 북풍대원들은 그의 말을 잊지 않으려고 연신 입안에서 웅 얼거리고 있었다.

오늘밤은 여기까지였다. 이제 저들은 밤을 새워 구결을 외 우고, 반복해서 혹시 빠진 곳이 있는지 점검할 것이다. 강해질 수만 있다면 며칠 밤이고 뜬눈으로 지새울 수 있는 존재가 바 로 북풍대였다.

모든 구결을 구술해준 뒤 철군패가 자리에 앉아 양천의와 검운영이 곁에 다가와 앉았다.

"정말 백병도라는 무공이 가능하긴 한 거냐?"

"나도 처음엔 믿지 않았지만, 여러 번 점검해본 결과 가능 하다는 결론을 내렸다. 물론 익히는 것이 쉽지는 않겠지만, 북풍대의 능력이라면 충분히 가능하다고 본다.”

“터무니없는 무공이잖아. 이런 무공을 도대체 누가 생각해
낸 거야? 할 수만 있다면 그 인간의 머리를 도끼로 쪼개고 골
을 관람하고 싶다.”

“너희들은 이것을 익혀라.”

철군패가 내놓은 것은 낡은 책자였다. 얼마나 오래되었는지
종이가 다 삭아 너덜거리는 책자의 겉장에는 이렇게 쓰여 있
었다.

광도진결(光刀眞訣).

“광도진결?”

“이게 뭡니까? 형님.”

“칠백 년 전 십대초인의 일원이었던 광도(光刀) 연성휘의 말
년 심득이 담겨 있는 책자다.”

철군패의 담담한 말에 두 사람이 눈을 크게 떴다. 제아무리
세상의 이야기에 담을 쌓고 살아가는 그들이라지만, 십대초인
이라는 단어가 주는 무거움이 보통이 아니란 사실은 느끼고
있었다.

비록 이름조차 생소하지만, 칠백 년 전 십대초인의 반열에
올랐던 자의 무공이라면 엄청날 것임을 직감할 수 있었다.

“그런데 광도(光刀)라면 빛의 도라는 뜻이 아니냐? 나는 도
끼를 무기로 쓰는데. 그럼 나와 안 맞는 것 아냐?”

양천의의 말이었다.

"네가 굳이 연성휘의 도법을 배울 필요는 없다. 너는 너에게 필요한 부분을 배우면 된다. 특히 연성휘의 내공심법은 광륜(光綸)의 경지를 이끌 수 있는 천고의 심법이다. 이 심법을 네 것으로 만들 수 있다면 너 역시 광륜을 쓸 수 있을 것이다. 운영이 너도 마찬가지다.

네가 비록 검을 쓰지만, 연성휘의 무공은 검조차도 포용한다. 마치 대해가 어떤 강물이라도 포용할 수 있는 것과 같은 이치니 너 역시 광도진결을 익히는 데 한 치의 소홀함도 있어선 안 될 것이다."

"감사합니다, 형님."

"앞으로 대막을 벗어날 때까지 너희들과 북풍대는 죽어라 무공을 연구해야 할 것이다. 너희들이 일정 수준 이상에 오르지 않는다면 나는 절대 이 사막을 벗어나지 않을 것이다."

양천의와 검운영이 동시에 고개를 끄덕였다.

그들도 본능적으로 이것이 얼마나 큰 기연인지 느끼고 있었다. 비록 그들과 북풍대가 강하다고 하지만, 진정한 절대고수라고 할 수는 없었다. 그들의 강함은 개인의 강함보다는 집단의 강함이었다. 하지만 백병도와 광도진결을 익히면 개인의 강함도 충족하게 된다. 천고에 다시없을 기회였다.

두 사람은 금세 광도진결에 빠져들었다. 다른 북풍대원들도 마찬가지였다. 그들 모두가 상념의 세계에 빠져 있었다.

* * *

　북풍대의 고행은 시작되었다.

　빠른 길로 갈 수도 있었지만, 그들은 일부러 먼 길을 돌아갔다. 백병도와 광도진결을 익히기 위해서였다. 작열하는 뙤약볕 속에서도 그들은 무공에 몰두했다. 일단 한 번 몰두하면 무섭도록 몰입하는 것이 북풍대의 특성이었다.

　모든 것이 척박한 대막이었다. 이곳에서 살아남기 위해서는 낙타보다 끈질긴 지구력이 있어야 하고, 한 번 온 기회를 절대 놓치지 않는 집요함이 있어야 한다. 그리고 북풍대원들은 그런 거친 환경에 완벽하게 적응한 사내들이었다. 그들은 자신들에게 주어진 기회를 결코 놓치지 않았다.

　북풍대원들은 의문이 나는 것이 있으면 망설이지 않고 철군패에게 찾아왔다. 그런 이가 한두 명이 아니었다. 상황이 이렇게 되다 보니 철군패는 결국 인근의 녹주에서 잠시 시간을 보내기로 결정했다. 우선 북풍대의 배움에 대한 욕구를 풀어주는 것이 급선무라고 생각했기 때문이다. 어차피 그들에게 초식을 알려주려면 편히 머물 만한 곳이 있어야 했다.

　북풍대가 찾은 녹주는 그들이 출진을 할 때면 잠시 쉬어가는 곳으로, 위치가 매우 교묘해 아직까지 사람들에게 알려지지 않은 곳이었다. 사막의 다섯 부족들도 이곳이 북풍대의 영역임을 인정해 접근하지 않았다. 때문에 사막에 존재하는 녹주 중 유일하게 사람이 살지 않는 곳이 바로 이곳이었다.

사방이 높은 모래 언덕으로 둘러싸여 있어 외부에서 보아서는 이곳에 녹주가 있음을 전혀 알지 못했다. 뿐만 아니라 물도 매우 풍족하고, 조그마하지만 주위로 초지가 있어 당분간 말들을 쉬게 할 수도 있었다.

북풍대는 녹주에 짐을 풀었다. 그런 후 각자 흩어져 백병도를 익히기 시작했다.

백병도의 초식은 크게 다섯 가지로 나뉘어져 있었다.

백린귀화(白燐鬼火).

탈백무영(奪魄無影).

혼천일관(混天一貫).

염화일겁(炎火一劫).

일도참혼(一刀斬魂).

백병도의 다섯 초식은 뒤로 갈수록 단순해지는 특징이 있었다. 그리고 다섯 가지의 모든 초식을 익히면 각 초식을 마음대로 섞어 쓸 수도 있었고, 연환하여 사용할 수도 있었다.

일단 극성으로 익히기만 하면 상황에 따라 무한하게 조합하여 쓸 수 있는 무공이 바로 백병도였다.

철군패는 북풍대원들에게 백병도의 다섯 초식을 알려주고 익히게 했다.

북풍대원들은 삼삼오오 모여 백병도에 대해 의논하며 손속을 겨뤘다. 삼백 명이나 되는 사내들이 한 가지 무공에 몰두하기 시작하니 그 열기가 엄청났다.

성격이 급한 자들은 벌써부터 목검을 들고 서로 겨루기 시작했다. 강자존은 북풍대의 율법이었다. 조금이라도 강한 자가 높은 서열을 차지한다. 서열이 낮은 자는 높은 위치를 차지하기 위해, 높은 곳에 있는 자들은 현재의 지위를 지키기 위해 치열하게 무공을 익혔다.

그야말로 사투나 다름없었다. 북풍대는 사막의 태양보다 뜨거운 열기를 발산하며 무공을 익혔다.

양천의와 검운영도 마찬가지였다. 그들 역시 광도진결을 참오하며 자신의 것으로 만들기 위해 각고의 노력을 하고 있었다. 그들은 이번이 절호의 기회라는 사실을 인식하고 있었다. 그리고 이런 기회는 두 번 다시 오기 힘들 거란 사실도 알고 있었다.

철군패는 결코 서두르지 않았다.

철군패가 싸우려는 적은 너무나 크고 거대했다. 그를 상대하기 위해서는 개인의 힘만 갖고서는 안 됐다. 자신을 뒷받침해줄 존재들이 필요했다. 그들이 바로 북풍대였다.

* * *

북풍대의 수련은 날이 갈수록 열기를 더해갔다. 사막의 사내들은 철군패가 가르쳐준 무공을 미친 듯이 파고들었다. 그런 그들의 모습에 철군패조차 혀를 내두를 정도였다. 강해지고자 하는 그들의 욕구에는 끝이 보이지 않는 듯했다.

차츰 백병도가 익숙해지자 그들은 곧 서너 명씩 무리를 이뤄 대적하기 시작했다. 드디어 백병도의 특성을 몸에 익히기 시작한 것이다.

세 명이 네 명이 되고, 네 명이 다시 열 명이 되어 대적했다. 그 과정에서 팔이 부러지고 다리가 꺾이는 사고가 속출했다. 그런데도 그들은 격렬한 대련을 멈추지 않았다.

마치 미친 사람들처럼 그들은 백병도를 파고들었다. 그들의 강렬한 열기가 사막의 열기를 압도하고 있었다.

*　　*　　*

시간은 쏜살같이 빠르게 흘러가고 있었다. 그들이 녹주에 들어온 지도 어느새 두 달이 되어가고 있었다.

"챠아앗!"

곳곳에서 기합성이 울려 퍼졌다.

바닥에서 누런 먼지가 일어나 하늘을 뒤덮었다. 그 속에서 수많은 사내들이 움직였다.

철군패는 그 모습을 무거운 시선으로 바라보고 있었다.

그의 시선에 두 패로 나뉜 북풍대의 모습이 보였다. 양측 모두 백병도를 운용하고 있었다. 목검만 들었다 뿐이지, 그들의 기세는 실전을 방불케 했다. 얼굴이 온통 누런 흙먼지로 뒤덮여 있었지만, 그들은 개의치 않았다.

지금 흘리는 피와 땀이 훗날 자신의 목숨을 구해줄 수 있다는 사실을 알고 있었다.

양측 다 똑같은 백병도를 펼치고 있었다. 한 사람이 백병도를 펼치자 다른 이들이 동조했다. 수백 명의 사내가 마치 하나의 정신을 공유한 듯 그들은 투쟁심을 고취시키고 있었다.

"쳐랏!"

"놈들!"

그들은 마치 생사대적이라도 되는 양 서로를 향해 격돌해갔다. 그들의 도에 새하얀 인이 맺혔다. 백린귀화의 초식이었다.

쉬아악!

바람을 가르는 소리가 날카로웠다. 이미 초식이 완숙한 경지에 이른 듯 일체의 군더더기도 없이 효율적이고, 정확했다. 하지만 문제는 백린귀화의 초식을 펼치는 이가 한 명이 아니란 것이다.

삼백 명의 사내들이 양쪽으로 나뉘어 백병도의 초식을 펼치고 있었다. 그중에 백린귀화의 초식을 펼치는 이만 백 명이 넘을 정도였다. 그만큼 초식이 완숙도에 올랐다는 이야기였다.

백병도를 익힌 이후로 매일같이 실전을 방불케 하는 대련을 하다 보니 그들의 기세는 날이 갈수록 날카로워졌다. 그 때문에 부상자가 속출했지만, 누구 하나 신경 쓰는 사람이 없었다. 부상자도 마찬가지였다. 그들은 상처를 입은 것에 스스로 부끄러워하며 이를 악물고 일어섰다.

대립하는 이들은 북풍대만이 아니었다.

검운영과 양천의도 무기를 들고 마주서고 있었다. 그들은 밤낮으로 광도진결을 탐독했다.

같은 무공서를 봤지만, 그들이 얻은 심득은 달랐다. 이미 익힌 바 무공이 다르기 때문이었다.

자신이 얻은 심득을 확인해볼 가장 확실한 방법은 겨뤄보는 것이다. 검운영과 양천의 양쪽 모두 이런 종류의 일에 능숙했다.

부웅!

"결코 봐주지 않을 것이다."

"마찬가집니다."

양천의가 대부를 휘두르며 말하자 검운영이 스산한 미소를 지었다.

한 핏줄을 나눈 형제만큼이나 가까웠지만, 싸움에 있어서만큼은 절대로 양보할 줄 모르는 두 사람이었다. 그들은 마치 생사대적이라도 되는 것처럼 서로를 노려보며 기세를 피워 올리고 있었다.

"좋아! 한번 질펀하게 어울려보자. 쌍!"

"후회하지 마십시오."

검운영의 눈이 섬뜩하게 빛났다.

잠시 대치하던 그들이 곧 서로를 향해 무기를 휘두르기 시작했다.

카카캉!

불꽃이 튀었다.

* * *

거대한 전각의 내부는 무척이나 어두웠다. 벽에 등불을 걸어 불을 밝히지 않았다면 바로 곁에 있는 물건도 구별할 수 없을 정도였다.

일렁이는 등불 아래 거대한 탁자가 놓여 있었고, 탁자를 따라 열두 개의 의자가 놓여 있었다. 화려한 무늬가 새겨져 있는 각 의자에는 주인이 앉아 있었다.

하나같이 범상치 않은 기도를 풍기는 일곱 명의 무인들. 그들은 의자에 앉아 빈자리를 바라보았다. 열두 개의 자리 중 네 개가 비어 있었다. 그중 제일 정점에 있는 태사의를 제외한 의자 세 개의 주인은 타의에 의해 이곳에 오지 못하는 자들이었다. 빈자리를 바라보는 사람들의 눈빛이 묵직하게 가라앉아 있었다.

그중에서도 특히 두 번째 의자에 앉아 있는 사나운 인상의 중년 사내의 눈빛은 무섭게 빛나고 있었다. 화광처럼 빛나는 그의 눈빛은 나머지 사람들을 압도하고 있었다. 마치 허공에 횃불 두 개가 둥실 떠있는 듯했다.

그의 입이 열리고 유난히도 탁한 목소리가 흘러나왔다.

"흐흐! 우습군. 십이사조의 세 명이 타인에 의해 목숨을 잃다니. 십이사조라는 이름을 쓴 이후 처음 있는 일인 것 같군."

사내의 이름은 경율진(慶律眞). 십이사조 중 두 번째 서열인 이사조의 직위에 올라있는 남자였다. 대사조 신도제원을 제외한 가장 강한 사조이자, 불같은 성정의 소유자였다.

그는 지금 십이사조 중 세 명이 타인에 의해 목숨을 잃었다는 사실에 분노하고 있었다.

그가 불같은 시선으로 주위에 있는 사람들을 보았다. 그들 역시 경율진과 똑같은 반열에 올라있는 사조였다. 십이사조가 이렇듯 한자리에 모인 것은 실로 오랜만의 일이었다.

십이사조라는 이름으로 한데 묶여 있었지만, 기실 그들만큼 서로를 견제하고 반목하는 존재들도 드물었다. 만일 대사조 신도제원이라는 강력한 구심점이 없었다면 십이사조는 진즉에 와해가 되었을지도 몰랐다.

경율진의 말에 나머지 사조들이 침묵을 지켰다. 하지만 단 한 명, 그의 반대편에 앉아 있는 늘씬한 교구의 여인은 차가운 미소와 함께 입을 열었다.

"이사형은 오히려 잘되었다고 생각하시는 것 같군요."

"내가 말이냐?"

"아닌가요?"

"너의 독설은 여전하구나."

경율진의 노기를 담은 시선에도 눈 하나 깜빡이지 않는 여인은 사사조인 함운월(咸雲月)이었다. 여인의 몸으로 사조의 반열에 오른 그녀는 결코 경율진의 눈빛에 기가 죽을 만큼 대가 약하지 않았다. 경율진에 비해 그리 적지 않은 나이임에도 삼십대 초반으로 보이는 외모는 그녀가 얼마나 강력한 내공의 소유자인지 보여주고 있었다.

"이사형에게는 기회잖아요. 그렇지 않나요?"

"너는 말을 매우 함부로 하는구나. 그러다가 분명 큰코다칠 것이다."

"사형에 비하면 약과죠. 오호호!"

함운월이 짜랑짜랑한 교소를 흘렸다. 그녀를 바라보는 경율진이 미간을 찌푸렸다. 그의 주먹에 힘줄이 불끈 돋아 올랐다. 그가 발작하려는 순간이었다.

"자자, 오랜만에 만났는데 분위기가 왜 이럽니까? 그야말로 미꾸라지 한 마리 때문에 분위기가 엉망이 되었군요."

경율진과 함운월 사이에 끼어든 남자의 눈에서는 자색의 빛이 폭출하고 있었다. 천하에 수많은 무인들이 존재했지만, 이렇듯 선명한 자광(紫光)을 내뿜는 남자는 오직 한 명뿐이었다. 바로 십사조 자청(紫碃)이었다.

자청이 개입하자 발작하려던 경율진의 기세가 잦아들었다. 비록 하위 서열에 있지만, 자청은 결코 쉽게 볼 수 없는 상대였다. 오히려 무력으로만 따지면 가장 상대하기 까다로운 존재라고 볼 수 있었다. 그런 존재감 때문인지 십이사조 간에 분열이 생기면 항상 자청이 중재자로 나섰다.

오늘 이 자리에는 철군패에게 목숨을 잃은 합아륵, 회천호, 담천월을 제외한 십이사조 전부가 모였다.

이사조 경율진부터 삼사조 기무외(起無外), 사사조 함운월, 오사조 염광(炎狂), 팔사조 패용문(覇勇聞), 구사조 단청윤(單靑 鑰), 십사조 자청, 그리고 십일사조인 적일사(赤一死)까지 모조리 한자리에 모였다.

그야말로 사상초유의 일이었다. 그러나 경율진과 함운월의 대립에서 볼 수 있듯 그들의 심기는 그리 편하지 않았다.

그 모든 것이 철군패 때문이었다. 그의 손에 이미 세 명의 사조가 죽었다. 그 일로 나머지 사조들이 받은 심적 타격은 결코 작은 것이 아니었다. 그 때문에 그들의 표정은 유난히도 경직되어 있었다.

이제까지 조용히 있던 적일사가 쇠를 긁는 듯한 목소리를 토해냈다.

"그런데 정말 그 철군패라는 애송이가 멸제라고 불릴 만큼의 실력은 가지고 있는 것이요? 혹시 과장된 것은 아니요?"

짐승이라고 불릴 정도로 본능적인 직관력과 투쟁심으로 무장한 적일사였다. 그는 단 한 번도 철군패를 보지 않았지만, 그를 향해 투쟁심을 불태우고 있었다.

"그 애송이에게 우리의 형제 세 명이 목숨을 잃었다. 그래도 과장되었다고 생각하느냐?”

패용문의 서늘한 말에 적일사가 입을 꾹 다물었다. 그만큼 장내의 분위기는 무겁기 그지없었다. 그렇게 팽팽한 긴장감이 극에 달했을 때 대전의 문이 열렸다.

끼이익!

경첩이 맞물리는 소름끼치는 소리에 사람들의 시선이 일제히 문이 열린 곳으로 향했다.

“모두 모여 있었군.”

“대사조님.”

사조들이 일제히 자리에서 일어났다.

문을 열고 들어온 이는 대사조 신도제원이었다. 그의 등장에 나머지 사조들의 얼굴에 긴장의 빛이 떠올랐다.

같은 사조 반열에 있었지만, 신도제원은 나머지 사조들의 어버이나 다름없는 존재였다. 그 누구도 감히 그 앞에서 뻣뻣이 고개를 들 수는 없었다.

모두가 고개를 숙였다. 경율진 역시 고개를 숙였으나, 남들보다 늦게, 그리고 뻣뻣이 숙였다. 신도제원도 그 모습을 보았을 테지만, 그저 웃는 모습으로 고개를 끄덕였을 뿐이다.

신도제원이 태사의에 앉으며 말했다.

“모두 자리에 앉게. 그러고 보니 이렇게 한자리에 모인 것은 정말 오랜만의 일이로군.”

붉은 용이 휘감아 도는 용포를 입은 서른 중반의 사내. 마치

옥을 깎아놓은 것처럼 윤이 나는 매끄러운 피부와 붉은색 입술의 소유자인 신도제원의 눈동자는 특이하게 은색으로 빛나고 있었다.

그의 압도적인 존재감 앞에서 십이사조는 숨을 죽였다. 그 중에서도 경율진의 눈동자는 파르르 떨리고 있었다. 신도제원을 바라보는 그의 눈빛 속에는 묘한 갈망과 질투의 빛이 공존하고 있었다. 누구보다 당당하고 야망이 큰 경율진이었지만, 신도제원을 볼 때면 이렇듯 늘 자신이 부족하다고 생각했다.

그의 시선은 신도제원이 앉아 있는 태사의에 고정되어 있었다. 오조룡이 조각되어 있는 혈정석으로 만든 태사의는 지존의 상징이었다. 그리고 신도제원의 자리였다.

'언젠가는…….'

경율진이 입술을 질근 깨물었다.

그러나 신도제원은 경율진의 마음을 아는지 모르는지 담담한 목소리로 말했다.

"이렇게 너희들을 한자리에 모이라고 한 것은 우리 십이사조에게 예상치 못한 일이 일어났기 때문이다. 너희들도 알고 있겠지? 멸제라는 존재를. 그 때문에 우리 형제들 중 세 명이 목숨을 잃었다. 오늘은 이에 대한 대책과 향후 우리의 앞일을 의논하기 위해 한자리에 불러 모았다."

"음!"

다른 사조들이 고개를 끄덕였다. 그들이 예상했던 대로였기 때문이다.

제일 먼저 나선 이는 적일사였다.

"언제부터 우리가 이렇게 모여서 회의를 했습니까? 적이 도발해왔으면 바로 응징해야지요. 우리가 미적거리면 새외의 문파들이 우리의 힘이 약해졌다고 볼 것이 분명합니다. 그러기 전에 멸제라는 자를 응징해야 합니다."

적일사는 잔뜩 불만스러운 표정을 짓고 있었다. 사실 그는 이렇게 모여서 회의를 한다는 사실 자체가 마음에 들지 않았다. 하지만 함운월의 생각은 그와는 달랐다.

"너는 정말로 우리가 왜 이렇게 모여 있는지 몰라서 그러는 것이냐? 그의 손에 세 명이 죽었다. 죽은 세 명 모두 우리와 비교해 무력이 전혀 떨어지지 않는 자들이다. 게다가 합아륵과 회천호는 합공을 하고서도 당했다. 너는 과연 스스로를 그 둘을 합친 것만큼 강하다고 생각하느냐?"

"그건⋯⋯."

"너의 무력이나 용기는 인정한다만 말은 가려서 해야 하는 것이다. 이번 일처럼 중요한 일은 특히나 더 말이다."

"죄, 죄송합니다."

결국 적일사가 입을 꾹 다물고 말았다. 세상 두려운 것이 없는 적일사였지만, 함운월만큼은 신도제원보다 어렵게 느껴졌다.

적일사가 입을 다물자 신도제원의 시선이 함운월에게 향했다.

"너는 어떻게 했으면 좋겠느냐? 네 생각을 말해 보거라."

"들은 바로 그는 아직 젊다고 하더군요. 그 말은 그만큼 발전 가능성이 있다는 뜻이지요. 지금도 이 정도의 무력을 소유하고 있을진대 앞으로 얼마나 더 발전할지는 짐작조하 하기 쉽지 않아요. 그렇다면 차라리 그를 회유하는 것이 어떨까 생각해요."

"말도 되지 않는 소리다. 그는 우리 형제 세 명을 죽였다. 그 원한을 잊고 손을 잡자는 말이냐?"

경율진이었다. 그가 사나운 눈으로 함운월을 노려봤다. 하지만 함운월은 차분한 표정으로 말을 이었다.

"합리적으로 생각하자는 뜻이에요. 무턱대고 그와 원한을 맺을 필요는 없다는 뜻이기도 하죠."

"나는 그 말에 동의할 수 없다. 그에게 입은 피해는 절대로 용서할 수 있는 수준의 것이 아니다. 적일사의 말처럼 그와 손을 잡는다면 새외의 다른 문파들이 더 이상 우리의 눈치를 보지 않을 것이다. 그와는 결코 한 하늘을 이고 살 수 없다. 만일 우리들 중에서 누군가 그와 화해하자는 말을 한다면 내 맹세코 그와 사생결단을 내리라."

쾅!

경율진이 거칠게 탁자를 내리쳤다. 그것은 다른 십이사조 모두에게 하는 경고이기도 했다. 경율진이 이렇게 완고하게 나오자 다른 사조들은 더 이상 화해하자는 말을 할 수 없었다.

곤란한 표정의 함운월이 대사조 신도제원을 바라봤다. 그의 중재를 기대하는 것이다.

　그 순간 신도제원은 묘한 표정을 짓고 있었다. 알 듯 모를 듯 미소를 지은 채 바라보는 그의 모습이 사람들로 하여금 수만 가지 상념이 들게 만들었다.

　모두가 그의 대답만 기다렸다. 하지만 신도제원은 쉽게 입을 열지 않았다. 그가 입을 연 것은 그로부터 한참이 지나고 나서였다.

　"물론 멸제라는 자를 응징해야지. 율진의 말대로 그를 놔둔다면 새외에서 쌓은 십이사조의 신화는 모래성처럼 무너지고 말 것이다."

　"역시!"

　경율진이 고개를 끄덕였다. 그러나 신도제원의 다음 말에 그가 얼굴을 일그러트렸다.

　"허나 그에게 전력을 다 쏟아 부을 수 있는 입장도 아니다."

　"왜입니까?"

　"중원으로 보냈던 청월단주 곽포에게서 얼마 전에 연통이 왔다. 그 안에 매우 흥미로운 내용이 적혀 있더구나."

　"도대체 내용이 무엇이기에."

　"후후! 현 중원의 지배자인 구주천가에 반하는 반천련이라는 존재가 있다더구나. 그리고 반천련에서 우리 십이사조에게 동등한 조건으로 연수할 것을 제안해왔다. 쉽게 말하자면 우리가 중원으로 진출할 발판을 제공하겠다는 것이지."

“으음!”

“문제는 그들과 연수를 하기 위해서는 나와 몇 명이 직접 중원으로 가야 한다는 것이다. 율진아, 너는 이 문제를 어떻게 생각하느냐?”

“그것은…….”

경율진이 쉽게 말을 잇지 못하자 신도제원이 그럴 줄 알았다는 듯이 미소를 지었다.

“우리는 분명 이곳 새외의 지배자다. 허나 언제까지 이곳에 만족하며 살 수만도 없는 일. 큰뜻을 펼치려면 중원으로 가야 한다. 이것은 매우 중요한 일이다. 그리고 멸제를 응징하는 것도 마찬가지로 중요한 일이다. 그래서 나는 고민하고 있다. 어떻게 하면 이 두 가지를 완벽하게 만족시킬 수 있는지 말이다.”

신도제원의 입가에 어린 미소가 더욱 짙어졌다. 십이사조들은 정신없이 그의 말에 빠져들었다.

“너희들의 말을 듣고 난 후 결정했다. 우리는 두 가지를 모두 행한다.”

“어떻게 말입니까?”

“율진이 네가 멸제라는 자를 응징해라. 염광, 패용문과 단청윤, 그리고 적일사에 너까지 다섯 명이면 충분할 것이다. 필요하다면 새외의 모든 문파를 동원해도 된다. 내가 허락하겠다.”

"그럼 대사조께서는 중원으로 가실 겁니까?"

"그렇다. 나와 기무외, 함운월과 자청은 중원으로 간다. 너희들은 멸제를 처리하고 중원으로 와서 우리와 합류한다. 할 수 있겠느냐?"

"맡겨만 주십시오."

경율진이 자신의 가슴을 쾅쾅 치며 호언장담했다.

그때 함운월이 신도제원에게 물었다.

"대사조께서는 반천련을 신뢰하시나요?"

"내가 그들을 믿을 것 같으냐?"

"그런데 왜?"

"후후! 그들이 부르질 않느냐? 자신들의 안마당으로 부르는데 내 어찌 가지 않을 수 있단 말이냐. 내 장담하건대 그들은 나를 부른 것을 후회하게 될 것이다."

신도제원의 말에 함운월이 숨을 죽였다. 그녀는 옷 속에 숨겨진 피부 위로 온통 소름이 올라오는 것을 느꼈다.

*　　*　　*

모였던 사조들 중 다섯 명이 떠나고, 네 명이 남았다. 남은 네 명도 각자의 숙소로 돌아가고, 자리에는 오직 신도제원만이 남았다. 신도제원은 손바닥에 턱을 기대고는 무언가를 곰곰이 생각했다.

그렇게 한참을 혼자 생각하던 신도제원의 눈이 갑자기 빛났다.

그가 아무도 없는 어둠을 향해 입을 열었다.

"무슨 일이냐?"

"……."

"나오거라. 언제까지 그리 있을 생각이냐?"

"휴!"

결국 어둠속에서 나직한 한숨과 함께 늘씬한 체형의 여성이 모습을 드러냈다. 하늘색 궁장을 입은 여인은 놀라울 정도의 미인이었다. 어둠속에서도 선명하게 보이는 새하얀 피부와 대조되는 까만 눈동자. 그리고 오뚝한 코와 석류처럼 붉은 입술은 여인이 미인의 모든 조건을 완벽하게 갖추고 있음을 보여주었다. 등 뒤로 길게 늘어트린 삼단 같은 검은 머릿결에서는 은은한 윤기가 흐르고 있었다. 이제 이십대 초반으로 보이는 여인은 그야말로 완벽한 아름다움을 자랑하고 있었다.

어둠속에서 모습을 드러낸 여인이 사뿐히 걸음을 옮겨 신도제원에게 다가왔다. 신도제원이 그런 여인을 보며 은은한 미소를 지었다.

"왜 그리 수심에 찬 얼굴이냐? 이번 외유가 그다지 마음에 들지 않았던 모양이구나."

"그런 것은 아니에요."

"그럼 왜 그런 얼굴을 하고 있느냐? 집으로 왔으면 웃어야지."

신도제원의 말에 여인이 웃음을 지었다. 하지만 그녀의 웃음은 경직되어 어딘지 모르게 어색해 보였다.

"억지로 웃을 필요는 없다. 그래 무슨 일이냐?"

"중원으로 간다고 들었어요. 맞나요?"

"맞다. 우리는 중원으로 갈 것이다."

"모두 말인가요?"

"후후! 너는 가기 싫은 모양이구나."

"그런 건 아니에요."

"그럼 됐다. 어차피 예정되어 있던 일, 조금 당기는 것뿐이니까."

신도제원의 아무렇지도 않은 말에 여인이 입술을 질겅 깨물었다. 그런 그녀의 변화를 읽었는지 신도제원이 눈을 빛냈다.

"무슨 일이냐?"

"아무것도 아니에요."

"혹시 이번 외유에서 심경의 변화라도 있었던 것이냐?"

"그런 일은 없어요."

"잘됐구나."

신도제원의 미소가 더욱 짙어졌다. 그에 여인이 몸서리를 쳤다. 신도제원의 저런 눈빛을 볼 때면 마치 알몸으로 설원 위에 내던져진 것 같은 섬뜩한 느낌이 들었기 때문이다.

"어디 그자에 대해 말해 보거라. 네가 본 그자의 느낌은 어떻더냐? 정말 그가 소문만큼의 능력을 갖고 있느냐?"

"저도 자세한 것은 알지 못해요. 그는 결코 자신의 모든 것을 외인에게 내보이는 사람이 아니니까요."

"호! 그래?"

"그는 결코 어수룩한 자가 아니에요. 그는 큰 덩치에 어울리지 않게 영민한 두뇌를 가졌어요. 어쩌면 그는 상상도 못할 큰 산이 되어 우리 앞을 가로막을지도 몰라요."

"네가 그 정도로 후한 평가를 하다니 뜻밖이구나."

"그는 능히 그럴만한 자격이 있는 사람이에요."

"그래?"

여인의 말을 들은 신도제원의 은빛 안광이 어둠 속에서 빛을 발했다. 그의 눈에 여인의 머리에 꽂힌 옥으로 만든 나뭇잎 모양의 장신구가 선명하게 들어왔다.

"재밌구나."

제 4장

사선탈주(死線脫走)

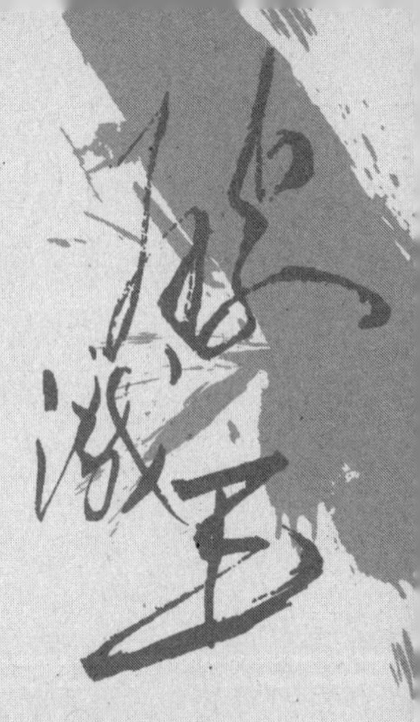

　누군가 밖에서 문을 두드렸다. 단월은 이미 밖에 있는 사람이 누군지 알고 있었다. 그렇기에 차분한 목소리로 말했다.

“들어오세요.”

문을 열고 들어온 이는 남정옥이었다.

“부르셨습니까?”

“본가하고 연락은 되었나요?”

“예! 어렵지만 겨우 연락이 되었습니다.”

“잘됐군요.”

단월이 고개를 끄덕였다.

구주천가는 철옹성이었다. 문상부는 구주천가의 모든 정보

망을 독점하고 있었다. 문상부가 아닌 그 어떤 조직도 구주천
가에서 독자적인 정보선을 유지할 수 없는 이유였다. 문상 온
유하는 특히 정보의 중요성을 깨닫고 있는 몇 안 되는 사람 중
한 명이었다. 그녀는 모든 정보가 자신을 통해서 소통되길 원
했다.

그런 이유 때문에 구주천가 내에서 독자적인 정보망을 유지
한다는 것은 불가능에 가까웠다. 특히 무영문처럼 온유하의
관심을 한 몸에 받는 곳에서는 더욱더 말이다. 하지만 무영문
은 그 모든 견제와 감시망을 뚫고 이곳 구주천가 내에 자신들
만의 독자적인 연락망을 구축해냈다. 무영문이 도둑들의 집단
이기 때문에 가능한 일이었다.

흔히 사람들은 구주천가에는 도둑이 없을 것이라고 짐작하
지만, 그것은 매우 잘못된 생각이었다. 단지 없는 것처럼 보일
뿐이었다. 이십 년 전 구주천가를 떠나기 전까지 무영문은 수
백 년 동안 이곳에서 터를 잡은 채 살았었고, 그때 만들어두었
던 끈들은 아직까지 사라지지 않고 존재했다.

단월이 천우경과 온유하에게 불려가 시달리는 동안 남정옥
은 오래전에 끊어졌던 선들을 되살렸고, 다시금 구주천가에서
무영문의 정보망이 움직이기 시작했다. 단월이 구주천가에 들
어온 지 두 달 만에 일어난 일이었다.

“아버지는 뭐라고 하던가요?”

“모든 준비를 끝냈다고 하십니다.”

“잘됐군요.”

“그런데 정말로 실행하실 작정이십니까?”

“그래요.”

“너무 위험합니다. 잘못하면 아가씨뿐만 아니라 무영문 전체가 위험해질 수도 있습니다.”

“알고 있어요. 하지만 나에겐 더 이상 선택의 여지가 없어요.”

단월이 단호한 표정을 지었다. 하지만 남정옥은 그녀만큼 단호한 표정을 지을 수 없었다. 그는 여전히 무언가 불안한 표정이었다. 그만큼 단월이 계획하고 있는 일은 위험했다. 잘못하면 수백 년 역사의 무영문을 세상에서 사라지게 할 수도 있을 만큼. 그런데도 단월은 위험한 도박을 하기로 결정을 내렸다. 그만큼 절박하다는 뜻이었다.

“그럼 시기는 언제로 보고 계십니까?”

“내일.”

“그렇게 빨리 말입니까?”

“더 이상 늦출수록 불리한 쪽은 우리예요. 이 이상 시간이 흐른다면 영원히 그들이 펼쳐놓은 그물에서 벗어나지 못할 거예요. 지금이 절호의 기회예요. 결행은 내일 합니다. 비선에도 그렇게 일러두세요.”

“알……겠습니다.”

남정옥이 어쩔 수 없다는 표정으로 대답했다.

비록 모신 지는 얼마 안 되었지만, 이런 표정을 지을 때의 단월은 절대 생각을 바꾸지 않는단 사실을 알고 있었다. 이럴 때는 차라리 적극적으로 그녀의 계획에 동조하는 것이 훨씬 더 생산적이라는 것을 남정옥은 알고 있었다.

단월의 목소리가 낮아졌다.

"알고 있죠? 이번 일은 은밀함이 생명이라는 것을."

"명심하고 있습니다. 어떠한 경우에도 비밀은 유지될 겁니다."

"준비하세요. 우리에겐 시간이 매우 부족해요."

"알겠습니다. 그럼 그렇게 진행하겠습니다."

남정옥이 고개를 숙이고 물러갔다. 그가 나간 직후 단월이 창가로 걸어갔다.

그녀의 눈앞에 구주천가의 거대한 전경이 활짝 펼쳐져 있었다. 수많은 횟불과 그만큼의 사람들이 구주천가의 위용을 실감하게 만들고 있었다.

현재 그녀는 구주천가라는 거대한 바다에 고립된 섬이었다. 그녀는 철저하게 고립되어 있었고, 그 누구에게도 도움의 손길을 내밀 수 없었다. 결국 그녀 스스로 이 위기를 헤쳐 나가지 않으면 안 되는 것이다.

"결국 마지막에는 오직 자기 자신만 믿을 수 있는 법이지."

그녀의 목소리는 깊은 울림을 남기고 울려 퍼졌다.

그것이 그녀가 구주천가에서 마지막으로 남긴 말이었다. 그날 단월은 구주천가에서 흔적도 없이 사라졌다.

＊　　＊　　＊

수많은 사람들의 왕래 속에서 또다시 구주천가의 하루가 저물어가고 있었다. 하루에도 수백 명씩 새로운 사람들이 구주천가를 드나들었고, 그들의 왕래로 인해 떠들썩하게 분위기가 고조됐다.

온유하는 자신의 거처에서 거리를 지나가는 사람들을 바라보았다. 그들의 모습에서 온유하는 약동하는 생명의 기운을 느꼈다.

이제껏 살아오면서 그녀는 결국 가장 생명력이 넘치는 존재는 인간이라는 평범한 사실을 깨달았다. 아무리 천지가 약동하고, 자연이 변화무쌍하다 한들 결국 천지를 움직이는 것은 인간이었고, 가장 큰 생명력을 품고 있다는 것이 진실이었다.

그런 이유 때문에 온유하는 항상 사람에게 집중했다. 세상에 어떤 큰 일이 벌어지더라도 결국은 사람이 하는 일이었다. 사람에만 집중하면 근원을 꿰뚫어볼 수 있다. 그것이 구주천가의 문상으로 이십 년을 살아온 온유하의 지론이었다.

"현 천하는 극히 불안하다. 안으로는 반천련이 문제고, 밖으로는 십이사조까지, 그 어느 것 하나 구주천가를 위협하지 않는 것이 없다. 어떻게 보면 이십 년 전 마해와의 전쟁보다 더욱 큰 위험성을 내포하고 있다. 이것은 정말 좋지 않다."

그녀는 그 누구보다 현 천하의 정세를 냉철하게 파악하고 있었다. 구주천가의 문상이란 직위는 결코 하찮은 것이 아니었다. 구주천가 일만 명에 가까운 무인들의 안위를 살펴야하는 직위인 동시에 천하경영의 핵심이 되는 자리였다. 그녀가 흔들리면 천하의 중심이 흔들리고, 천하경영의 대계가 어긋나고 만다. 그런 사실을 잘 알기에 그녀에게는 한 치의 방심도 용납되지 않는다.

그때 소리도 없이 그녀의 뒤쪽에 검은 그림자가 나타났다. 밖에는 수많은 무사들이 그녀의 거처를 지키고 있었지만, 그 누구도 그림자 주인의 등장을 눈치채지 못했다.

잠시 온유하의 등을 바라보던 그림자가 입을 열었다.

"문상."

"한월, 당신이군요."

온유하는 뒤돌아보지 않고 목소리만으로 그림자의 정체를 알아차렸다. 그녀의 이름은 한월, 암혼살화의 수장이었다.

한월이 나직한 목소리로 말했다.

"문제가 생겼습니다."

"말해보세요."

"방금 전 그녀의 거처를 감시하던 수하에게서 연락이 끊겼습니다."

"그녀?"

"무영문의 소문주 단월 말입니다."

"그녀를 감시하던 수하에게서 연락이 끊겼단 말인가요?"

"지금 이유를 알아보기 위해 다른 수하를 보냈습니다. 아직 짐작에 불과하지만, 그녀가 다른 마음을 먹은 것 같습니다."

그제야 온유하가 뒤돌았다. 그런 그녀의 눈빛은 차분하게 가라앉아 있었다. 충분히 놀랄만한 소식인데도 불구하고 그녀는 전혀 놀란 것 같지 않았다. 하지만 그녀의 눈빛이 그 어느 때보다 서늘하게 가라앉아 있다는 것쯤은 충분히 느낄 수 있었다.

"어떻게 된 것인지 확실히 알아보세요."

"알겠습니다."

"그리고 만약을 대비해 곽 대주를 준비시키세요."

"황룡대를 움직일 생각이십니까?"

"만일을 대비하는 것뿐이에요."

"알겠습니다."

대답과 함께 한월이 사라졌다.

홀로 남은 온유하의 시선이 다시 창밖으로 향했다. 그녀의 입술을 타고 착 가라앉은 목소리가 흘러나왔다.

"이것이 당신의 답인가요?"

*　　*　　*

구주천가의 무사들이 단월의 거처에 들이닥쳤다. 하지만 그들이 본 것은 텅 빈 침상뿐이었다. 그 어디서도 단월의 모습은 보이지 않았다.

세상 그 어느 곳보다 경비가 삼엄하다고 알려진 구주천가였다. 개미 한 마리, 나는 새도 함부로 드나들 수 없다고 알려진 구주천가에서 손님으로 온 단월이 감쪽같이 사라졌다는 사실은 구주천가의 무인들에게 큰 충격을 던져주었다.

당장 단월에 대한 수색이 시작됐다. 수색을 한 결과 구주천가에서는 단월이 탈출을 했다고 판단했다. 판단이 내려진 순간 추적이 시작됐다.

구주천가에 정식으로 초대받아 손님으로 온 자가 허락도 없이 빠져나갔다. 구주천가에서는 일련의 사건이 본가를 능멸한 것이라 판단했다. 구주천가 칠백 년의 역사에서 손님으로 온 자가 허락도 없이 탈출한 일은 유래가 없었다.

문상 온유하는 이 초유의 사태에 대로해 황룡대(黃龍隊)로 하여금 추적하게 했다. 황룡대는 구주천가에서도 알아주는 무력조직으로 그들이 동원되었다는 사실만으로도 문상 온유하가 이 사태를 얼마나 심각하게 생각하는지 알 수 있었다.

황룡대주 곽일지는 단월이 탈출한 경로를 역추적하기 시작했다. 우선 그녀가 어떻게 탈출했는지를 알아야 제대로 된 추적을 시작할 수 있다는 판단에서였다.

곽일지는 냉철한 시선으로 사태를 파악한 후 먼저 단월 일행이 접촉한 자들을 추궁하기 시작했다. 단월과 접촉했던 대부분의 사람들이 그녀와의 연관성을 부인했지만, 곽일지는 아랑곳하지 않고 조사를 감행했다. 그 결과 주방에서 일하는 시비 중 한 명이 단월의 탈출에 지대한 역할을 했다는 사실을 알아냈다.

당장 시비에 대한 고문이 시작됐고, 얼마 지나지 않아 연관된 사람들이 줄줄이 드러났다. 놀랍게도 그들 중에는 오랫동안 구주천가에서 허드렛일을 해온 사람들이 상당수 포함되어 있었다. 주방의 숙수, 정원을 관리하는 정원사, 총관부에서 일하는 하급 무인 등, 절대로 구주천가를 배반하지 않을 거란 믿음을 주던 사람들이 상당수 포함되어 있었던 것이다.

그들에 대한 고문이 진행됐고, 혹독한 고문을 이기지 못한 관련자들이 결국 입을 열었다. 그 결과 단월의 탈출경로와 행적이 드러났다.

놀랍게도 단월 일행은 시비와 하인으로 분장해 정문으로 걸어 나갔다. 그것도 똑바로 얼굴을 들고 말이다. 그런데도 정문을 지키던 그 어떤 무인도 그녀를 알아보지 못하고, 제지도 하지 않았다. 이 어처구니없는 사건에 구주천가의 수뇌부들은 화도 내지 못했다.

인간 심리의 맹점을 이용한 과감한 시도였다. 그 누구도 감히 그렇게 구주천가의 정문을 고개를 뻣뻣이 들고 나가리라고는 생각하지 못했을 것이다. 그만큼 단월이 과감했던 것일 뿐,

구주천가의 무인들이 기강이 해이했던 것은 아니었다.

일단 단월이 어떻게 구주천가를 빠져나갔는지 알아내자 황룡대는 추적의 속도를 높였다. 그와 동시에 구주천가의 정예들이 고가주루를 습격했다. 하지만 그들이 고가주루를 습격했을 때는 이미 무영문도들은 존재하지 않았다. 어느새 구주천가의 삼엄한 감시의 눈길을 피해 탈출한 것이다.

손님으로 왔던 단월이 구주천가에서 탈출했다는 소문은 곧 중원 전체로 퍼져갔다. 그리고 구주천가가 그들을 척살하기 위해 병력을 움직였다는 소문 역시 무서운 속도로 퍼져갔다.

천하가 요동치는 순간이었다. 하지만 그 사실을 감지한 이는 거의 존재하지 않았다.

＊　　＊　　＊

츠으으!

엄청난 기파가 일렁이는 그곳으로 철군패가 한 발을 들여놓았다. 그러자 기파가 충돌을 일으키며 몇몇 이들이 묵직한 신음성을 흘렸다.

삼백 명이 대치를 하고 있는 중간이었다. 철군패의 위치는 실로 절묘해서 양측이 함부로 움직일 수 없도록 견제하고 있었다.

"으음!"

누군가 나직한 신음성을 흘렸다.

백오십 명과 또 다른 백오십 명이 대치를 하고, 그 한가운데 철군패가 있다. 이렇게 된 이상 두 패가 아니라 세 패가 대치를 하고 있다고 봐야 했다.

철군패가 그들의 전투에 끼어든 것이 보름 전의 일이었다. 처음부터 철군패가 그들의 전투에 본격적으로 끼어든 것은 아니었다. 그는 단지 그들의 기감을 흩트려놓을 정도로 자신의 기파를 개입시켰고, 그 결과 백병도를 익히던 북풍대원들은 극심한 혼란을 느껴야 했다.

이제야 겨우 서로의 호흡을 읽을 수 있게 되었는데, 철군패의 개입은 그런 그들의 노력을 송두리째 날려버린 것이다. 그후로도 철군패는 그들의 싸움에 수시로 개입했다. 그때마다 북풍대는 기감이 흐트러지지 않게 하기 위해 혼신의 노력을 해야 했다.

철군패의 개입은 북풍대의 잠재력을 전부 끌어냈다. 마치 마른 수건을 쥐어짜듯 한 방울 잠재력까지 끄집어내는 고통은 이루 말로 표현할 수 없는 것이었다. 하지만 북풍대는 두둑한 배짱과 특유의 뚝심으로 철군패의 방해를 무릅쓰고, 강력한 유대감을 이끌어냈다. 그런 그들의 유대감은 철군패의 가공할 존재감에도 쉽게 흐트러지지 않았다. 지난 몇 달 사이에 그야말로 장족의 발전을 이룩한 것이다.

북풍대원은 삼백 명이면서도 한 명이었다. 그 사실을 확인한 직후 철군패는 기파를 퍼트리는 것을 멈췄다. 더 이상 자신이 개입할 이유가 없어진 것이다.

철군패가 물러나자 두 패로 갈라져있던 북풍대가 서로를 노려봤다. 철군패가 빠진 이상 그들의 적은 서로였다. 이제까지 그래왔던 것처럼 그들은 곧 서로를 향해 부딪쳐갔다.

"와아아!"

녹주에 그들의 함성이 울려 퍼지며, 곧 누런 먼지가 자욱하게 일어나 온통 하늘을 뒤덮었다.

삼백 명의 사내들이 서로를 향해 전력을 부딪쳐가는 모습은 그야말로 장관이었다. 이미 몇 달째 그들은 이곳에서 서로를 향해 전력으로 자신의 모든 것을 쏟아 부었다. 그 결과 그들의 무력은 무섭게 상승했다.

편하게 앉아서 익히는 무공이 아니다. 매일같이 실전과 같은 대결을 하면서 체득하는 백병도였다. 당연히 그 위력이 편하게 익힌 무공과 같을 수가 없었다.

북풍대는 이미 수많은 전장을 겪은 역전의 용사들이었다. 그렇지 않아도 강력한 위용을 자랑하던 북풍대에게 백병도는 날개를 달아준 것이나 다름없었다. 그 사실은 무엇보다 백병도를 체득한 북풍대가 가장 잘 알고 있었다. 그렇기 때문에 그들은 미친 듯이 싸우며 백병도를 자신의 것으로 익혀갔다. 그 결과 어떤 이들은 벌써 백병도의 다섯 초식을 모두 익히고, 연환의 경지에 들어갈 정도였다.

녹주에서 북풍대가 보낸 몇 달은 결코 헛되지 않았다. 철군패는 그 사실을 확신할 수 있었다.

"헉헉!"

그때 양천의와 검운영이 거친 숨을 토해내며 철군패가 있는 곳으로 다가왔다. 그들의 얼굴 역시 온통 깨지고 긁혀 선혈이 흘러나오고 있었다. 하지만 그들은 그런 사실조차 느끼지 못하는지 거친 숨만 내쉬고 있었다.

북풍대가 백병도를 익히는 동안 두 사람도 가만히 놀고 있지 않았다. 그들 역시 광도진결을 무섭도록 파고들었다. 그리고 각자의 심득을 얻어 자신의 무공에 접목시켰다.

심득을 얻고, 싸우고, 다시 심득을 얻으면 또 싸우는 일상의 반복이었다. 그렇게 몇 달을 미친개처럼 싸우다 보니 이제는 눈을 감고도 초식을 펼칠 수 있는 경지에 이르렀다.

양천의가 철군패를 노려보며 으르렁거렸다.

"썅! 미친 개새끼처럼 굴려놓으니 기분 좋으냐? 남은 똥개 수련을 시키고, 자기 혼자 편하게 놀고 있으니 기분 좋으냔 말이다."

"후후!"

철군패는 대답 대신 나직한 웃음만 흘렸다.

"재수 없는 새끼. 하여간 모든 게 얄밉다니까."

"광도진결은 어느 정도 수준까지 익혔느냐?"

"꼭 내가 말로 해야 알겠느냐? 네 녀석은 그냥 봐도 알 수 있잖아. 망할 놈.”

“훗!”

양천의의 투덜거림에 철군패가 피식 웃었다. 양천의 말이 어느 정도는 사실이었기 때문이다.

단 몇 달의 시간을 투자한 것 치고 그들의 진경은 실로 놀라울 정도였다. 아마 광도진결을 남긴 칠백 년 전의 무인 연성휘도 자신의 무공을 이렇게 빠른 속도로 익힐 수 있는 존재가 있을 거라곤 생각하지 못했을 것이다. 그만큼 그들이 무공을 익히는 속도는 엄청났다.

천성적으로 타고 태어난 무골에다, 승부에 임해 물러서지 않는 불같은 승부욕이 상승작용을 일으킨 결과였다. 철군패조차 그들이 이렇듯 단시간에 이 정도의 성과를 보일 줄은 짐작하지 못했다.

양천의의 눈에는 철군패가 매일같이 놀고 있는 것처럼 보였을지도 모른다. 하지만 철군패는 매일 북풍대의 대결에 개입을 하면서 한층 더 공력을 운용하는 법이 세밀해졌다. 덕분에 파멸력을 다루는 법이 한층 더 완숙해졌다.

양천의가 이글거리는 눈으로 철군패를 바라봤다. 그런 그의 눈빛이 무엇을 의미하는지 잘 알고 있으면서도 철군패는 일부러 심드렁한 목소리로 말했다.

“왜?”

“싸우자.”

“또?”

“그래! 나 역시 광도진결을 어느 정도 익혔으니 결코 쉽게 지지 않을 것이다. 그러니까 싸우자.”

어느새 양천의는 투지를 활활 불태우고 있었다. 검운영과의 대결만으로는 부족했던 모양이었다. 그는 진심으로 철군패와 싸울 작정이었다.

곁에서 검운영이 고개를 절레절레 젓고 있었다. 그조차 질렸다는 표정이었다.

철군패의 미소가 짙어졌다.

그가 양천의를 향해 손가락을 까닥거렸다.

“덤벼!”

“놈!”

기다렸다는 듯이 양천의가 철군패를 향해 달려들었다. 그의 손에는 거대한 대부가 섬뜩한 빛을 발하고 있었다.

그날 양천의는 꼬박 반나절을 기절해 있었다. 그리고 그가 깨어난 직후 북풍대는 몇 달 동안 머물렀던 녹주를 떠났다.

*   *   *

한 대의 마차가 먼지를 피워 올리며 미칠 듯한 속도로 질주하고 있었다. 마차를 끄는 말들이 입에 거품을 물었지만, 마부는 개의치 않았다. 그는 말 등을 향해 연신 채찍을 날렸다.

'쫘악' 하는 소리가 들릴 때마다 말들이 미친 듯이 바닥을 박찼다. 그때마다 마차가 덜컹거리면서 앞으로 쭉쭉 나갔다. 그 여파로 마차의 바퀴가 금방이라도 빠질 듯 비명을 내지르고 있었다.

"이럇!"

마차를 이리도 거칠게 모는 남자는 바로 남정옥이었다. 그가 마부석에 앉아서 미친 듯이 채찍질을 하고 있었다.

그는 마차를 인근의 숲속으로 몰았다. 유달리 울창한 숲속에는 남정옥이 모는 마차와 똑같은 마차 다섯 대가 대기하고 있었다. 그제야 남정옥이 마차를 세우면서 말했다.

"도착했습니다."

곧이어 마차의 문이 열리고 묘령의 여인이 밖으로 나왔다. 면사로 얼굴을 가린 여인의 이름은 단월이었다.

단월이 모습을 드러내자 똑같은 마차를 몰고 온 사람들이 일제히 소리 높여 외쳤다.

"소문주님을 뵙습니다."

"상황이 상황인지라 반갑다고는 말하지 못하겠네요. 저 때문에 여러분들마저 위험에 빠지게 되었으니까요."

"아닙니다. 저희는 기꺼이 소문주님과 무영문을 위해 자원했습니다."

단월의 처연한 말에도 스스로를 무영문도라고 밝힌 이들은 밝게 웃었다. 그들은 모두 이번 임무에 자원한 사람들이었다. 그들을 바라보는 단월의 표정에는 안타까움만이 가득했다.

이 자리에 온 무영문도들은 대부분 고산도와 단월에게 큰 은혜를 입은 사람들이었다. 그들은 은혜를 갚기 위해 기꺼이 이 위험한 임무에 자원을 했다.

남정옥이 단월을 채근했다.

"소문주님, 이러고 있을 시간이 없습니다. 어서 빨리 떠나셔야 합니다."

"하지만……."

"소문주님께서 안전하게 떠나는 것이 저들을 도와주는 것입니다."

"알겠어요."

결국 단월은 마지못해 대답했다. 하지만 그녀의 발걸음은 쉽게 떨어지지 않았다. 그러자 무영문도들이 웃으며 말했다.

"소문주님, 저희는 무사히 몸을 빼낼 자신이 있습니다. 그러니 어서 움직이십시오."

"맞습니다. 저희는 도둑이기 때문에 도망치는 것만은 자신 있습니다. 위험할 것 같으면 알아서 도망갈 테니 너무 걱정하지 마십시오."

"하하하!"

무영문도들이 가슴을 치며 웃었다. 단월은 그들의 얼굴을 하나하나 가슴에 담았다.

마침내 단월이 어렵게 마차에 탔을 때 무영문도들이 일제히 남정옥과 똑같은 옷으로 갈아입었다. 그들이 탄 마차에는 단월과 비슷한 분위기를 하고 있는 여인들이 타고 있었다.

"이럇!"

모두 여섯 대의 마차가 여섯 방향으로 흩어졌다.

그들이 떠난 숲속에는 풀벌레 소리만이 가득했다. 숲에 새로운 침략자가 나타난 것은 단월 일행이 떠난 지 한 시진 후였다.

황색의 무복을 입은 백 명이 넘는 사내들은 구주천가의 황룡대였다. 오십대 초반의 호리호리한 체구를 가진 남자가 그들을 이끌고 있었다. 겉보기에는 낙척문사처럼 보이는 남자의 이름은 곽일지. 그가 바로 황룡대의 대주였다.

온유하의 명령을 받은 곽일지는 황룡대를 이끌고 온유하를 추격하고 있었다. 그는 매우 치밀하고 심계가 깊은 사람으로 사물의 보이는 면만으로 판단하는 우를 범하지 않았다. 그는 한 가지 사안을 두고 세 번, 네 번을 생각하는 매우 치밀한 성격을 가지고 있었다.

그런 심계 덕분에 그는 단월의 갖은 혼란책에도 속지 않고 이곳까지 추적해올 수 있었다. 이곳까지 오는 동안 하마터면 유인책에 속아 엉뚱한 곳으로 갈 뻔한 적이 한두 번이 아니었다. 곽일지는 단월이 나이는 어리지만 매우 심기가 깊은 여인이라고 생각했다. 그만큼 그는 단월을 높게 평가하고 있었다.

"여기에 마차의 흔적이 남아 있습니다."

바닥을 살펴본 황룡대원이 소리쳤다. 곽일지와 채양호가 황룡대원이 가리킨 방향으로 걸음을 옮겼다. 그의 말처럼 바닥에는 마차 바퀴 자국이 깊게 남아 있었다.

"이곳까지 타고 온 마차까지 모두 여섯 대가 흩어졌다. 여섯 대 모두 각기 다른 방향으로 향했군."

"참으로 골치 아픈 자들입니다. 이런 식으로 저희의 시선을 분산시키다니요."

"구주천가를 탈출하기로 마음먹은 자들이네. 이 정도의 방해는 당연하다고 생각해야겠지."

"어떻게 할까요?"

"추적해야지."

"여섯 방향 전부 말입니까?"

"지금으로서는 별 뾰족한 수가 없는 것 같군. 마차의 바퀴가 패인 자국이 모두 일정하네. 그 말은 곧 분산시킨 마차에 무영문의 소문주와 호위무사와 똑같은 무게를 가진 자들이 탔다는 뜻. 변장도 그럴듯하게 했을 테니 눈으로 직접 확인해보는 수밖에 없네."

"정말 골치 아픈 자들이군요."

채양호가 고개를 절레절레 흔들었다.

어느 것 하나 어설픈 것이 없다. 마치 오랜 세월 준비를 해놓은 것처럼 모든 행동이 치밀하기 그지없었다. 이런 자들을 추적하는 것은 결코 쉬운 일이 아니었다.

채양호가 수하들에게 명령을 내렸다.

"각 조장들은 열 명의 수하들을 이끌고 마차들을 추적한다. 발견하는 즉시 그들을 제압하거나, 여의치 않을 때는 비상 신호를 울려라."

"예!"

황룡대원들이 일제히 우렁찬 목소리로 대답한 후 사방으로 흩어졌다. 그들이 떠나고 난 후에도 곽일지와 채양호는 쉽게 움직이지 않았다.

"문제는 그 여인이 왜 갑자기 구주천가를 탈출할 생각을 했냐는 것이다. 이제까지 드러난 정황으로 보면 그녀는 지극히 이성적이고, 당당한 성정을 지녔다. 그런 여인이 갑작스레 본가에서 탈출했다. 문상이 그만큼 절박한 상황으로 몰아붙였단 뜻인가? 도대체 영문을 알 수 없구나."

"별다른 이유가 있겠습니까? 본래 무영문은 도둑들의 집단. 그런 이들을 규율로 얽매고 통제하려 하니 자유를 찾아 도주하는 거겠지요."

부대주인 채양호의 말이었다. 그는 곽일지처럼 깊게 생각하지 않았다. 황룡대 대부분의 생각이 채양호와 같았다.

그러나 곽일지의 생각은 그와 달랐다.

"휴! 세상의 일이 그렇게 간단하면 얼마나 좋겠는가? 하지만 불행히도 세상의 일은 알려진 것보다 알려지지 않은 부분이 일의 성패를 좌우하는 경우가 더욱 많네. 아마 이번 일에도 우리가 알지 못하는 그 어떤 흑막이 있을 것이네.”

“그렇지만 명령을 거부할 수도 없는 것 아닙니까? 우리야 윗선에서 내려오는 명령을 수행하는 존재니까요.”

“그래. 그래야지. 그래도 왠지 입맛이 씁쓸한 것은 어쩔 수 없군.”

곽일지가 쓰게 웃었다.

제 5장
일파만파(一波萬波)

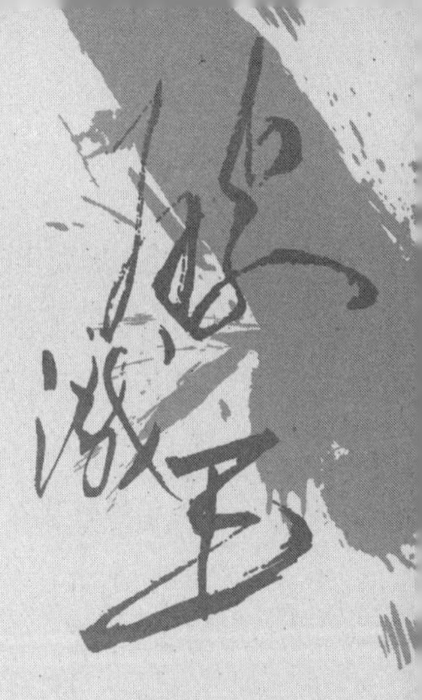

일원산장(一元山莊)은 새외의 명문이었다. 비록 중원이 아닌 새외에 자리를 잡고 있지만, 그 누구도 일원산장을 무시하는 자는 없었다. 무인의 수는 겨우 백여 명에 불과하지만, 그 하나하나가 고수가 아닌 자가 없어 감히 그들을 건드리는 사람이 인근 백여 리 이내에는 존재하지 않았다.

더군다나 일원산장에서는 인근의 모피 무역을 독점하고 있었다. 일원산장의 허락을 받지 못한 사냥꾼은 함부로 사냥할 수도 없을뿐더러, 사냥 허락을 받은 자들 역시 모피는 일원산장을 통해서만 거래할 수 있었다. 그 덕분에 일원산장은 막대한 부를 축적했다.

인근 백여 리는 일원산장의 영역이라고 볼 수 있었다. 그 때문에 일원산장의 위세는 매우 등등했다.

일원산장의 무인들은 때때로 산을 내려와 시전에서 회포를 풀곤 했는데, 이때가 바로 시전의 호황기였다. 수많은 상인들이 일원산장의 무인들을 호객하며 돈을 쓰게 만들려고 애를 썼다. 최소한 이곳에서만큼은 일원산장의 무인들은 황제나 다름없었다.

오늘은 일원산장의 무인들이 산을 내려오는 날이었다. 중원의 상단과 큰 거래를 마친 그들은 시전으로 내려와 회포를 풀었다. 일원산장의 무인들을 이끌고 내려온 자는 소장주 오창해였다.

오창해는 이제 서른 초반이었는데, 장사 수단이 좋고, 언변이 뛰어나 중원 상단과의 교역에서 많은 이득을 올렸다. 그런 그의 능력 덕분에 일원산장주인 오정산은 일선에서 거의 은퇴하다시피 했다. 그 때문에 조만간 오창해가 일원산장의 장주에 오를 것이라는 것이 중론이었다.

오창해도 그런 분위기를 느꼈는지 오늘은 산장을 지킬 최소한의 인원만 남겨둔 채 흥취를 즐기기 위해 내려왔다. 그의 얼굴에는 웃음꽃이 피어 있었다.

그가 얼굴이 벌게진 채 외쳤다.

"오늘은 거하게 회포를 풀 테니 기대하거라."

"하하하! 역시 소장주님은 영웅이십니다."

"맞습니다. 영웅호걸은 여흥을 즐기는 것을 결코 마다하지 않지요."

오창해의 곁에서 수하들이 추임새를 넣었다. 그에 오창해의 기분이 더욱 좋아졌다.

그가 지나갈 때마다 시전상인들이 부랴부랴 허리를 숙이며 길을 비켜주고 있었다. 자신을 바라보는 그들의 눈동자에 존경의 염이 담겨있는 것처럼 보였다. 이토록 많은 이들이 자신을 존경하고 있다고 생각하니 절로 기분이 고조됐다.

"으하하! 오늘은 마음껏 마시도록 하거라. 오늘 아예 이곳의 술을 모두 동을 내자꾸나."

"역시 소장주님은 영웅호걸이 분명합니다. 이렇듯 호방한 성품을 지녔으니 어찌 존경하지 않을 수 있겠습니까? 이미 가장 큰 객잔을 예약해두었습니다. 인근의 기녀들도 모두 한자리에 불러 모았으니 여흥을 즐기시면 될 겁니다."

"그런가? 으하하!"

오창해의 웃음소리가 더욱 커졌다.

일대의 모든 사람들이 자신을 존경한다고 생각하니 더욱 기분이 좋아졌다. 오창해의 얼굴에선 웃음이 떠나질 않았다.

오창해 일행이 향한 곳은 일대에서 가장 큰 객잔이었다. 객잔에는 일대에서 불러 모은 기녀들이 이미 대기하고 있었다. 인근에는 오창해 일행이 들어갈 만큼 큰 청루가 없기 때문에 고육지책으로 생각해낸 방법이었다. 이날 하루 인근의 청루들은 모두 문을 걸어 잠그고 객잔에 기녀들을 모두 보냈다.

기녀들이 오창해가 들어오자 날아갈 듯 사뿐하게 인사를 했다.

"대인을 맞이합니다."

"그래! 으하하하! 잘들 있었느냐?"

"예!"

기녀들의 한목소리에 오창해가 한껏 거드름을 피우며 상석으로 향했다. 모든 이들이 우러러보는 그곳에 오창해의 자리가 있었다.

오창해가 자리에 앉으며 말했다.

"모두 자리에 앉게. 오늘은 모든 것을 잊고 신나게 즐겨보세."

"예!"

그렇게 여흥이 시작됐다.

사내들은 술자리에서 웃고 떠들고, 기녀들은 그 옆에 앉아 웃음을 팔았다. 장내에는 질펀한 기운이 감돌았다. 기녀들의 흐트러진 웃음소리에 묘한 열기가 담겨 있었다.

객잔의 점소이들은 음식과 술을 나르느라 정신이 없었다. 얼마나 바쁜지 그야말로 허리가 다 휠 정도였다.

일원산장의 무인들은 엄청난 속도로 객잔의 음식과 술을 동냈다. 그 때문에 주방에서 일하는 사람들은 진땀을 흘려야 했다. 그 광경을 보면서 오창해는 득의양양한 표정을 지었다.

이 마을 전체가 일원산장 덕분에 돌아가고 있었다. 일원산장이 아니라면 이 마을에서 돈을 번다는 것은 상상도 할 수 없는 일이었다. 오창해는 그리 야망이 큰 인물이 아니었다. 그는 그저 이 마을에서 제왕 같은 생활을 하는 것만으로 충분히 만족할 수 있었다. 이 이상 넓은 영역으로 진출하여 타인의 눈치를 보며 살고 싶지는 않았다.

백 명이 넘는 무인들이 자신을 따르고 있고, 일대의 기녀와 사람들이 자신의 눈치를 보고 있지 않은가? 충분히 만족할 만한 삶이었다.

"으하하! 술잔이 비었지 않느냐? 어서 채우거라. 가득 채워야 한다."

"예! 대인."

기녀들이 한껏 고혹적인 미소를 지으며 그의 술잔을 채웠다. 오창해는 양쪽에 기녀들을 앉혀 두고 그녀들의 풍만한 육체를 마음껏 주물렀다.

그렇게 장내의 열기가 고조되어가고 있을 때였다. 갑자기 문이 벌컥 열리며 찬바람이 들어왔다.

"뭐야?"

갑작스럽게 유입된 찬 공기에 사람들이 게슴츠레한 눈으로 정면을 바라봤다. 그러자 객잔의 문을 열고 들어오는 일단의 사내들이 보였다.

다섯 명의 사내들이 객잔 안으로 들어오면서 소리쳤다.

"점소이."

거친 사내들의 목소리에 술을 나르던 점소이가 급히 뛰어나갔다.

"이곳엔 방이 몇 개나 있나?"

"죄, 죄송합니다만, 오늘은 더 이상 손님을 받을 수 없습니다."

"그게 무슨 말인가? 객잔에서 손님을 받지 않다니?"

"손님 죄송합니다. 오늘은 저분들이 객잔을 통째로 전세 내었기 때문에 더 이상 손님을 받을 수 없습니다."

점소이의 말에 사내들이 미간을 찌푸리며 장내를 둘러보았다. 그러자 수많은 사내들이 열락에 빠져있는 모습이 보였다. 어떤 이들은 벌써 기녀들과 한 몸이 되어 바닥에 뒹굴고 있었고, 어떤 이들은 벌써 만취된 채 곯아떨어져 있었다. 한눈에 보아도 어떤 상황인지 충분히 알 수 있었다.

"이 객잔의 규모로 볼 때 방은 충분히 남을 것 같은데."

"그야 그렇지만, 저분들이 좋아하지 않으셔서요."

"그렇다면 그들의 우두머리를 불러다오. 우리가 좋게 이야기를 해볼 테니까."

"손님, 그것은 곤란합니다. 저분들은 결코 이곳에 여러분들이 들어오는 것을 좋아하지 않을 겁니다. 저분들은 무척 무서운 분들이라서 분란이 일어나면 여러분들만 곤욕을 치를 겁니다. 그러니까 다른 객잔을 찾아보시지요."

"인근에 이곳 말고 큰 객잔이 없다는 것은 네가 더 잘 알지 않느냐?"

"죄송합니다. 그래도 어쩔 수 없습니다."

점소이는 꽤나 단호한 표정을 지었다. 눈앞의 사내들이 범상치 않다는 사실을 본능적으로 느꼈지만, 그래도 그에게는 일원산장의 무인들이 우선이었다. 사내들이야 금방 떠날 사람들이지만, 일원산장의 무인들은 이곳에 터를 잡고 살아가는 이상 잘 보여야 하는 존재들이었다.

"손님, 제발 다른 곳으로 가주십시오."

"정녕 안 된단 말인가?"

"죄송합니다."

점소이가 고개를 연신 숙이며 죄송하다는 말만 반복했다. 그러자 사내들의 얼굴에 난감하다는 빛이 떠올랐다.

그때였다.

"이봐, 무슨 일이냐?"

술에 잔뜩 취한 일원산장의 무인들 중 한 명이 혀가 잔뜩 꼬부라진 목소리로 말하며 다가왔다. 그러자 점소이가 허리를 굽신거리며 말했다.

"죄, 죄송합니다. 이분들이 머물 방을 달라고 하셔서 다른 곳으로 가보시라고 하는 중입니다."

"그으래?"

무인이 말을 길게 끌며 게슴츠레한 눈으로 점소이의 눈앞에 있는 사내를 바라봤다. 이미 얼큰하게 취기가 올라 반쯤 동공이 풀린 상태였다.

그가 사내들에게 손을 저으며 말했다.

"이봐! 다른 곳으로 가보라구. 이곳은 우리가 전세를 냈으니까. 하긴 다른 곳으로 가도 받아줄 만한 곳이 있을라나 모르겠네. 하하하!"

"하하하! 아마 오늘 이곳에선 다른 손님을 받지 않을 걸. 우리 일원산장의 무인들이 이곳 전체를 전세 내는 날이 아닌가? 그들이 우리가 아닌 다른 사람을 받을 리가 없지."

"흐흐! 운이 나쁜 친구들이군. 그러지 말고 그들에게도 기회를 한 번 주세나."

"기회?"

"무릎 꿇고 빌라고 해. 그러면 방 하나 내줄 테니까."

취한 일원산장의 무인들이 제멋대로 말을 내뱉었다. 그들은 아마 자신들이 무슨 말을 하는 건지 모를 것이다. 원래 어느 정도 선이 넘어가면 술이 사람을 잡아먹는 법이니까. 그렇다고 해도 사내들의 언사는 도가 지나쳤다.

동료들의 부추김에 자신감을 얻은 무인이 사내들을 동공이 풀린 눈으로 바라보며 말했다.

"어디 한번 무릎 꿇고 빌어봐. 그럼 방 하나쯤은 내줄 테니까. 흐흐흐!"

"뭐라?"

"무릎 꿇고 빌어보라고. 안 그러면 이곳에서 방을 얻는 것은 꿈꿀 생각도 하지 말라고."

"네놈은 스스로 무슨 소리를 지껄이는 줄 알고 있느냐?"

"흐흐! 싫으면 말고."

무인이 어깨를 으쓱했다.

그 광경을 일원산장의 무인들이 흥미로운 시선으로 바라보았다. 이미 술에 취한 그들은 누구 하나 나서서 말리지 않았다. 오히려 재밌다는 표정으로 웃고 즐겼다. 그것은 오창해도 마찬가지였다. 그는 상석에서 이 모든 광경을 웃음 띤 얼굴로 지켜보았다.

"대인!"

곁에 있던 기녀가 교소를 흘리며 오창해의 잔에 술을 가득 따랐다. 그래도 오창해가 마시지 않자, 자신이 대신 입에 머금어 오창해의 입으로 넣어주었다. 입가를 따라 술이 흘러내렸다.

안주도 입으로 넣어주는 기녀. 오창해는 기녀가 건네주는 안주를 맛보며 객잔의 입구에서 벌어지는 일을 흥미로운 얼굴로 바라보았다.

"흐흐! 세상에서 가장 재밌는 일이 무언 줄 아느냐?"

"그게 뭔데요?"

"바로 싸움 구경이다."

"하지만 저들도 범상치 않아 보이는데요."

"그래봐야 겨우 다섯 명에 불과하지 않느냐? 우리는 백 명이 넘고. 상대가 되지 않는 싸움이다. 아마 저들은 곧 비루먹은 개처럼 쫓겨날 것이다."

오창해가 히죽 웃었다.

일원산장의 무인은 계속해서 입구에 있는 사내들을 희롱하고 있었다. 무릎을 꿇으라느니, 자신의 가랑이 사이를 지나가면 방을 주겠다는 말로 놀리고 있었다. 그리고 일원산장의 다른 무인들은 그 광경을 보며 웃고 떠들었다. 사내들의 입장에서 보자면 실로 모욕적인 광경이 아닐 수 없었다. 하지만 오창해의 입장에서 보자면 실로 훌륭한 여흥이 아닐 수 없었다.

오창해는 사내들이 밖으로 나가거나, 무인의 가랑이 사이를 기거나 둘 중의 하나를 선택할 거라고 생각했다. 하지만 그의 생각은 두 가지 모두 틀렸다.

퍽!

갑작스럽게 둔중한 소음이 나더니 사내들을 희롱하던 무인이 그 자리에 팩 고꾸라졌다. 너무나 갑작스럽게 일어난 일이라 일원산장의 무인들은 일순 사태를 파악하지 못하고 두 눈만 꿈뻑거렸다. 그것은 오창해도 마찬가지였다.

일원산장의 무인들이 사태를 파악한 것은 잠시의 시간이 흐른 후였다. 제일 먼저 사태를 파악한 무인들이 자리에서 일어나며 노성을 터트렸다.

"이놈들!"

"감히 일원산장의 무인에게 폭력을 행사하다니, 간덩이가 배 밖으로 튀어나온 놈들이구나."

술에 취해 휘청이면서도 일원산장의 무인들은 기세가 등등

했다. 그래봤자 상대는 겨우 다섯 명이었고, 자신들은 백 명이 넘었기 때문이다.

그 모습을 바라보는 사내들의 얼굴에 어이없다는 표정이 어리며 한숨이 흘러나왔다.

"휴! 도대체 사막을 벗어나자마자 이런 주제도 모르는 애송이들이나 만나다니."

"어떻게 하지?"

"뭘 어떻게 해? 이런 모욕을 당해놓고 형제들을 밖에서 재울 거야?"

"그건 안 되지."

사내들이 눈빛을 교환했다.

누군가 말했다.

"대주도 이해해줄 거야."

"그렇겠지?"

"그럴 거야."

"그렇다면야…… 흐흐!"

사내들의 입에서 나직한 웃음소리가 흘러나왔다. 그들의 눈빛이 유독 밝게 빛나고 있었지만, 술에 취한 일원산장의 무인들은 전혀 그런 사실을 알아보지 못하고 있었다. 그들이 믿는 것은 일원산장의 위세와 백 명이 넘는 수적 우세였다.

일원산장의 무인들 중 누군가가 외쳤다.

"조져!"

"훗!"

그들을 바라보는 사내들의 입가에 한줄기 차가운 미소가 떠올랐다.

*　　*　　*

어깨 위에 먼지가 두텁게 쌓인 남자들이 대로를 지나고 있었다. 그들의 등장에 마을 사람들이 두려운 표정을 지었다.

말을 탄 삼백 명의 사내들을 보는 것은 결코 쉬운 일이 아니었다. 더구나 그들의 몸에서 흘러나오는 폭풍 같은 기세와 분위기는 일반 사람들이 감당할 수 있는 종류의 것이 아니었다.

마을에 들어서자 사내들이 입과 목에 감고 있던 천을 풀었다. 그러자 그들의 얼굴이 드러났다. 하나같이 피로한 낯빛을 하고 있는 사내들의 얼굴, 하지만 그들의 눈빛만큼은 어둠 속에서도 심유하게 빛나고 있었다. 그 강렬한 안광에 사람들이 눈이 마주칠까봐 분분히 고개를 돌렸다.

사내들의 선두에는 유독 엄청난 덩치의 사내가 마찬가지로 거대한 덩치의 말을 타고 있었다. 거대한 덩치만큼이나 강렬한 인상의 사내는 바로 철군패였다. 그리고 삼백 명의 사내는 북풍대였다.

녹주를 떠난 철군패와 북풍대가 대막을 횡단해 서쪽의 마을에 모습을 드러낸 것이다. 비록 대막을 헤쳐 나오느라 초췌한 모습을 하고 있었지만, 그들의 분위기와 기도만큼은 마치 잘 벼려진 명검처럼 날카롭기 그지없었다.

철군패의 양쪽에는 양천의와 검운영이 어깨를 나란히 하고 말을 몰고 있었다. 하지만 화왕과 철군패의 덩치가 너무 크다 보니 그들이 푹 꺼져보였다.

양천의가 투덜거렸다.

"빌어먹을! 나도 큰 말을 사든지 해야지, 쪽팔려서 고개를 들고 다닐 수가 있어야지."

말을 하는 그의 눈두덩이는 시퍼렇게 멍이 들어 있었다. 겁도 없이 철군패에게 덤빈 대가였다. 광도진결을 익힌 후 철군패에게 덤볐다가 패대기쳐진 것이 몇 번이나 되었는지 몰랐다. 결국 그는 사막의 모래에 반쯤 파묻힌 채 정신을 잃은 후에야 쉴 수 있었다. 그 후로도 몇 번을 더 덤볐는지 몰랐다. 그 대가가 바로 눈두덩이 주위에 생긴 멍이었다.

그렇지 않아도 험악한 얼굴의 양천의가 인상을 쓰자 사람들이 행여 시선을 마주칠까 분분히 고개를 돌렸다. 그 모습에 검운영이 미소를 지었다.

마치 선불 맞은 멧돼지 같지만, 그것 역시 양천의의 매력이었다. 그의 그런 인간적인 모습 때문에 북풍대원들은 의심 없이 따랐다. 검운영도 그런 사람 중 한 명이었다.

녹주를 떠나 대막을 횡단하는 동안 수련이라는 명목아래 혹독한 경험을 해야 했던 북풍대였다. 한시라도 빨리 따스하고 안온한 잠자리에서 잠들고 싶었다. 그 때문에 그들은 다섯 명을 먼저 보내 하루 머물 만한 곳을 찾아보게 했다.

"그런데 녀석들은 도대체 어디 간 거야? 숙소 알아보라고 보냈더니 어디 다른 곳으로 빠진 것 아냐?"

"그럴 리가요. 아마 숙소를 알아보는 것이 늦어지나 보지요."

검운영이 미소를 지어보였다.

연신 투덜거리는 양천의에 비해 철군패는 화왕을 탄 채 묵직한 분위기를 풍기고 있었다. 철군패는 특유의 분위기로 믿고 따를 수 있는 남자였고, 양천의는 그대로 사람들을 편하게 하는 재주가 있는 남자였다.

그렇게 얼마나 대로를 걸었을까? 갑자기 앞쪽이 떠들썩해졌다.

"뭐야? 무슨 일인데 이리 시끄러운 거야?"

양천의가 미간을 찌푸리며 앞을 바라봤다.

그의 눈에 불을 밝힌 커다란 객잔이 보였다. 시끄러운 소음은 객잔 안쪽에서 들려오고 있었다. 그의 얼굴에 의문의 빛이 떠오르는 그 순간 '와장창' 하는 소리와 함께 몇 명의 사내들이 창문을 뚫고 밖으로 튕겨 나왔다.

몇 번 푸들거리던 사내들은 그대로 혼절했다.

"이건 또 뭐야?"

"싸움이 일어난 것 같은데요."

“들어가 보자.”

철군패가 화왕에서 내려 객잔 안으로 들어갔다. 그 뒤를 북풍대가 따랐다.

객잔 내부는 완전히 초토화가 되어 있었고, 수많은 사내들이 걸레처럼 널브러져 있었다. 기녀들은 한쪽에 모여 비명만 지르고 있었고, 점소이들은 어찌할 바를 몰라 하며 벌벌 떨고 있었다.

수많은 사내들이 널브러진 한가운데 몇 명의 남자가 무릎을 꿇고 두 손을 들고 있었다. 그중에는 일원산장의 소장주인 오창해도 있었다.

그는 두 눈에 시퍼렇게 멍이 든 채 두 손을 들고 있었다. 그의 앞에는 일원산장의 무인들이 시비를 걸었던 사내들이 서 있었다. 그들이 눈을 부라릴 때마다 오창해가 몸을 움찔했다. 그는 겁을 잔뜩 집어먹은 표정으로 눈동자만 뒤루룩 굴렸다.

“손 똑바로 못 들지? 다시 한 번 죽어 볼래?”

“아, 아닙니다.”

사내의 말에 오창해가 화들짝 놀라 손을 높이 들었다.

그 광경에 검운영이 사내들에게 물었다.

“무슨 일이냐?”

“글쎄 이 녀석들이 술에 취해 시비를 걸지 뭐겠습니까?”

“너희들한테?”

검운영이 피식 웃었다.

바닥에 널브러진 이가 백 명이 넘었다. 떼로 덤벼들었다가 다섯 명에게 작살이 난 것이다. 그래도 전혀 놀랍지 않았다. 지금 북풍대의 수준이라면 중원 그 어떤 무인들에게도 밀리지 않을 것이다. 더구나 뭉쳐있을 때의 그들은 가공할 정도의 위력을 발휘했다. 백병도를 익히면서부터 북풍대원들의 전력은 무섭도록 상승했다. 더구나 그들은 스스로의 목숨을 담보로 무공을 익혔다. 이런 시골이 넓다하고 으스대는 애송이 무인들과는 질적으로 다를 수밖에 없었다. 저들 백 명에게는 이들 다섯 명도 과분했다.

한편 손을 들고 있는 오창해의 얼굴은 새하얗게 질려 있었다.

"흐끽!"

철군패 등이 들어오는 순간부터 그는 딸꾹질을 하고 있었다.

그토록 위풍당당하던 일원산장의 무인들은 처참하게 여기저기 널브러져 있어 마치 쓰레기와도 같았다. 그가 필요한 것은 멀쩡한 상태로 자신을 지켜줄 무인들이지, 정신을 잃은 쓰레기들이 아니었다.

다섯 명밖에 안 되는 상대에게 그렇게 당했는데, 그보다 무서워 보이는 이들이 삼백 명이나 더 있었다. 그들이 마음을 먹는다면 일원산장 따위는 하룻밤 만에 흔적도 없이 사라지리라.

'어, 어디서 이런 자들이 나타났단 말인가?'

온몸의 털이란 털은 다 곤두서는 것 같았다. 비록 우물 안 개구리처럼 이곳에서만 머무는 그였지만, 보는 눈까지 없는 것은 아니었다. 어느 정도 술이 깨자 자신이 얼마나 무서운 사람들을 건드렸는지 알았다.

그는 재빨리 이 사태를 어떻게 수습해야 할지 머리를 굴렸다.

그때 일원산장의 무인들을 제압했던 사내가 그를 보며 한마디 했다.

"이 새끼 눈알 굴리는 것을 보니 딴 생각을 하고 있군."

"아, 아닙니다. 딴 생각을 하는 게 절대 아닙니다."

"그럼 왜 눈알을 굴리는 건데?"

"그, 그게, 제가 여러분들을 대접하면 안 되겠습니까?"

본능적으로 튀어나온 대답이었다. 그의 직감이 눈앞의 사내들이 원하는 것을 줘야 한다고 속삭이고 있었다.

"네가?"

"넷! 지금 이 마을에서 삼백 명이나 되는 인원이 머물만한 곳은 저의 일원산장밖에 없습니다."

"일원산장?"

"옛!"

오창해가 손을 바짝 든 채 대답했다. 그의 목청은 무척이나 커서 철군패의 귀에도 들렸다.

철군패가 흥미롭다는 표정을 지으며 손가락을 까닥거렸다. 그러자 수하가 오창해를 데리고 그의 앞으로 왔다. 오창해는 여전히 두 손을 든 채였다.

"일원산장이라고?"

"옛! 제가 일원산장의 소장주입니다. 대협께서 원하신다면 일원산장에서 잠시 머물다 가셔도 상관없습니다."

오창해가 목청을 높여 대답했다.

비록 얼굴이 퉁퉁 붓고 곳곳에 멍이 들었지만, 그의 목소리만큼은 우렁차기 그지없었다. 하지만 그의 눈동자는 불안하게 흔들리고 있었다. 만일 철군패가 자신의 제안을 거절한다면 일원산장이 어떤 불이익을 받을지도 모른다고 생각했기 때문이다.

막말로 지금 이들이 쓸어버리겠다고 마음먹으면 일원산장은 이미 멸문한 것이나 다름없었다. 어떻게든 이들을 모시고, 마음을 돌려놔야 했다.

비록 아까는 취해서 실수를 저질렀지만, 눈치까지 없는 것은 아니었다. 그는 자신의 실수를 만회하기 위해서 최선을 다했다.

양천의가 철군패에게 말했다.

"어차피 이 객잔에서도 자기는 글렀잖아. 애들도 이제까지 고생했는데, 오늘 하루쯤은 안락한 곳에서 재워야 하지 않겠어. 뭐, 그 대가로 일원산장을 무사히 내버려두면 되는 것 아니야?"

부르르!

양천의의 말에 오창해가 몸을 떨었다. 역시 자신의 생각이 맞았다. 이들은 일원산장을 가만히 내버려둘 생각이 없었다. 만일 이들의 화를 풀지 못한다면 일원산장이 멸문 당할지도 모른다고 생각하니 그의 마음이 더욱 절실해졌다.

그가 애원했다.

"제발 저희들이 용서를 할 기회를 주십시오. 여러분들이 머무는 데 부족함이 없도록 최선을 다하겠습니다."

그는 무릎을 꿇은 채로 철군패의 발을 붙잡았다. 그에 철군패는 물론이고 양천의와 검운영이 미소를 지었다. 이들은 양천의의 말이 농담이란 사실을 알고 있었다. 물론 그렇다고 해도 오창해에게 말해줄 필요는 없었지만.

철군패가 고개를 끄덕이며 말했다.

"좋아! 당분간 신세를 지기로 하지."

"정말입니까? 감사합니다, 정말 감사합니다."

오창해가 연신 고개를 숙이며 감사하단 말을 연발했다. 그 모습을 보며 북풍대가 미소를 지었다.

비록 조금 모욕을 당하긴 했지만, 그렇다고 해서 일원산장을 어떻게 할 생각은 없었다. 그 증거로 다섯 명의 북풍대원들에게 당한 일원산장의 무인들 중 죽은 이는 한 명도 없었다. 만일 그들이 살심을 품었다면 지금 널브러져 있는 일원산장의 무인들 중 살아있는 이는 단 한 명도 없었을 것이다.

오창해가 연신 감사하단 말과 함께 일행을 안내하기 시작했다. 그때 양천의가 짓궂은 표정으로 오창해를 불렀다.

"이봐, 소장주."

"예? 예!"

"그만 손은 내리라고. 어깨 떨어지겠네."

“아? 예!”

오창해의 얼굴이 벌게졌다. 아직까지 그는 두 손을 머리 위로 든 채였기 때문이다. 극심한 공포에 통증이 마비되었던 것이다. 하지만 이제 긴장이 풀리니 어깨가 끊어질 것처럼 아파왔다.

양천의가 다가와 오창해의 어깨에 팔을 턱하니 얹었다.

“이봐.”

“예? 예!”

“집에 고기는 좀 있나?”

“이, 있습니다.”

“술은?”

“있습니다.”

“많이?”

“예! 많이 있습니다.”

“좋은 집안이군.”

양천의가 히죽 웃었다. 북풍대도 웃고 있었다.

＊　　＊　　＊

이 정도면 운이 좋았다고 해야 할 것이다. 약간의 충돌 덕분에 좋은 숙소를 얻었으니.

일원산장의 장주인 오정산은 북풍대를 극진히 대접했다. 이미 자신의 식솔들이 그들에게 어떻게 실수를 했는지 들었기에 북풍대를 맞이하는 그의 모습은 더욱 공손했다.

오정산은 일원산장의 빈객청과 전각 하나를 북풍대를 위해 내줬다. 또한 하인들을 시켜 음식을 준비케 했다. 비록 오창해에게 많은 부분을 위임하고 일선에서 물러난 그였지만, 사람 보는 눈은 아직도 변함없이 정확했다. 그는 한눈에 철군패와 북풍대가 범상치 않은 사람이란 사실을 알아봤다. 그래서 철군패와 북풍대를 대접하는 데 더욱 공을 들였다. 덕분에 북풍대는 오랜만에 안락한 잠자리에서 쉴 수 있었다.

"휴!"

오랜만에 수욕을 하고 나온 검운영이 나직이 한숨을 내쉬었다. 그동안 묵은 먼지를 쓸어내자 겨우 살 것 같았다. 대막을 횡단할 동안 그들은 단 한 번도 제대로 씻지 못했었다. 지옥 같은 일정은 인내심이 강한 검운영조차 지치게 만들었다. 철군패는 마치 그들을 괴롭히지 못해 안달이 난 사람처럼 혹독하게 밀어붙였다. 그 결과 눈이 부실 정도로 발전한 것은 맞지만, 지친 것도 사실이었다.

검운영이 젖은 머리를 쓸어 올리며 밖을 바라봤다. 빈객청 밖의 정원에는 철군패가 홀로 서 있었다. 북풍대원들에게 씻을 기회를 양보하고 맨 마지막까지 남아 있는 것이다.

그와 북풍대가 믿고 따르는 남자는 십 몇 년의 세월이 흘렀지만, 여전히 변하지 않는 존재감과 신뢰감을 보여주고 있었

다. 아마 북풍대의 태반은 철군패를 따라서 지옥 끝까지 달려
갈 수 있다고 생각할 것이다. 검운영도 그렇게 생각하는 사람
중 한 명이었다.

'저 남자의 끝을 보고 싶다. 어디까지 달려가는지, 그 끝이
어딘지 내 눈으로 보고 싶다.'

그것이 검운영이 철군패를 따르는 이유였다.

검운영은 그렇게 생각을 정리하며 철군패 곁으로 다가갔다.

"무엇을 그렇게 깊이 생각하십니까?"

"어, 아무것도 아냐. 그냥 옛날 생각을 하고 있었다."

"옛날 생각이시라면?"

"후후! 그냥 내 인생에 가장 큰 영향을 끼친 몇 사람을 생각
해봤어."

"형님 인생에도 영향을 끼친 사람이 있습니까?"

"나도 사람이야."

"저는 처음 봤을 때부터 형님은 인간의 감정은 느끼지 않을
줄 알았습니다."

"그랬더냐?"

"예! 형님은 처음 봤을 때부터 강했으니까요. 형님의 강함
을 동경했더랍니다. 그래서 기꺼이 형님을 기다렸고, 또 따르
는 겁니다. 궁금합니다. 형님의 인생에 그렇게 영향을 끼친 사
람이 누군지."

"한 남자가 있었다. 나는 그를 통해 진정한 강함이 무엇인

지 엿보았다. 그는 세상의 모든 어둠을 자신의 몸에 두른 듯
했다."

"그가 누굽니까?"

"십전제."

철군패의 음성은 담담했다.

그는 이십 년 전의 기억을 떠올렸다. 아직 힘이 없던 어린
시절, 그는 천하 전쟁의 중심에 서있었다. 그리고 그곳에서 그
를 보았다. 어둠을 휘장처럼 두르고, 그의 적을 향해 온몸으로
부딪쳐가던 한 남자를.

철군패에게 있어 강함의 기준은 그였다. 그리고 반드시 넘
어서야 할 존재였다. 이십 년 전 그날의 기억이 그의 기억 속
에 아직도 선명했다.

검운영이 고개를 갸웃거렸다.

"십전제라면 구주천가의 가주인 천우경 대협을 말하는 겁니
까?"

"십전제가 정말 그라면 그렇겠지."

"그럼 십전제가 그 말고 또 있습니까?"

"난 내가 본 것만 믿는 주의라서 말이야."

철군패가 의미 모를 미소를 지었다. 그의 미소에 검운영이
의아한 표정을 지었다. 왠지 자신은 모르는 이면의 사실이 존
재하는 것 같았기 때문이다.

"그 외에 또 몇 명의 사람이 내 인생에 지대한 영향을 끼쳤

지. 그중에는 깜찍한 소녀도 있었는데 지금쯤 어떻게 자랐을지 궁금하군."

"누군지 모르지만 형님께서 좋아하셨나 봅니다."

"그런 감정을 느끼기에는 너무 어렸던 시절이라서 말이야. 단지 궁금하고 보고 싶을 뿐이야. 어떻게 자랐는지, 어떻게 살고 있는지 가끔씩 생각나거든."

"사막의 다섯 부족 여인들이 형님을 흠모했습니다. 형님이 원하기만 했으면 그녀들은 기꺼이 옷고름을 풀었을 겁니다. 그런데도 형님은 그녀들에게 눈길 한 번 주지 않았습니다. 아마 그 이유가 그 소녀 때문인 것 같습니다."

"그런가? 모르겠군. 여하튼 아직까지 묘한 향기로 내 기억 속에 각인된 사람은 그녀가 처음이야. 그래서 아직도 가끔씩 생각이 나는지도 몰라. 뭐, 여인이란 느낌보다는 그리움이란 느낌으로 남아 있다고 보는 것이 옳은 것 같군."

철군패가 고졸한 미소를 지었다.

검운영은 철군패의 새로운 면모를 본 기분이었다. 그가 아는 철군패는 무섭도록 강인한 남자였다. 단지 육체만 강한 것이 아니라, 정신까지도 강했다. 강인한 정신에 강력한 육체가 뒷받침되어 엄청난 구속력과 장악력을 발휘하는 것이다. 그런 강한 남자의 이면에 이런 감성이 숨겨져 있을 줄은 정말 몰랐다.

"사람들은 꿈에도 모를 겁니다. 천하를 벌벌 떨게 하는 멸제가 이렇게 감성적인 사람이란 것을."

"내가 감성적인 사람이라는 것도 너에게 처음 듣는 것 같
군."

"그런가요? 후후!"

검운영이 나직한 웃음을 흘렸다.

"어이, 거기서 뭣들 하는 거야?"

등 뒤에서 불쑥 들려온 목소리의 주인은 양천의였다. 그가
젖은 머리를 툭툭 털며 팔자걸음으로 다가오고 있었다.

"뭘 그렇게 둘이서 쑥덕거리고 있는 거야?"

"그냥 잠시 형님과 이야기를 나눴습니다."

"나 빼놓고 다른 꿍꿍이를 꾸미는 것은 아니겠지?"

"다른 꿍꿍이가 뭐 있겠습니까?"

검운영이 피식 웃었다.

"그럼 뭐 하고 있었던 건데?"

"그냥 앞으로 어떻게 해야 할지 형님께 여쭤보려고 하던 참
입니다. 저희는 십이사조가 어디에 있는지도 모르잖습니까?"

"굳이 우리가 그들을 찾을 필요는 없어."

철군패의 대답에 검운영이 의아한 표정을 지었다.

"그게 무슨 말입니까? 십이사조를 응징하려면 그들을 찾아
야 하지 않습니까?"

"가만히 있어도 그들이 우리를 찾아올 거야."

"그들이 어떻게 저희를 찾아온단 말입니까? 저희는 이제 막
사막에서 나왔는데요."

"삼백 명이나 되는 사내들이다. 그런 사내들이 말을 타고 마을에 입성했다. 아무리 외진 마을이라 할지라도 사람들의 눈이 존재하니 우리의 존재가 퍼져나가는 것은 그야말로 시간 문제다. 그리고 많은 사람들의 주목을 받게 되겠지."

"사람들의 입소문을 통해 그들의 귀에도 우리의 이야기가 흘러들어갈 거고요?"

"그래!"

"그럼 우리를 확인하기 위해 움직이겠군요."

"그렇겠지."

"각별히 주의를 해야겠군요."

검운영은 단번에 철군패의 말뜻을 알아들었다. 하지만 양천의는 무슨 말을 하는지 알아듣지 못해 두 눈만 꿈뻑거렸다.

"도대체 무슨 말을 하는 거야? 너희들 자꾸 이렇게 나만 따돌릴래?"

"형님을 왜 따돌리겠습니까? 그저 저희가 가만히 있어도 저들이 찾아올 거란 말입니다."

"그들이 왜 찾아오는데?"

"어차피 조급한 쪽은 저희가 아니라 그들이니까요."

검운영이 미소를 지었다. 양천의의 인상이 팍 구겨졌지만, 더 이상 물어보지는 않았다. 왠지 자존심이 상했기 때문이다.

대신 그는 조그만 목소리로 투덜거렸다.

"재수 없는 새끼들. 하여간 조금 똑똑하다고 알아듣지 못할 말만 지껄여요."

*　　*　　*

일원산장주인 오정산은 철군패와 북풍대를 위해 곳간을 열고 잔치를 벌였다. 명목은 자신의 아들이 지은 죄를 대신해 사죄한다는 것이었다. 속셈이 뻔히 보였지만, 철군패와 북풍대는 사양하지 않았다.

삼백 명이나 되는 사내들을 대접하는 자리였다. 일원산장의 전 식솔이 음식을 만들고 접대하는데 동원됐다.

오정산은 철군패와 북풍대의 비위를 맞추는 데 전력을 다했다. 그는 철군패의 곁에 찰싹 붙어서 친근하게 굴었다. 오창해의 비위도 아마 오정산에게서 물려받은 듯했다.

사실 오정산은 지금 정신이 무척 없는 상태였다.

삼백 명이나 되는 사내들이었다. 그것도 일반적인 사내들이 아니다. 단지 다섯 명이서 일원산장의 무인 백 명을 제압할 정도로 엄청난 이들이었다. 단일 무력집단으로 이 정도로 가공할 파괴력을 지닌 단체는 새외에는 존재하지 않았다.

어슬렁거리며 걸어오는 모습이 군기가 빠진 패잔병들 같아 보이지만, 그들의 모습을 보는 순간 오정산은 온몸에 소름이 다 올라오는 것을 느꼈다.

규율도, 형식도 없어 보였지만, 대신 그들에게서는 주위를 압도하는 박력이 존재했다. 뿐만 아니라 더욱 그를 오싹하게 만드는 것은 제각기 흩어져 있는 북풍대의 모습이 사실은 천하의 그 어떤 절진보다 완벽한 대형을 유지하고 있다는 것이다.

그들은 유사시 언제라도 동료의 등을 지켜줄 수 있는 위치를 점하고 있었다. 무려 삼백 명이나 되는 자들이 그렇게 위치를 점하고 있는 모습이 마치 하나의 거대한 생명체를 보는 것 같았다. 강력한 유대감으로 무장한 그들의 모습에선 한 치의 빈틈도 보이지 않았다.

'어디서 이런 자들이 왔단 말인가? 내 비록 식견이 그리 넓다고 볼 수는 없지만, 그래도 산전수전을 다 겪었는데, 이런 자들이 있다는 이야기는 단 한 번도 들어본 적이 없다. 도대체 이들의 정체는 뭐란 말인가?'

지금도 웃고 떠들고 술을 마시고 있었지만, 흐트러진 모습은 단지 겉으로 보이는 모습일 뿐, 그들이 전혀 취하지 않았다는 것쯤은 충분히 짐작할 수 있었다. 그 증거로 웃고 떠드는 그들의 눈동자에 취기 따윈 존재하지 않았다.

'이런 자들을 건드리고도 살아 돌아왔으니 내 아들의 명줄이 길구나.'

오정산은 이들과의 만남이 과연 인연이 될지, 악연이 될 것인지 섣불리 판단하지 못했다. 대신 그는 조심스럽게 철군패에게 다가갔다.

한눈에 보기에도 이 거대한 사내가 삼백 명의 거친 사내들의 우두머리란 사실을 짐작할 수 있었다. 그러니까 어떤 결론을 내리더라도 우선 이 사내를 경험해봐야 한다는 것이 오정산의 생각이었다.

오정산이 공손한 태도로 철군패에게 말했다.

"제가 주인 된 도리로 손님께 술 한 잔을 올리겠습니다. 받아주시겠습니까?"

"고맙소."

철군패는 기꺼이 잔을 내밀었다. 오정산이 그의 잔에 술을 가득 채웠다. 철군패 역시 오정산의 잔에 술을 가득 채우며 말했다.

"고맙소. 이런 불한당들을 재워줘서."

"아닙니다. 제 아들이 범한 결례를 이렇게 용서해주셔서 감사할 따름입니다. 머무는 동안만큼은 제집이라고 생각하고 지내십시오."

"우리가 이곳에 오래 머무는 것은 일원산장에 그리 좋은 일은 아닐 것이오."

"무슨 말인지 저는 전혀 모르겠습니다."

"후후! 내 이름을 알고 계시오?"

"그것도 모릅니다."

"내 이름은 철군패요."

"철군패? 패도적인 이름이군요. 잠깐 철군패라면……."

순간 오정산이 어떤 사실을 떠올렸다.

가장 최근 새외를 떠들썩하게 만든 사내의 이름이 떠올랐기 때문이다.

십이사조와 전쟁을 선포한 남자. 그 역시 덩치가 크다고 했다. 그의 위압감은 능히 태산과도 맞먹을 정도라고 했다. 무엇보다 그의 이름 역시 철군패라고 했다.

"서, 설마 멸제?"

오정산의 목소리가 절로 떨려나왔다.

철군패의 입꼬리가 말려 올라갔다. 그의 미소에서 오정산은 철군패가 멸제란 사실을 확신했다.

그의 시선이 북풍대를 향했다.

"그럼 저들은?"

"북풍대, 나의 군대요."

오정산의 눈이 더할 수 없이 크게 떠졌다.

*　　*　　*

멸제가 재출도 했다.

그는 혼자가 아니다. 그를 따르는 군대가 있다.

북쪽의 질풍이 그를 따른다는 소문이 새외를 강타했다.

소문의 근원지는 바로 일원산장이었다.

소문은 일파만파 천하로 퍼져나갔다.

　　　　　*　　*　　*

　은색의 가면을 쓴 남자가 있었다. 얼굴 전체를 가리는 은빛 가면에 자신의 진실한 얼굴을 숨긴 남자는 숨을 죽인 채 전방을 바라보고 있었다.

　탁자 위 흐릿한 촛불 너머 그가 있었다. 은구사자와 마찬가지로 가면을 쓰고 있는 남자, 한 가지 다른 점이 있다면 그의 얼굴에 쓰고 있는 가면은 금빛을 띠고 있다는 것뿐이다.

　은구사자는 금빛 가면의 사내 앞에서 지극히 공손한 태도를 취하고 있었다. 그는 감히 고개조차 들지 못하고 있었다.

　촛불 너머의 금빛 가면 사내가 한참 후 입을 열었다.

　"십이사조는 어떻게 되었는가?"

　"대사조에게서 긍정적인 대답을 이끌어냈습니다. 빠른 시일 안에 그가 이곳으로 합류하기로 했습니다."

　"잘됐군."

　금빛 가면 속의 눈에 희미한 곡선이 생겨났다. 웃고 있음이 리라.

　사내는 은구사자의 주인이었다. 구주천가에 반하는 반천련을 조직하고, 연판장을 만들어 수많은 문파들의 참여를 이끌어낸 남자가 바로 금빛 가면의 사내였다.

　사람들은 그의 존재조차 알지 못하지만, 은구사자는 그가 얼마나 무서운 인물인지 너무나 잘 알고 있었다. 그렇기에 감히 그 앞에서 숨조차 크게 쉬지 못했다.

금빛 가면의 사내가 허공을 바라보며 중얼거렸다.

"구주천가…… 그만큼 천하를 지배했으면 이제 끝낼 때가 됐지. 칠백 년은 너무 긴 세월이야."

금빛 가면 위로 섬뜩한 안광이 폭출해 나왔다. 그에 은구사자가 더욱 고개를 깊숙이 숙였다.

"그나저나 구주천가가 움직이고 있다고?"

"그렇습니다. 그들이 무영문을 추적하고 있다고 합니다."

"뜻밖이군."

"저도 그렇게 생각합니다."

은구사자는 최대한 공손한 태도로 대답했다.

"아무래도 온유하가 무슨 수를 부린 모양이군."

"그래서 확인 작업에 들어갔습니다."

"주의하도록. 온유하는 결코 녹록한 상대가 아니다."

"알고 있습니다. 그래서 제가 직접 움직일까 합니다."

"네가? 그것도 나쁘진 않겠군. 뜻대로 하도록."

"허락해주셔서 감사합니다."

은구사자가 고개를 숙여보였다. 그는 금빛 가면의 사내가 손을 흔들자 물러났다.

홀로 남은 금빛 가면의 사내가 촛불을 보며 눈을 빛냈다.

"천우진, 네놈은 내가 죽은 줄 알고 있겠지?"

제 6 장
격류역류(激流逆流)

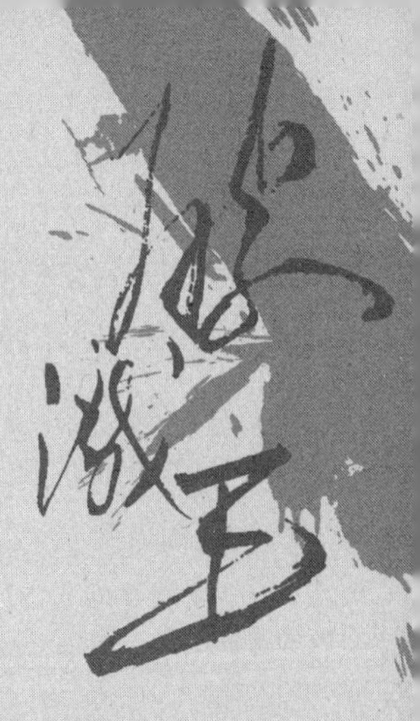

철군패와 북풍대는 일원산장에서 며칠을 더 머물렀다. 그때는 이미 그들에 대한 소문이 새외 전체로 퍼져나간 후였다. 그 사실을 잘 알 텐데도 철군패는 이상하게도 일원산장에서 더 이상 움직이지 않았다. 그에 불안함을 느낀 사람들은 오창해와 일원산장의 무인들이었다.

그러나 그들의 걱정과 달리 철군패와 북풍대는 일원산장에 그 어떤 해도 끼치지 않았다. 그들은 단지 자신들의 거처에 머물 뿐이었다. 상황이 이렇게 되자 어느 순간부터 일원산장의 무인들은 더 이상 철군패와 북풍대에 대해서 걱정을 하지 않게 되었다.

일원산장주 오정산은 많은 하인과 시비를 북풍대의 거처에
배치했다. 또한 하인과 시비에게 단단히 주의를 주어 북풍대
의 심기를 절대로 건드리지 않게 했다.

북풍대의 거처를 통과할 수 있는 사람은 허락을 받은 이들
뿐이었다. 하인들과 시비도 사전에 허락을 받은 사람이 아니
면 북풍대의 거처에 드나들 수 없었다.

밤이 늦은 시간이었다. 시비 다섯 명이 북풍대가 머무는 거
처로 다가왔지만, 당연히 경비를 서는 무인에 의해 제지를 당
했다.

"이 늦은 시각에 무슨 일이냐?"

"주인어른께서 북풍대에 야식을 보내주라 하셔서 챙겨왔습
니다."

"야식을?"

"예! 주인어른께서 특별히 보냈습니다."

"그래?"

경비무사가 수긍하는 표정을 지었다.

꼭 오늘이 아니더라도 오정산은 종종 북풍대의 거처에 야식
이나 간식을 보냈다. 최대한 북풍대가 편하게 머물 수 있도록
배려하는 것이다.

경비무사가 문을 열어줬다.

"갖다 주고 빨리 나오도록. 그들의 심기를 절대 건드려서는
안 되는 것을 알고 있겠지?"

“물론이에요. 금방 나올게요.”

시비들이 대답과 함께 문 안으로 들어갔다.

북풍대가 머물고 있는 곳은 외부와 완벽하게 격리된 곳이었다. 높다란 담장이 외부의 시선을 가리고 있어 이렇게 문을 통해 안으로 들어오지 못하면 내부의 사정을 절대로 알 수 없었다.

시비들은 조심스럽게 내부를 둘러보았다.

밤이 늦은 시각임에도 불구하고 곳곳에 북풍대원들이 자연스럽게 앉아 있거나, 삼삼오오 모여서 떠들고 있었다. 소문으로 들은 것처럼 그렇게 무섭다거나, 위압적으로 느껴지지 않았다.

오히려 몇몇 이들은 야식 냄새를 맡고 친근한 표정으로 시비들에게 다가왔다.

“오호! 냄새 좋은데. 오늘도 오 장주께서 야식을 보내왔나 보군.”

“그러게! 오늘은 유달리 냄새가 좋은데.”

하루 이틀 일이 아니었다. 이곳에서 머무는 동안 매일같이 오정산이 보내온 야식을 먹어왔기에 시비들을 대하는 북풍대원들의 태도는 매우 익숙했다.

시비들 역시 당황하지 않고 싸온 음식 보따리를 풀었다. 보따리 속에는 전병과 떡이 있었다. 넉넉할 정도는 아니었지만, 북풍대원들의 출출함 정도는 채워줄 수 있는 양이었다.

북풍대원들은 시비들이 가져온 야식을 맛있게 먹었다. 시비들은 한쪽에 서서 그 모습을 조용히 지켜보았다. 삼백 명이나 되는 사내들이 둘러싸고 있음에도 시비들은 익숙한 듯 일체의 동요도 없이 자세를 유지했다.

삼백 명이나 되는 사내들이 한자리에 모여 있었다. 그런 거대한 무리에 성숙한 향기를 풍기는 여인들이 들어왔다. 누구 한 명쯤은 동요할 법도 하건만 북풍대원들 중 누구도 시비들에게 치근거리지 않았다. 그것만 보아도 그들이 얼마나 강하게 규율이 잡혀 있는지 알 수 있었다.

북풍대원들 중 몇 명은 시비에게 농담을 걸기도 했지만, 어디까지나 일상적인 것일 뿐, 일정 선은 결코 넘어가지 않았다. 그 때문에 수많은 남자들에 둘러싸여 있으면서도 시비들은 안심할 수 있었다.

북풍대원들이 야식을 모두 먹자 시비들이 가지고 온 식기를 싸가지고 밖으로 나갔다. 북풍대원들은 떠나는 그녀들에게 고맙다는 말을 하는 것을 잊지 않았다.

시비들이 나갈 때까지도 북풍대원들은 여전히 웃는 얼굴이었다. 하지만 그들의 눈빛은 조금 전과 확실히 달라져 있었다.

북풍대원들 중 몇 명이 앞으로 나서며 말했다.

"그럼 시작해볼까?"

정확히 다섯 명이었다.

그들은 누가 뭐라 할 새도 없이 가볍게 담을 뛰어넘었다. 다른 북풍대원들은 그 모습을 묵묵히 지켜보았다.

　담을 뛰어넘은 다섯 명의 북풍대원들은 각각 다섯 방향으로 흩어졌다. 일원산장에도 많은 무인들이 있었지만, 그 누구도 북풍대원들을 발견하지 못했다.

　일원산장의 어둠이 드리워진 곳을 타고 이동하는 그들의 은신술은 그야말로 발군이었다. 소리도 기척도 없었다. 그들은 일원산장의 담장과 전각 위를 소리도 없이 이동하면서 밑을 내려다보았다.

　그들의 시선이 향한 곳에 시비들이 있었다. 시비들은 북풍대원들이 자신들을 감시한단 사실도 알아차리지 못하고 종종걸음을 옮기고 있었다.

　시비들은 주방에 식기를 갖다놓고 자신의 숙소로 흩어졌다. 북풍대원들은 숙소로 들어가는 시비들의 모습을 확인했다. 하지만 단 한 명의 시비만큼은 곧장 숙소로 돌아가지 않고 일원산장의 후원 쪽으로 이동했다.

　잠시 주위를 두리번거리던 시비는 주위에 아무도 없는 것을 확인하고, 품에서 쪽지 하나를 꺼내 커다란 나무 밑동에 묻어두었다. 그리고는 다시 숙소로 돌아갔다.

　시비가 다녀가고 한식경이 지났을 쯤, 후원에 또 다른 그림자가 나타났다. 시비와 마찬가지로 주위를 두리번거리던 그림자의 주인은 조심스럽게 나무 밑동을 파헤치고 쪽지를 꺼냈다.

　그림자의 주인은 일원산장에서 일하는 하인이었다. 하인은 일원산장을 은밀히 빠져나와 객잔에 들렀고, 쪽지는 점소이에게 넘겨졌다. 그리고 점소이는 쪽지를 객잔의 특실에 머무는 손님에게 전달했다. 그 모든 과정이 단 몇 시진 만에 일어났다. 그 과정이 너무나 은밀하고 신속하게 이뤄졌기에 눈치를 챈 사람은 없었다. 단, 그 과정을 처음부터 모두 지켜봤던 북풍대원들은 제외하고 말이다.

다섯 명의 북풍대원들은 시비부터 점소이, 그리고 객잔에 머물고 있는 손님까지 쪽지가 전해지는 과정을 모두 은밀히 지켜보았다. 사람들은 그들이 지켜보고 있다는 사실을 전혀 눈치채지 못했다. 그들의 은밀함은 일반인에 불과한 사람들이 알아차릴 수 있는 수준의 것이 아니었다.

마침내 특실에 머물던 손님이 창문을 열고 전서구를 날릴 때, 북풍대원들은 그의 얼굴을 확인할 수 있었다. 전서구를 날린 남자는 마을은 물론이고 일원산장에서도 단 한 번도 보지 못한 존재였다. 한눈에 봐도 그가 이곳 사람이 아님을 알 수 있었다.

북풍대원들이 시선을 교환했다. 그들은 단지 서로의 눈빛을 보는 것만으로 의중을 파악했다.

세 명의 북풍대원이 곧 전서구를 따르기 시작했다. 두 명의 북풍대원들은 객잔의 특실로 조심스럽게 다가갔다. 문 앞으로 다가갈 때까지도 특실에 머무는 남자는 그들의 존재를 눈치재지 못했다.

북풍대원들이 잠시 서로를 바라보다 고개를 끄덕였다. 그와 동시에 그들이 문을 박차고 안으로 들어갔다.

쾅!

전서구를 날리고 안심을 하고 있던 남자는 갑작스런 북풍대원의 난입에 놀라는 한편 머리맡에 두었던 검을 들고 대항하려 했다.

쉬익!

그의 검이 허공을 가르며 일직선으로 북풍대원의 목을 찔러왔다. 일체의 변식도 허초도 없는 일검필살(一劍必殺)의 초식이었다.

평범한 무인이었다면 남자의 반응에 놀랐을지도 몰랐다. 하지만 상대는 북풍대원들이었다. 수많은 전장을 전전한 그들은 남자의 임기응변에도 놀라지 않고 침착하게 대응했다.

챙!

목젖이 노출된 북풍대원이 환도를 들어 남자의 검을 튕겨내는 순간 뒤에 있던 북풍대원이 그의 몸을 뛰어넘으며 부월각으로 남자의 검을 차냈다. 그러자 가슴이 열리며 허점이 환히 노출됐다. 그 순간 선두에 있던 북풍대원이 환도의 손잡이로 남자의 이마를 찍었다.

쾅!

이마를 강타당한 남자는 골이 흔들리며 순간적으로 판단력이 흩어졌다. 북풍대원들은 그 순간을 놓치지 않았다. 그들은 순식간에 남자의 혈도를 제압하고, 이에 재갈을 물려 자해하지 못하도록 했다.

그 모든 과정은 눈 깜짝할 사이에 일어났다. 북풍대원이 문을 부수고 들어가 남자와 일진공방 끝에 제압한 후 물러나는 과정까지 걸린 시간은 숨 몇 번 들이킬 사이에 불과했다. 그 증거로 북풍대원들이 남자를 제압해 물러날 때까지도 객잔 안에 머물던 손님들은 그 사실을 전혀 눈치채지 못했다.

북풍대원들은 제압한 남자를 거처로 데리고 왔다. 물론 그 사실은 일원산장의 무인들도 전혀 알아차리지 못했다. 북풍대원들은 제압해온 남자를 철군패 앞에 내려놓았다.

철군패가 고개를 끄덕이자 북풍대원들이 제압했던 혈도를 풀었다. 그러자 남자가 서서히 정신을 차렸다. 잠시 주위를 두리번거리던 남자가 곧 상황을 깨닫고 절망적인 표정을 지었다. 허나 그것도 잠시, 이내 그가 결연한 표정을 지었다.

철군패는 남자의 표정이 변하는 그 모든 과정을 지켜보았다.

그가 담담한 목소리로 입을 열었다.

"누구냐? 우리를 감시하라고 한 자가."

"……"

남자는 입을 열지 않았다. 입에 물린 재갈 때문이기도 했지만, 무엇보다 남자가 입을 열 의지가 없는 것이다.

"훗!"

철군패의 입꼬리가 말려 올라갔다.

자신들이 이곳에 머문 시간은 불과 며칠이었다. 그 짧은 시간 동안 시비와 하인, 점소이를 포섭해서 북풍대의 내부 정보를 캐내려 한 자였다. 결코 평범할 리가 없었다.

만일 재갈을 채우지 않았다면 그는 혀를 깨물어 자결했을 것이다. 하지만 북풍대원들이 채운 재갈 때문에 마음대로 자결할 수조차 없었다.

검운영이 한 발 앞으로 나서며 말했다.

"제법 강단 있는 표정을 짓지만, 나는 너 같은 자들의 인내심이 정말 대단할 거라고는 생각하지 않아."

그의 입가에 서늘한 미소가 어렸다. 그의 미소를 보는 순간 남자의 눈동자가 불안하게 흔들렸다. 무언가 심상치 않은 느낌을 받았기 때문이다.

검운영이 북풍대원들에게 고갯짓을 했다. 그러자 북풍대원들이 그를 잡아 으슥한 곳으로 끌고 갔다.

그 모습을 보며 양천의가 중얼거렸다.

"애새끼 하나 또 망가지겠군."

그는 북풍대원들에 대해 너무나 잘 알았다. 북풍대원들은 고문을 할 줄 안다. 그것도 무척이나 잘한다. 정보를 얻어내기 위해 고문을 하는 것쯤은 그들에게 일상이나 마찬가지였다. 남자를 제압해왔던 북풍대원들이 그간의 경과를 철군패에게 보고했다.

"지금 다른 친구들이 전서구를 추적하고 있습니다. 그가 말을 하지 않더라도 최종 보고선을 확인할 수 있을 겁니다."

"음!"

철군패가 고개를 끄덕였다.

"역시 입질이 오는군."

"그러게 말입니다. 기다렸다는 듯이 걸려드는군요."

검운영의 입가에 짙은 미소가 떠올랐다.

이 모든 것은 검운영의 작품이었다.

의도적으로 철군패와 북풍대가 일원산장에 머문다는 소문을 낸 것도 그였으며, 수하들을 시켜 거처를 드나드는 사람들을 감시하게 한 것도 검운영이었다.

검운영은 이미 수차례 이런 경험이 있었다. 대막에서 활동할 때도 이런 식으로 자신들의 존재를 노출시키고, 접근해오는 자들을 오히려 역으로 추적해가는 방식의 작전은 이미 여러 차례 효율성을 입증했다.

북풍대는 어떤 작전이라도 신속하게 수행할 수 있는 다양한 능력을 가지고 있었다. 강력한 무력, 전술 이해 능력, 그리고 첩보전과 기만전 같은 전쟁에 필요한 모든 능력을 갖춘 최강의 단일 무력집단이 바로 북풍대였다. 그리고 이제부터가 북풍대의 진가가 발휘될 시간이었다.

*　　*　　*

전서구를 추적했던 북풍대원들이 귀환한 것은 사흘이 지난 후였다. 그들이 귀환하면서부터 일원산장의 분위기는 분주하게 돌아가기 시작했다.

귀환한 북풍대원이 철군패에게 보고했다.

"쪽지가 최종적으로 향한 곳은 이곳에서 서쪽으로 오백여 리 정도 떨어진 곳에 있는 풍마람(風魔籃)이었습니다."

"풍마람?"

"칠백 년 전 무영살막(無影殺幕)의 정통성을 이었다고 스스로 자부하는 용병단체입니다만 확실하지는 않습니다. 무영살막이 멸망한 것은 이미 칠백 년 전의 일, 누가 이름을 도용해도 이상한 일은 아닙니다. 문제는 풍마람이 누구의 사주를 받았냐는 것입니다."

"알아냈는가?"

"워낙 경계가 철저해 알아내지 못했습니다. 하지만 의심이 갈만한 증거는 찾아냈습니다."

"말해봐."

"전서구가 도착한 시간과 비슷한 시간대에 풍마람으로 드나든 자들이 몇 명 있었습니다. 그들은 스스로를 십이사조가 보낸 자라고 말하고 풍마람으로 들어갔습니다. 그로 미루어보아 이번 일의 배후에 십이사조가 있다는 사실을 짐작할 수 있습니다. 고문을 한 자에게서도 풍마람이 저희들을 감시하라고 했단 이야기를 알아냈습니다. 이미 풍마람에서는 저희들을 칠 작전이 입안되어 진행되고 있다 합니다."

“역시 그들이었군.”

“증거가 충분하지 않습니다.”

“그 정도면 충분해.”

“어떻게 하실 생각입니까?”

“후후! 가만히 앉아서 당하는 것은 내 성격에 맞지 않아.”

“그럼?”

“북풍대 전원 출진한다.”

철군패의 마지막 말에 보고를 하던 북풍대원의 눈동자가 흔들렸다. 하지만 이내 그의 입가에 한줄기 미소가 어렸다. 드디어 기다리던 명령이 떨어진 것이다.

“북풍대 출진 준비시키겠습니다.”

말을 마치자마자 북풍대원이 밖으로 뛰어나갔다.

십이사조의 실체는 아직 세상에 밝혀져 있지 않았다. 십이사조의 이름은 널리 알려져 있지만, 그들의 근거지는 전혀 알려져 있지 않았다. 그들은 결코 자신들의 정체를 드러내지 않고 공포로 새외를 지배했다.

이쪽은 훤히 노출되어 있는 반면 저들은 음지에 숨어 있었다. 불공평한데다 열세에 몰릴 수밖에 없는 싸움이었다.

“폭풍처럼 정신없이 몰아붙여야 한다. 저들이 이미 대책을 세우고 움직인다면 늦는다.”

철군패의 말에 검운영이 고개를 끄덕였다.

양천의가 대부를 챙겨들며 기지개를 켰다.

"으갸갸! 오랜만에 몸을 풀 수 있겠군. 그동안 하도 움직이지 않아 좀이 쑤셨는데 잘됐구나. 흐흐흐!"

그의 음소가 유달리 음침하게 느껴졌다.

밖으로 나오자 이미 북풍대가 출진준비를 끝내놓고 있었다. 말 위에 올라탄 삼백 명의 사내들이 철군패를 바라보고 있었다.

철군패가 화왕에 올라타며 말했다.

"목표는 풍마람이다."

"옛!"

북풍대의 힘찬 음성이 일원산장을 뒤흔들었다. 그들의 거친 음성에 일원산장의 무인들이 몸을 움츠렸다.

북풍대가 일원산장을 나섰다. 오정산과 오창해는 그 모습을 물끄러미 바라보았다. 누런 먼지를 피워 올리며 출진하는 북풍대의 모습은 그들의 가슴에 묘한 파문을 일으켰다.

삼백 명의 북풍대가 말을 타고 출진하는 모습에 가슴이 두근거렸다. 마치 하나의 생명체처럼 강력한 유대감으로 무장한 북풍대의 모습은 사내라면 누구라도 가슴이 뛰게 할 만큼 멋있는 것이었다.

"전군 전속 질주한다."

철군패의 거대한 외침에 북풍대가 한 덩어리가 되어 질주하기 시작했다.

두두두!

삼백 필의 말이 질주하자 지축이 흔들릴 정도의 거친 진동이 대지를 울리며 누런 먼지를 피워 올렸다.

오정산이 멀어져가는 그들의 뒷모습을 보며 망연한 목소리로 중얼거렸다.

"어쩌면 우리는 새로운 전설이 태동하는 모습을 최초로 지켜보는 것인지도 모른다. 멸제와 그의 군대의 전설을."

오창해는 어떤 말도 할 수 없었다. 그 역시 오정산과 마찬가지로 커다란 감동을 받았기 때문이다.

"북풍대…… 북쪽의 질풍."

＊　　＊　　＊

풍마람이라는 이름이 세상에 알려진 것은 불과 십여 년 전의 일이었다. 풍마람은 처음 등장할 때부터 칠백 년 전 이 땅에 존재했던 무영살막의 정통성을 잇는다고 천명했다.

그들의 말이 사실인지 확인할 방법은 없었다. 무영살막은 이미 칠백 년 전에 멸문한 단체가 아닌가. 이제 사람들은 그 이름조차 망각했다.

정말 풍마람이 무영살막의 정통성을 잇는지 알 도리는 없었지만, 한 가지만은 확실했다. 돈이 되는 일이라면 그 어떤 지저분한 일이라도 할 수 있다는 것이다.

풍마람은 자신들을 팔았다. 사람을 죽이는 일이라면 그 어떤 일이라도 스스로를 파는 존재들이 바로 풍마람이었다. 그렇게 풍마람은 자신의 명성을 착실히 쌓아가고 있었다.

풍마람이 자리를 잡은 만인릉(萬人陵)은 고대부터 수많은 신화를 간직한 곳이었다. 그중 대표적인 이야기가 외세에 대항해 결사항전을 벌였던 일만 명에 이르는 무사의 이야기였다. 일만 명의 무사는 결사항전을 벌였지만, 결국 거대한 시대의 흐름을 이기지 못하여 전원 옥쇄했고, 그들이 묻힌 곳이 이곳 만인릉이라는 이야기가 있었다. 신화가 사실인지는 몰랐지만, 그런 영향 때문인자 이곳 만인릉에는 수많은 문파들이 주인을 자처하다가 명멸해갔다.

풍마람의 시간은 더디게 흘렀다. 워낙 변화가 없는 곳이라 시간의 흐름이 더디게 느껴지는 것이다. 그만큼 만인릉 주변의 풍경은 적막했다.

풍마람은 만인릉 정상에 존재했다. 나쁘게 말하면 거대한 언덕 위에 홀로 고립되어 있는 셈이지만, 또 반대로 말하면 사방의 시야가 확 트여 있어 누구라도 접근하기 전에 감지할 수 있다는 것이다. 잘만 사용하면 천험의 요새가 될 수 있는 곳. 그래서 수많은 문파들이 이곳 만인릉에 들어섰던 것인지도 몰랐다.

풍마람은 정문 쪽에 거대한 망루를 세웠다. 망루 위에서는 풍마람으로 접근하는 모든 길을 감시할 수 있었다.

망루 위에는 네 명의 사내들이 네 방향을 감시하고 있었다. 하지만 감시하는 그들의 태도는 매우 방만하기 그지없었다.

이곳 만인릉에 자리를 잡은 이후로 단 한 번도 외인의 침입을 받지 않은 풍마람이었다. 자연 경계를 맡은 무인들의 기강도 해이해질 수밖에 없었다.

경계를 맡고 있는 무인들은 건성으로 사방을 보면서 잡담을 하고 있었다.

"날씨도 확 풀렸는데 이렇게 망루에서 시간이나 허비하다니, 피 끓는 청춘이 안타깝구나."

"네가 청춘이라면 지나가는 개가 웃겠구나."

"왜 그래? 이래도 기루에 가면 수많은 계집들이 달려든다고. 나랑 한 번 잔 계집들은 이 아랫도리 맛을 잊지 못하니까."

"그따위 물건으로?"

"왜? 내 물건이 어때서? 내 물건에 달린 사마귀는 말이야……."

그들은 스스럼없이 음담패설을 나눴다. 어제 누구와 잤느니, 어떤 계집의 잠자리 기술이 좋다느니 이야기를 나누면서 무료함을 달랬다.

사실 이런 망루에서 할 수 있는 일이라곤 그런 시간 때우기용 음담패설밖에 없었다. 아무리 오래 해도 질리지 않는 것이 음담패설이기도 했다. 그렇다 보니 그들의 이야기는 자연 더욱 끈적끈적한 방향으로 흘러갈 수밖에 없었다.

그렇게 그들이 음담패설로 시간을 때우고 있을 때 저 멀리서 누런 먼지가 일어나는 모습이 보였다. 처음엔 대수롭지 않게 여겼지만, 갈수록 먼지가 짙게 일어나는 모습에 의구심이 일었다.

"이봐! 저기를 좀 봐."

"왜 그러는데."

"저기 먼지가……."

그들이 안력을 돋우어 먼지가 일어나는 방향을 바라보았다. 그들은 얼마 지나지 않아 먼지가 수백 필의 말이 질주하면서 일어나는 것이란 사실을 알아차렸다.

"저게 도대체 뭐지?"

오늘 방문객이 있을 거란 이야기는 듣지 못했다. 더구나 저렇듯 수많은 인마가 방문할 거라면 미리 통보가 있어야 했다. 그런데도 통보가 없었다는 것은 오직 단 하나의 사실을 의미했다.

"저, 적이다."

"어서 이 사실을 알려야 한다."

그들은 망루에 설치된 종을 울리려 했다. 망루에는 비상시를 대비해 종이 설치되어 있었다. 그들은 서둘러 비상종을 향해 다가갔다.

그렇게 그들이 비상종을 울리려는 찰나였다.

"적……."

퍽!

선두에 있던 자가 소성과 함께 갑자기 팩 쓰러졌다. 그의 머리에는 화살이 꽂혀 있었다. 얼마나 강한 힘으로 쏘아졌는지 아직도 화살대와 끝에 달린 깃털이 부르르 떨리고 있었다.

"이럴 수가!"

뒤에 있던 사내의 동공이 크게 뜨였다.

삼백 장이나 떨어져 있던 사내들이 어느새 백오십 장으로 다가와 있었다. 그렇다고 해도 결코 가까운 거리가 아니었는데, 화살로 이렇듯 정확하게 저격을 하다니. 남자의 상식으로는 절대로 불가능한 일이었다.

슉 슉!

그 순간에도 사내의 동료들이 머리에 화살을 맞고 쓰러졌다.

사내의 눈이 크게 뜨였다. 그의 망막에 말을 달리면서 시위를 당기는 사내의 모습이 크게 확대됐다. 그것이 사내가 이 세상에서 마지막으로 본 광경이었다.

퍽!

사내는 화살을 미간에 꽂은 채 쓰러졌다. 비상종은 만지지도 못했다.

순식간에 망루 위의 네 사람을 저격한 자는 바로 북풍대의 무인이었다. 그의 이름은 원경의(阮競義), 북풍대 최고의 궁술 솜씨를 지닌 남자였다. 그는 격렬하게 달리는 말위에서도 이백 장 밖의 적을 맞출 수 있는 신기에 가까운 궁술을 익히고 있었다.

“훗!”

원경의가 차가운 미소를 지으며 철군패 등에게 고개를 끄덕여보였다. 방해자는 모두 처리했다는 의미였다.

철군패가 외쳤다.

“우리를 건들면 어떻게 되는지 적들에게 본보기로 보여준다. 모조리 쓸어버려라.”

“하앗!”

그의 말이 끝나기 무섭게 양천의와 검운영이 양쪽에서 박차를 가하며 튀어나갔다. 그들의 뒤를 북풍대가 무서운 기세로 달려 나갔다. 삼백 명의 북풍대 중 이백 명이 그렇게 두 사람을 따라 풍마람을 향해 진격했다.

쿠쿠쿠!

마치 푸른 해일이 밀려오는 것처럼 북풍대가 풍마람을 향해 들이닥쳤다.

쿠와앙!

양천의의 도끼질 한 방에 거대한 정문이 박살나서 파편이 사방으로 비산했다. 뚫린 정문으로 북풍대가 한꺼번에 몰려들었다.

“뭐, 뭐냐?”

“적이다.”

갑작스런 사태에 풍마람의 무인들이 혼비백산했다. 그들은 갑작스럽게 들이닥친 북풍대에 경악하며 대항하려고 무기를 꺼내들었다. 하지만 무기를 꺼내들기 무섭게 북풍대의 창이 그들의 어깨를 꿰뚫었다. 환도를 기본으로 쓰지만, 북풍대는 창을 다루는데도 능숙했다. 이런 전장에서는 칼보다 창이 훨씬 위력을 발휘한다는 사실을 수많은 경험을 통해 알고 있었다.

푹 푹!

곳곳에서 섬뜩한 소성과 함께 선혈이 치솟아 올랐다.

갑작스런 북풍대의 난입에 풍마람의 무인들은 대항 한 번 제대로 하지 못하고 하나둘 쓰러졌다.

갑작스레 난입한 항거불능의 거대한 적 앞에 풍마람의 무인들은 너무나 무기력했다. 더군다나 그들은 자신들이 난입한 이유를 설명하지 않았다. 그저 닥치는 대로 반항하는 적들을 쓰러트릴 뿐이었다.

풍마람의 무인들이 치를 떨었다.

"어디서 이런 자들이 나타났단 말인가?"

하늘에서 뚝 떨어진 것처럼 갑자기 나타나 압도하는 북풍대의 위용에 풍마람의 무인들이 대항할 용기를 잃었다. 개개인의 무력으로 따진다면 풍마람의 무인들도 결코 약한 것이 아니었다. 하지만 말을 타고 집단전을 벌이는 북풍대의 가공할 위력에는 결코 미치지 못했다. 풍마람의 무인들은 갑자기 난입해 무차별적인 살육을 벌이는 이들의 정체가 자신들이 척살하려던 북풍대라는 사실을 미처 알아차리지 못했다.

한 몸처럼 움직이는 북풍대는 자신들의 앞을 가로막는 적을 가차 없이 짓밟았다. 북풍대가 한 번 지나가면 바닥이 평평해지며 수많은 적들이 목숨을 잃었다.

풍마람이 만인릉에 세워진 이래 이토록 무참히 유린당한 것은 이번이 처음이었다. 대부분의 무인들이 용병으로 활동하면서 수많은 전장을 전전했지만, 북풍대와 같은 엄청난 위력을 가진 무인집단은 처음 경험했다. 그리고 첫 경험은 공포라는 감정으로 그들의 심장을 서늘하게 만들었다.

"이놈들, 멈추지 못하겠느냐? 감히 풍마람에서 살육을 자행하다니 절대로 용서할 수 없다."

노호성과 함께 곰처럼 큰 체구의 중년 무인이 나섰다. 그의 손에는 아홉 개의 고리가 달린 커다란 도가 들려 있었다. 구환도(九環刀)를 들고 있는 무인의 이름은 막관추. 풍마람의 수많은 무인들 중 발군의 용력과 무위를 지니고 있어, 돌격대장 역할을 맡고 있는 남자였다.

막관추가 거대한 구환도를 휘두르며 북풍대를 향해 짓쳐 들어갔다. 그의 구환도에서는 위맹한 도기가 줄기줄기 뻗쳐 나오고 있었다. 커다란 바위라도 단숨에 두 쪽을 낼 듯한 엄청난 기세로 구환도가 허공을 갈랐다.

막관추는 자신의 일수에 북풍대원의 몸통을 두 조각 낼 수 있으리라 믿어 의심치 않았다.

카앙!

하지만 그의 구환도는 너무나 간단히 북풍대원의 창에 막히

고 말았다. 그것도 특별할 것도 없어 보이는 일반 북풍대원에
의해서 말이다.

"놈!"

막관추가 이를 악물며 다시 공격하려 할 때였다. 북풍대원이
창을 들지 않은 손으로 허리에 찬 환도를 뽑는 모습이 보였다.

'설마, 서로 다른 무기를 동시에 다룰 수 있단 말인가?'

한 번에 한 가지 무기를 다루는 게 무인의 정석이었다. 제아
무리 지고한 경지에 이른 무인이더라도 용도가 다른 두 가지
무기를 사용할 수 없다는 것이 막관추의 상식이었다. 그런데
눈앞에 그런 그의 상식을 파괴하는 존재가 있었다. 그것도 적
으로서.

슈화학!

환도가 날카로운 소리와 함께 뽑혀져 나와 벼락처럼 막관추
의 허리를 갈라왔다. 막관추는 급히 구환도를 전환해 자신의
몸을 보호할 수밖에 없었다.

카앙!

"크윽!"

도신을 타고 전해지는 막대한 충격에 막관추의 어깨가 떨리
고 얼굴이 일그러졌다. 예상보다 상대의 반격이 거셌던 것이
다. 그러나 그의 악몽은 이제 시작이었다.

그를 공격했던 북풍대원의 거센 반격이 시작됐다. 오른손의
창으로 찌르고, 왼손의 도에 막대한 역도를 담아 휘둘렀다. 전

혀 어울릴 것 같지 않은 두 가지 무기가 절묘하게 어우러져 막관추를 압박했다. 그것은 마치 도와 창의 고수 두 명이 합공을 하고 있는 듯한 모습이었다.

얼마 지나지 않아 막관추의 손발이 어지러워졌다. 말을 타서 높이의 우위를 점한데다 이질적인 두 가지 무기를 동시에 사용하는 북풍대원의 위용에 압도당하고 만 것이다.

'도, 도대체……'

부장급의 무인도 아니고, 일개 무인을 어쩌지 못하고 밀리는 현실이 거짓말처럼 느껴졌다. 그는 눈앞의 일이 한바탕 자고 일어나면 깨어나는 악몽이길 빌었다. 하지만 그가 겪고 있는 일은 절대 꿈 따위가 아니었다. 실제로 벌어지고 있는 현실이었다.

캉!

환도에 의해 막관추가 엄청난 충격을 받고 뒤로 한 발 물러났다. 그 사이 가슴이 열리며 허점이 드러났다. 북풍대원은 그 틈을 놓치지 않았다. 북풍대원의 창이 막관추의 가슴에 구멍을 냈다.

"컥!"

막관추가 피를 토하며 비틀거렸다. 입과 가슴에서 흘러나온 선혈이 그의 전신을 붉게 적셨다.

"크윽! 이럴 수가……"

그는 자신의 죽음이 믿기지 않는다는 듯이 허공을 몇 번 휘

저었다. 그러나 어떠한 것도 잡히지 않았고, 막관추의 몸은 그대로 뒤로 넘어갔다.

쿵!

마치 고목이 넘어가듯, 그렇게 쓰러진 막관추의 모습은 풍마람의 무인들에게 큰 충격을 던져주었다. 마치 자신들이 막관추의 입장이 된 것처럼 느껴졌기 때문이다.

쿠쿠쿠!

막관추의 시신을 북풍대의 전마가 밟고 지나갔다.

그렇게 막관추를 비롯해 반수 이상의 풍마람 무인들을 쓰러트린 후에야 검운영이 수하들을 멈추게 하고 외쳤다.

"풍마람주는 어디에 있느냐?"

"다, 당신들은 누구요?"

풍마람의 무인 중 한명이 용기를 내서 물었다. 하지만 돌아온 검운영의 대답은 서늘하기 그지없었다.

"풍마람주가 어딨냐고 물었다."

"람주님은 왜 찾으시오? 당신들은…… 컥!"

말대꾸를 하던 무인이 갑자기 비명을 지르며 쓰러졌다. 그런 무인의 어깨에는 창신이 검은 창이 꽂혀 있었다. 검운영의 곁에 있던 북풍대원이 손을 쓴 것이다.

순식간에 장내의 분위기가 급속도로 냉각됐다.

검운영의 입가에 어린 미소가 더욱 싸늘해졌다.

그제야 풍마람의 무인들은 깨달았다. 상대에게 반문은 통하

지 않는단 사실을. 눈앞에 있는 이들은 있는 그대로의 사실을
원했다. 그들이 누구인지 모르지만, 잔혹한 손속이나 가공할
무위로 봐서 범상한 존재는 아니란 사실을 쉽게 짐작할 수 있
었다.

자신의 적에게 누구보다 잔인해질 수 있는 남자가 검운영이
었다. 양천의나 뒤늦게 들어온 철군패가 나설 필요도 없었다.
그의 칼 같은 기도에 풍마람의 무인들이 압도당했다.

검운영이 말했다.

"이제부터 숫자를 세지. 만일 셋을 셀 때까지도 풍마람주가
나서지 않는다면 넷부터 한 명씩 죽는 거다. 내 말이 거짓이라
고 느껴진다면 계속 숨어있어도 좋을 거야."

"……."

누구도 쉽게 입을 열지 않았다. 비록 북풍대에 의해서 압도
당하긴 했지만, 마지막 남은 자존심이 허락을 하지 않았기 때
문이다. 하지만 그들의 반응과 상관없이 검운영은 숫자를 세
고 있었다.

"하나, 둘, 셋, 네……."

그가 넷을 말하려는 순간 북풍대원이 창을 들었다. 창을 든
북풍대원은 풍마람 무인을 가차 없이 찌르려고 했다. 그에 목
표가 된 풍마람의 무인이 눈을 질끈 감았다.

그 순간 창노한 목소리가 들려왔다.

"그만! 내가 바로 풍마람주 원일청이라네."

육십 후반의 노인이었다. 나이답지 않은 다부진 체격과 턱을 온통 뒤덮고 있는 검은 수염이 인상적인 노인이었다. 그가 바로 풍마람주 원일청이었다.

원일청의 표정은 더할 수 없이 참담하게 일그러져 있었다. 그가 평생 심혈을 기울여 키워온 풍마람이었다. 지금의 풍마람을 키우기 위해 인간으로 해서는 안 될 일을 숱하게도 했다. 그렇게 수많은 사람들의 피와 눈물 속에 세운 그의 철옹성이 철저하게 무너지고 있었다.

다른 수하들과 달리 그는 북풍대를 알아봤다. 어찌 몰라볼 수 있단 말인가? 지금까지 북풍대를 정벌하기 위한 계획을 짜고, 정탐을 하지 않았던가.

단지 그는 궁금할 뿐이었다. 어떻게 북풍대가 자신들의 존재를 알고 이곳까지 들이닥쳤는지 말이다.

그가 물었다.

"어떻게 풍마람이 북풍대를 노리고 있는지 알았는가?"

"훗! 그건 그다지 중요한 것이 아닌 듯싶군. 중요한 것은 왜 풍마람이 북풍대를 노리느냐 하는 것이지."

철군패의 아무렇지도 않은 말에 원일청의 눈동자가 흔들렸다. 철군패의 말이 정곡을 찔렀기 때문이다. 철군패는 원일청의 변화를 놓치지 않았다.

"역시 십이사조의 사주를 받았나 보군."

"어떻게 알았냐고 물으시면 대답해주겠는가?"

"아니."

철군패의 말에도 원일청은 놀라지 않았다.

"십이사조는 어디에 있지?"

"모르네. 단지 우리는 서신으로 지시를 받았을 뿐이네."

"우리? 그렇다면 풍마람뿐만이 아니란 이야기군. 십이사조가 다른 문파도 움직였는가?"

"그, 그건……."

철군패의 날카로운 지적에 원일청이 일순 말을 더듬었다. 그 모습에서 철군패는 자신의 추측이 맞았음을 확신했다.

풍마람 같은 유력 문파를 임의로 움직이는 것은 결코 쉬운 일이 아니었다. 수많은 이해관계가 걸려있기 때문이다. 하지만 움직이는 주체가 십이사조라면 이야기가 달라진다. 새외의 그 어떤 문파도 감히 십이사조의 명령을 거역할 수 없다.

문제는 십이사조가 얼마나 많은 문파를 동원했냐는 것이다. 북풍대의 무력은 아직 세상에 알려져 있지 않았다. 대막에서는 신화와 같은 존재였지만, 그들을 직접 경험해보지 못한 사람들에겐 먼 나라의 허무맹랑한 이야기일 뿐이었다. 만일 북풍대를 우습게보았다면 다행이지만, 그렇지 않고 신중을 기한다면 이야기가 달라진다.

그 순간 원일청은 참담한 시선으로 주위를 둘러보고 있었다. 반수 이상의 무인들이 쓰러져 신음을 흘리고 있었다. 어떤 이들은 목숨을 잃었고, 어떤 이들은 처참한 부상에 고통스러워하고 있었다.

풍마람의 무인들 역시 수많은 전쟁터를 전전한 역전의 용사들이었다. 그런 이들이 제대로 반격조차 해보지 못하고 속수무책으로 당했다. 풍마람이 무능한 것이 아니라 북풍대가 대단한 것이었다.

'그래도 그렇지, 어떻게 불과 반 시진 만에 이렇게 처참하게 무너질 수 있단 말인가? 십이사조가 동원령을 내릴 때만 하더라도 그리 크게 생각하지 않았는데, 그게 패착이었구나.'

이 모든 것이 풍마람을 이끄는 자신의 책임이었다. 문파의 수장인 자신이 책임질 일이었다.

그가 철군패에게 말했다.

"내가 책임지겠네. 나 혼자로 끝내주겠는가?"

그의 말에 철군패가 고개를 끄덕였다.

사실 풍마람으로서는 억울할 수도 있는 일이었다. 비록 그들이 북풍대를 칠 계략을 꾸몄지만, 실행에 옮긴 것은 아니었다. 그 전에 북풍대가 먼저 들이닥쳤기 때문이다. 하지만 그렇다고 해서 그들에게 면죄부가 생기는 것은 아니었다.

당하지 않기 위해 먼저 치는 것도 무림의 생리.

철군패와 북풍대는 생존을 위해 먼저 풍마람을 친 것뿐이었다. 그리고 그 책임은 모두 풍마람주 원청일의 몫이었다.

철군패가 검운영에게 고갯짓을 했다. 검운영이 그 뜻을 알아차리고 앞으로 나섰다.

원일청은 나직이 한숨을 내쉬며 도를 꺼내들었다. 검운영 역시 검을 들었다.

잠시 동안 두 사람의 대치가 이어졌다.

*　　*　　*

그날 풍마람은 주인을 잃었다. 풍마람은 해체됐으며, 많은 무인들이 분루 속에서 풍마람을 떠났다.

이날을 계기로 북풍대라는 이름은 천하를 울리기 시작한다.

*　　*　　*

북풍대는 도무지 거칠 것이 없었다.

풍마람을 시작으로, 그들은 사해문(四海門), 천검방(天劍房), 정심무문(正心武門) 등을 차례로 방문했다. 그들 모두가 풍마람과 음으로 양으로 서신을 주고받던 문파였다. 서신에 등장하는 주된 내용은 바로 북풍대였다. 그들 역시 십이사조의 밀명을 받고 북풍대를 칠 계획을 세우고 있었던 것이다.

풍마람이 그들 문파와 교류한 서신을 근거로 세 문파를 친 북풍대는 다시 그들 문파에서 연관된 문파의 증거를 찾아 진격을 개시했다.

그 어떤 문파도 북풍대를 저지하지 못했다. 마치 거대한 괴물 같은 북풍대의 진군에 인근에 있던 문파들이 모두 숨을 죽이고 그들의 행보를 지켜봤다.

어느 날 갑자기 세상에 나타난 군대, 북풍대. 그들의 수장은 멸제이고, 그들의 무력은 일개 문파를 하루아침에 세상에서 지울 수 있을 정도로 강력했다.

이제까지 새외에 존재했던 그 어떤 문파보다도 강력한 무력과 위용을 지닌 단일 집단의 등장에 사람들은 경악을 했다. 그들은 이미 철군패가 십이사조와 적이라는 사실을 알고 있었다. 그리고 철군패가 십이사조를 세상에서 지우겠다고 천명한 사실도 알고 있었다.

그 혼자일 때는 그리 가슴에 와 닿지 않은 말이었지만, 북풍대라는 군대의 실체를 눈으로 확인하자 그의 말이 어쩌면 사실로 이뤄질지도 모른다는 생각을 하게 됐다.

북풍대는 폭풍이었다. 도무지 거칠 것도 망설임도 없었다. 그들은 일단 한 번 목표를 정하면 해일처럼 몰려가서 초토화를 시켰다. 그렇게 문을 닫은 문파가 벌써 다섯 개가 넘었다.

새외의 문파를 이용해 철군패와 북풍대를 압박하려던 십이사조의 의도는 이로써 물거품이 되었다. 이젠 그 어떤 문파도 감히 북풍대를 상대로 정면 대결을 고집할 수 없게 됐다. 이미 그들에게 대항하던 문파들이 어찌되었는지 자신들의 두 눈으로 확인했기 때문이다.

풍마람, 사해문, 천검방 등에서 얻은 정보를 바탕으로 북풍대는 진군하고 있었다. 그들 문파는 완벽을 기한다고 했겠지만, 북풍대에는 유달리 정보를 취합하는데 뛰어난 재능을 가진 무인이 있었다. 그의 이름은 반염, 검운영이 가장 아끼는 수하였다.

반염은 북풍대가 징벌한 문파에서 얻은 정보를 바탕으로 그들 문파의 윗선을 찾아냈다. 그렇게 가지를 모아 줄기를 찾아내고, 줄기를 통해 원류를 추적해 몸통을 찾아냈다.

반염의 추리를 바탕으로 철군패와 북풍대는 거침없는 진군을 했다. 그 과정에서 철군패의 개입은 필요 없었다. 굳이 철군패가 개입을 하지 않더라도 수하들이 알아서 그의 의중을 짐작해 작전을 입안하고 진행시켰다. 철군패는 단지 그들의 선두에서 중심만 잡아주면 됐다.

실전을 거듭하면서 북풍대는 더욱 강해졌다. 백병도는 손에 익었고, 서로의 눈빛만으로도 의중을 알 수 있을 정도로 유대감도 강력해졌다. 그들은 마치 하나의 의식을 공유한 전투생명체 같았다. 그 중심에는 바로 철군패가 있었다.

네 문파를 병탄하는 동안 철군패는 단 한 번도 전면에 나서지 않았다. 그저 북풍대가 알아서 작전을 진행하고 움직이는 모습을 지켜보았을 뿐이다. 철군패는 그렇게 북풍대가 스스로 역량을 키워가는 모습을 지켜보았다.

양천의와 검운영은 역량이 매우 출중했다. 그들은 수하들의 의견을 경청할 줄 알았으며, 재량을 부여해줄 줄도 알았다. 그들 덕분에 북풍대의 무인들은 기탄없이 자신의 의견을 말하면서 약점을 보완해갔다. 그렇게 북풍대는 점점 완벽해져갔다.

철군패를 중심으로 똘똘 뭉친 강력한 무력집단. 그것이 북풍대였다. 그리고 북풍대는 자신들의 적을 향해 거침없는 진군을 하고 있었다.

북풍대에 대한 정보는 십이사조에게도 고스란히 전해졌다.

이사조 경율진의 표정은 더할 수 없이 딱딱하게 굳어 있었다.

"실로 크게 한 방을 얻어맞았구나. 설마 유인책을 시작으로 그렇게 거침없이 행동할 줄이야."

풍마람이 무너지고, 사해문, 천검방, 정심무문이 무너지기까지 걸린 시간은 불과 닷새였다. 거의 하루에 하나 꼴로 문파 하나가 무너진 것이다. 그들 모두 경율진의 명을 따라 철군패와 북풍대를 압박할 준비를 하던 문파들이었다. 경율진의 입장에서는 허를 찔린 것이나 다름없었다.

이제까지 경율진을 비롯한 십이사조가 상대한 그 어떤 문파도 이렇게 신속하고, 격렬하게 반응한 곳은 없었다. 철군패와 북풍대는 마치 활화산 같았다.

일원산장에 자신들의 모습을 드러냄으로써 십이사조의 간자를 끌어들이고, 그들을 역추적해 풍마람을 찾아냈으며, 풍마람을 짓밟은 후에 그들과 협력하던 문파를 찾아내 병탄했다. 비록 적이지만 감탄할 수밖에 없을 정도로 뛰어난 행동력이었다. 그 덕분에 경율진은 이제까지 진행해왔던 계획을 대폭 수정할 수밖에 없었다.

본래 경율진은 풍마람을 비롯한 여러 개의 문파로 북풍대를 흔들어 극한의 함정으로 몰아붙일 생각이었다. 하지만 그런 그들의 계획은 물거품으로 돌아갔다. 경율진의 예상을 뛰어넘는 북풍대의 행동력 때문이었다.

오사조 염광이 말했다.

"어쩌면 잘된 일일지도 모릅니다. 이 때문에 우리가 경각심을 갖게 되었으니까요."

"맞습니다. 이로써 우리는 저들의 전력을 온전히 파악하게 되었습니다. 사자도 토끼를 잡을 때는 최선을 다한다고 했습니다. 이제 우리는 그들에 대한 경시를 버리고, 진지하게 처음부터 모든 작전을 다시 생각해야할 때가 온 겁니다."

팔사조 패용문의 말이었다.

경율진이 그들의 의견을 들으며 고개를 끄덕였다.

상대는 확실히 최강의 적이었다. 십이사조는 이제껏 단 한 번도 경험하지 못한 미지의 적을 상대하고 있었다. 이제는 그 사실을 확실히 인지할 수 있었다. 그렇다면 상대하는 대책도 달라져야 했다. 이제는 달라질 대책을 의논해야 할 시기였다.

한자리에 모인 사조들의 표정이 진지해졌다.

경율진이 그들을 바라보았다. 그들은 대부분 이사조 경율진을 지지하는 자들이었다. 대사조 신도제원이 의도적으로 그들을 한자리에 남겨두었는지도 모르지만, 그들은 개의치 않았다. 신도제원이 공식적인 자리를 마련해줌으로써 운신의 폭이 넓어졌기 때문이다.

이 자리에 모인 사조들은 모두 경율진의 권한이 커지길 바랐다. 대사조 신도제원은 오늘날의 그들을 있게 만든 아버지 같은 존재였다. 하지만 그만큼 부담스럽기 그지없었다. 그들이 아무리 노력해도 신도제원을 능가할 수는 없었다.

더구나 신도제원은 그들에게 절대로 속내를 보여주지 않았다. 십이사조를 만들었다면 무슨 목적이라도 있어야 할 텐데, 그는 그들에게 십이사조의 존재 의의를 알려주지 않았다. 그 때문에 경율진을 비롯한 몇몇 사조들은 꽤나 심신이 지쳐있는 상태였다.

그들은 모호한 신도제원보다 의지가 굳고 노선이 확실한 경율진을 택했다. 신도제원의 다음 서열인데다 그는 십이사조를 세상에 확실히 알리려는 야망이 있었다.

무공으로 신도제원을 능가하는 것은 불가능한 일이었다. 그렇다면 공을 세워 자신의 존재감을 확실히 해야 했다. 그리고 신도제원으로부터 일정 이상의 권한을 얻어내는 것이 바로 경율진을 비롯한 사조들의 목표였다.

그래서 철군패와 북풍대를 응징하는 일이 중요했다. 그들을 말살해 위상이 커진다면 자연 신도제원은 경율진과 사조들의 영역을 인정하지 않을 수 없을 것이다.

경율진이 눈을 빛내며 누군가를 불렀다.

“백련귀.”

“예! 주군.”

어둠 속에서 누군가 나타났다.

오른팔이 어깨에서부터 존재하지 않는 외팔이 남자는 경율진의 심복인 백련귀였다. 백련귀는 경율진에게 고개를 숙이며 말했다.

“부르셨습니까?”

“그는 지금 어디에 있지?”

“그는 오해(烏海)를 지나 곧장 이곳으로 향하고 있는 것으로 알려졌습니다. 아마도 사해방 등을 정벌하면서 저희에 대한 단서를 얻은 것 같습니다.”

“그런가?”

“무섭도록 빠른 행동력입니다. 그들의 기동력을 감안해볼 때 이곳에 도착하는 것은 시간문제입니다.”

“도무지 거침이 없군. 세상에 무서운 게 없는 건가?”

백련귀는 대답하지 않았다. 그렇다고 대답하면 철군패를 높이고 사조들을 깎아내리는 결과가 되기 때문이다.

“그의 무력은 어느 정도 수준이나 된다고 판단하느냐?”

“육사조와 칠사조께서 합공을 하고도 당하셨습니다. 최소 두 명 이상의 사조를 감당할 수 있다고 봐야 합니다. 물론 이 사조님께서는 예외이십니다.”

누구도 백련귀의 말에 기분 나쁜 표정을 짓지 않았다. 사조들 간에도 무력의 격차는 존재한다. 하위 서열에 있는 사조와 상위 서열에 있는 사조들 간의 무력 격차는 큰 차이가 난다.

더군다나 경율진은 이사조였다. 그의 무력은 대사조인 신도제원을 제외하고는 최고였다. 그의 무력이 어느 정도나 되는지는 오직 신도제원과 그 자신만이 정확히 알 뿐이었다.

"그가 이끈다는 북풍대는 어떠한가?"

"저도 아직 직접 본 적이 없어서 정확한 판단은 하지 못하겠지만, 한 가지만은 확실합니다."

"무엇인가?"

"무섭도록 강하다는 것. 그들은 기존의 무인들이 갖고 있던 고정관념을 깨고 있습니다. 그들은 절정의 무공을 소유한 군인이라고 봐야 옳습니다. 개개인의 무력도 무섭지만, 더욱 무서운 것은 말을 타고 있을 때의 그들입니다. 기병의 묘를 살리면서 벌이는 돌격전은 지금 존재하는 그 어떤 문파도 막을 수 없습니다."

"그 정도인가?"

"한 마디의 과장도 없습니다. 이제까지 전해진 정보를 종합해 얻어낸 결과입니다."

"멸제에 북풍대라……. 어쩌면 우리는 지금 최강의 적과 조우하고 있는 것인지도 모르겠군. 하지만 결국 승자는 우리가 될 것이다."

들려오는 소문은 온통 가슴 섬뜩한 것뿐이었다. 하지만 경율진은 결코 동요되지 않았다. 그 역시 평생을 강호라는 험난한 세상에서 보내온 무인이었다. 그의 심장은 금성철벽처럼 튼튼해서 결코 흔들리지 않았다.

"준비는 끝났는가?"

"예! 이미 만반의 준비를 끝냈습니다. 그들은 악몽을 경험하게 될 겁니다."

"계획한 대로 시행하도록."

"알겠습니다."

경율진의 입가에 차가운 미소가 떠올랐다.

비록 예상 밖으로 북풍대가 강력한 무력을 소유하고 있지만, 경율진은 전혀 위축되지 않았다. 그는 그런 자들을 상대하는 방법을 지난 경험으로 잘 알고 있었다.

경율진이 나머지 사조들을 바라보았다.

"너희들도 슬슬 준비를 하거라. 그리고 명심하거라. 우리는 지금 최강의 적과 조우하고 있다는 사실을. 한 치도 방심해서는 안 될 것이야."

"예!"

"맡겨만 주시구려."

십이사조 중 다섯 명이 동원됐다. 십이사조라는 이름이 세상에 알려진 이래 처음 있는 일이었다. 그들은 두려움보다 흥분을 느꼈다. 멸제라는 거대한 적을 사냥할 기회는 좀처럼 오는 것이 아니었기에.

　　　　＊　　　＊　　　＊

　고가주루는 문을 닫았다. 문을 닫은 지 한참이 지났어도 사람들은 아직도 미련이 남았는지 고가주루를 찾아오곤 했다. 하지만 굳게 닫힌 정문을 보며 발길을 되돌릴 수밖에 없었다.

　구주천가에서 그토록 삼엄하게 감시를 했건만 고가주루의 사람들은 하루아침에 사라져 두 번 다시 모습을 보이지 않았다. 사정을 모르는 사람들은 고가주루가 빚에 쫓겨 야반도주를 한 거라고 생각했다. 그렇게 수많은 사람들의 머리에 의혹만 남겨둔 채 고가주루는 소호변에서 사라졌다.

　그러나 고가주루가 사라졌다고 해서 무영문마저 사라진 것은 아니었다. 고가주루의 진실한 모습이라고 할 수 있는 무영문은 구주천가의 눈을 피해 제 이 거점에서 자리를 잡고 있었다.

　무영문이 새로이 자리를 옮긴 곳은 태호(太湖)변이었다. 태호변의 전통 있는 장원인 무호장(霧湖莊)이 그들의 새로운 거처였다. 본래 무호장은 태호변 인근의 명망 있는 집안의 장원이었지만, 무영문에서 은밀히 사들여 개보수를 마쳤다.

　새로이 장원을 세울 수도 있었지만, 그렇게 하면 필연적으로 주변인들의 시선을 끌 수밖에 없었다. 그렇기에 무영문에서는 기존의 장원을 사들이는 방법을 택했다. 물론 막대한 재화가 소모되기는 했지만, 그래도 은밀한 은신처를 구할 수 있다는 사실만으로도 무영문주 고산도는 만족했다.

고산도는 단월이 구주천가로 들어간 그 순간부터 무영문을 조금씩 이곳으로 옮겼다. 구주천가에서 눈치채지 못하도록 은밀히 진행된 작업은 단월의 탈출과 함께 마무리됐다.

구주천가에서 뒤늦게 달려왔지만, 그때는 이미 무영문의 모든 것이 제 이 거점인 태호변으로 옮겨진 뒤였다. 그 모든 일을 진두지휘한 자가 바로 고산도였다.

태호변에 거점을 옮겼어도 고산도는 쉽게 안심하지 못했다. 그는 언제든지 무영문을 옮길 준비를 해두고 있었다.

탁자에 앉아 있는 고산도의 표정은 매우 어두웠다. 탁자 위에는 수많은 서신들이 널려 있었다. 서신들이 전하는 소식은 모두 단 한 가지뿐이었다. 바로 그의 딸인 단월의 현재 행적에 관한 것들이었다.

현재 단월은 태호가 있는 곳과는 정반대로 북상을 하고 있었다. 본래 그녀는 무영문이 있는 태호로 오려고 했다. 하지만 황룡대의 추적이 너무나 집요해 그들을 따돌리지 못했다. 만일 이대로 태호로 온다면 힘들게 옮긴 무영문의 근거지가 들통 날 상황인지라 어쩔 수 없이 정반대 방향인 북쪽으로 옮기고 있었다.

딸이 위험에 처했다는 보고가 시시각각으로 전해져 오고 있었지만, 고산도가 취할 수 있는 조치는 거의 없었다. 무영문의 전 정보력을 동원해 그녀의 행방은 놓치지 않았지만, 그 이상 개입했다가는 황룡대와 구주천가에 의해서 무영문의 종적이 들통 날 판이었다. 고산도는 이 이상 위험을 감수할 수 없었다.

"딸이 위험에 처했는데도 움직일 수 없다니."

고산도가 탄식을 토해냈다.

만일 그가 무영문을 이끄는 주인만 아니었다면 당장 딸을 구하기 위해 북상했을 것이다. 하지만 그는 딸의 안위에 앞서 무영문을 생각하지 않을 수 없었다. 그렇기에 쉽게 움직이질 못했다. 허나 그렇다고 마냥 딸의 위험을 방치할 수도 없었다.

"어쩌면 문상은 우리가 움직이길 기다리고 있는지도 모른다. 아니 충분히 그럴 것이다. 그녀는 그럴 만한 능력과 심기를 갖췄으니까."

그렇다고 다른 문파에 의뢰를 넣을 수도 없었다. 최소한 중원에는 구주천가와 충돌할 위험을 감수하면서까지 무영문의 의뢰를 받아들일 문파가 없었다.

그렇게 고산도의 고심은 깊어져만 가고 있었다. 누구와도 쉽게 의논할 수도 없는 일. 그의 얼굴에 어린 그늘은 좀처럼 걷힐 줄 몰랐다.

마른 목을 축이기 위해 고산도가 찻잔을 들을 때 밖에서 누군가가 문을 두드렸다.

"무슨 일인가?"

"전서가 두 장 도착했습니다."

"들어와라."

수하가 곧 문을 열고 들어왔다. 그의 손엔 전서 두 장이 들려 있었다. 수하는 전서를 고산도에게 건네주며 말했다.

"하나는 아가씨에게서 온 것이고, 다른 하나는 문주님의 사형이신 종제영 대협에게서 온 것입니다."

"그 아이와 사형이 서신을 보내왔단 말이냐?"

"예!"

고산도는 급히 서신을 받아 먼저 단월이 보낸 것을 폈다. 아무래도 인지상정이라 혈육인 단월의 상황이 먼저 궁금한 것이다.

서신에는 단월의 현재 처지와 위치가 자세히 적혀 있었다.

"으음!"

서신을 읽는 동안 고산도의 표정은 좀처럼 펴질 줄 몰랐다.

현재 단월은 어쩔 수 없이 북상을 하고 있는 중이었다. 황룡대는 그녀와의 거리를 상당히 좁혀왔지만, 어디에도 도움의 손길을 바라기 힘든 처지가 서신에 고스란히 적혀 있었다. 서신에는 그녀의 절실한 심정이 구구절절 적혀 있었다.

"애야."

고산도의 손이 부들부들 떨렸다.

딸이 위험한 것을 뻔히 알면서도 갈 수 없는 자신의 처지가 한스러웠다. 마음 같아서는 당장이라도 무영문 전체를 움직이고 싶었지만, 현실은 그렇지 못했다. 더구나 단월 역시 서신을 통해 어떤 일이 있더라도 고산도에게 절대로 움직이지 말 것을 신신당부하고 있었다.

"어찌해야 한단 말인가? 도대체……."

그의 한숨이 방안을 가득 채웠다.

문득 그의 시선이 나머지 서신으로 향했다. 사형인 종제영이 보내온 것이었다. 비록 가슴이 무겁긴 했지만, 오랜만에 보내온 사형의 서신을 외면할 수는 없었다.

그는 조용히 종제영이 보내온 서신을 펼쳤다.

서신에는 종제영이 새외에서 겪었던 일들과 최근의 근황이 담겨 있었다. 서신에 따르면 현재 종제영은 누군가의 흔적을 추적하고 있었다.

"정말 그 남자의 흔적을 찾았단 말인가?"

고산도의 얼굴에 경악의 빛이 떠올랐다. 단지 떠올리는 것만으로도 공포에 젖게 하는 남자는 오직 한 명밖에 없었다. 그래서 이제까지 의도적으로 잊고 지내려고 노력해왔다.

고산도는 딸의 위험도 잠시 잊고 서신에 빠져들었다. 무엇보다 고산도가 주목한 것은 그 남자와 더불어 등장한 '멸제'라는 단어였다.

중원은 아직 멸제라는 존재를 잘 알지 못한다. 혹시 안다고 하더라도 단편적으로 알고 있을 뿐이다. 무영문이나 구주천가처럼 정보망이 뛰어난 곳조차 멸제의 진정한 정체나 목적에 대해서는 알지 못했다.

고산도는 서신을 통해 멸제의 이름이 철군패라는 사실을 알았다. 종제영은 철군패를 구주천가에 능히 맞설 수 있는 무인이라고 설명해 놨다. 그리고 그를 따르는 군대가 있다는 사실도.

"멸제가 중원인이었단 말인가? 정말 그 정도의 무력을 소유하고 있단 말인가? 그렇다면 이것은 결코 허투루 넘길 수 있는 일이 아니다."

고산도의 머릿속에 번뜩이는 생각이 떠올랐다.

"멸제가 중원인이라? 그렇다면 언젠가 중원으로 넘어올 터. 그의 목적이 무엇인지 모르지만, 군대가 있다면 분명 적지 않은 자금이 소요되고 필요한 것이 많을 것이다. 잘하면 그를 이용할 수 있을지도 모르겠다."

일시지간 떠오른 생각이었다. 허나 그 순간부터 이 소중한 정보를 잘만 이용하면 자신의 딸을 구할 수 있을지도 모른다는 생각을 했다. 그리고 실제로 그렇게 만들기 위해 고심에 고심을 거듭했다.

수많은 가능성을 생각해본 끝에 고산도는 자신의 생각이 가능함을 깨달았다.

"그가 무슨 사정으로 새외에 있는지는 모르지만, 중원인이라면 분명 다시 중원으로 들어올 것이다. 그를 잘만 이용한다면 단월을 구할 수 있을 것이다. 문제는 그를 어떻게 움직이느냐는데."

고산도가 입술을 질근 깨물었다.

그의 눈에 단호한 빛이 떠오른 것도 그 순간이었다. 그가 수하를 향해 말했다.

"현재 북방에 가장 가까운 곳에 누가 있느냐?"

"취혈객(取血客) 모진휘가 현재 산서성에 있습니다."

"그에게 서신을 넣으려면 얼마나 걸리겠느냐?"

"아무리 적게 잡아도 최소 보름 이상은 걸릴 듯싶습니다. 현재 구주천가의 감시망을 생각하면 확실히 장담할 수는 없습니다."

"그에게 내 서신을 전하거라. 내가 적어주는 서신을 반드시 멸제라는 자에게 전해야 한다고 말하거라."

"멸제 말입니까?"

"그렇다. 어떻게 해서든 그를 움직여야 한다. 그를 움직일 수만 있다면 내 딸을 구할 수도 있을 것이다."

"알겠습니다."

고산도는 급히 그 자리에서 멸제에게 보낼 서신을 작성하기 시작했다.

순식간에 멸제에게 보낼 서신이 완성됐다. 고산도는 서신을 조심스럽게 접어 봉투에 넣었다. 인장을 찍어 수하에게 건네주면서 그가 신신당부했다.

"취혈객에게 반드시 전하거라. 단월의 목숨이 위험하다고. 그러니까 어떻게 해서든 이 서신을 멸제에게 전하라고 하거라."

"꼭 그렇게 하겠습니다."

수하의 얼굴에 단호한 빛이 떠올랐다. 그 역시 직감적으로 이 서신이 얼마나 중요한 것인지 깨달았다. 그가 조심스럽게 봉서를 품에 넣은 다음 밖으로 나갔다.

홀로 남은 고산도가 나직한 목소리로 중얼거렸다.

"정말 멸제가 소문의 반만큼이라도 실력을 가지고 있고, 정말 그가 중원으로 들어온다면, 이 땅이 크게 요동칠 것이다. 어쩌면 이것은 기회일지도 모른다. 구주천가가 지배하는 이 땅의 판세를 바꿀 유일한 기회."

그가 자리에서 일어났다.

아직도 심장이 가라앉지 않고 격렬하게 고동치고 있었다. 머리보다 몸이 먼저 흥분하고 있었다.

"내 딸아! 절대 너를 위험 속에 홀로 내버려두지 않을 것이다."

제 7 장
북방패왕(北方霸王)

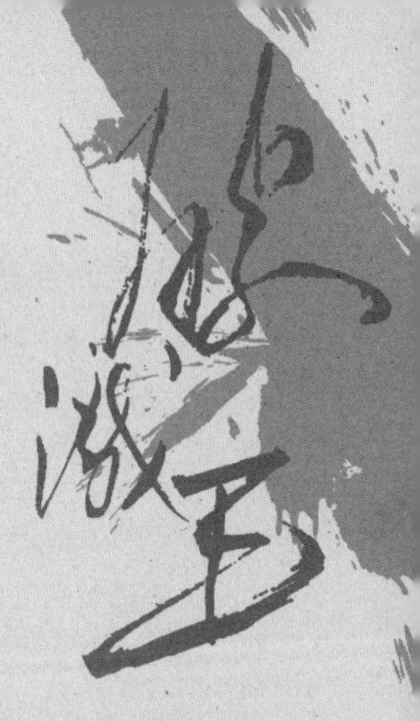

단월은 고개를 들었다. 그녀의 눈에 빠르게 흐르는 구름이
보였다.

"아버지."

단월이 나직한 목소리로 고산도를 불렀다. 상황이 어려워지
자 제일 먼저 생각이 난 사람이 아비인 고산도였다.

그녀의 주위에는 남정옥을 비롯해 세 명의 무인들이 포진하
고 있었다. 모두 고가주루에서부터 그녀를 호위해온 무인들이
었다. 그들은 모두 지친 기색이 역력했다.

"모두 여섯 번의 유인책과 금선탈각지계를 썼다. 그런데도
이렇듯 정확하게 우리의 흔적을 쫓아오다니. 정말 구주천가의

황룡대는 대단하구나."

단월이 고개를 저었다.

어지간한 조직이나 사람이었다면 벌써 단월의 유인책에 홀려 엉뚱한 곳을 헤매고 있을 것이다. 하지만 황룡대를 이끌고 있는 곽일지는 달랐다. 그는 단월이 어떤 수를 쓰더라도 진실을 꿰뚫어보고 무서운 기세로 쫓아오고 있었다. 그 때문에 단월은 상당부분 수세에 몰린 터였다.

구주천가를 빠져나와 정처 없는 도주를 하는 것이 벌써 몇 달이 넘었다. 그동안 몇 번이나 잡힐 뻔했고, 위험에 빠지기도 했다. 그때마다 단월은 번뜩이는 기지로 위험을 빠져나왔다.

그렇게 몇 번이고 구주천가의 추적자들을 따돌려왔지만, 이젠 그도 슬슬 한계에 달하고 있음을 단월은 느끼고 있었다. 우선 남정옥을 비롯해 무사들이 너무나 지쳤다. 육체적인 한계뿐만 아니라 정신적인 피로도 극에 달한 것이 분명했다.

그동안 그녀를 이곳까지 데려오기 위해 무영문은 너무나 많은 희생을 치렀다. 수많은 사람들을 동원해 그녀의 종적을 지우고, 적들을 유인했다. 그럼에도 이렇듯 궁지에 몰렸다는 사실이 쉽게 믿기지 않을 정도였다.

'이 모든 것이 온유하, 그녀의 작품일 터. 정말 무섭구나. 구주천가에 앉아서 멀리 떨어져있는 나를 이 정도로 궁지에 몰아넣을 수 있다니. 하지만……'

단월이 조그만 주먹에 힘을 주었다.

그때 남정옥이 그녀에게 다가왔다.

"아가씨, 이제 움직일 시간입니다. 더 이상 지체했다가는 그들의 추적을 뿌리칠 수 없을 겁니다."

"알겠어요."

단월이 고개를 끄덕이며 자리에서 일어났다. 다른 무사들도 그녀의 곁으로 다가왔다. 단월이 그들을 향해 말했다.

"모두 힘이 들겠지만, 조금만 더 힘을 내도록 해요. 조금만 더 가면 그들의 추적을 반드시 뿌리칠 수 있을 거예요."

"예! 아가씨, 저희 걱정은 하지…… 컥!"

퍽!

갑자기 단월의 눈앞에서 선혈이 튀며 말을 하던 사내가 쓰러졌다. 그의 가슴에는 화살촉이 삐져나와 있었다.

남정옥이 급히 단월의 앞을 가로막으며 검을 뽑아들었다.

"적이다."

기척을 느끼지도 못할 만큼 원거리에서 날아온 화살이었다. 그 정도 먼 거리에서 단월을 공격할 존재는 구주천가의 추적 자들밖에 없었다.

"황룡대."

단월의 눈이 빛났다.

그녀는 직감적으로 황룡대의 등장을 깨달았다. 그녀가 급히 외쳤다.

"어서 이곳을 빠져나가야 해요."

"어림없다."

그 순간 외마디 외침과 함께 일단의 무리들이 어둠 저쪽 편에서 나타났다. 이제까지 단월을 추적해온 황룡대였다. 그들의 선두에는 곽일지가 있었다.

"이제야 따라잡았구나."

그와 황룡대의 얼굴에는 피곤한 빛이 떠올라 있었다. 하지만 눈빛만큼은 그 어느 때보다 날카롭게 빛나고 있었다. 몇 달의 추적 끝에 드디어 단월 일행을 따라잡았기 때문이다. 그동안 그들이 겪어야 했던 고초는 이루 말로 할 수 없는 것이었다. 단월의 유인책에 속아 수백 리 먼 길을 돌기도 했고, 엉뚱한 적과 싸우기도 했다. 하지만 그 모든 역경을 뚫고 마침내 단월을 따라잡았다.

곽일지가 앞으로 나서며 말했다.

"당신만큼 황룡대의 속을 썩인 존재도 드물 것이오. 그런 점에서는 충분히 자부심을 가져도 좋소. 하지만 여기까지요. 순순히 항복하겠다면 정중히 예의를 다해 구주천가로 압송해 갈 것이오. 하지만 그렇지 않는다면 반드시 험한 꼴을 당하게 될 것이오."

단월을 향한 곽일지의 음성에는 살기가 담겨 있었다. 그것은 황룡대 역시 마찬가지였다. 그들 역시 지난날의 고초가 떠오르는지 눈에 살기를 담아 단월을 노려보고 있었다.

이미 일대는 황룡대가 포위하고 있었다. 단월이 달아날 만한 길목을 모두 차단한 후 모습을 드러냈기에 피할 만한 곳이 없었다.

단월이 입술을 질근 깨물었다. 어찌나 세게 깨물었는지 피가 다 날 정도였다. 그만큼 황룡대의 등장은 단월도 미처 예상하지 못할 정도로 빠른 것이었다.

'나의 실수다. 설마 이렇게 빨리 따라잡힐 줄이야.'

자신의 계획에 이런 상황은 존재하지 않았다. 상정하지 않았던 상황이 벌어진 셈이었다.

그 순간에도 황룡대는 포위망을 좁혀오고 있었다. 그들의 몸에서 뿜어져 나오는 막강한 기세가 그물처럼 단월을 조여오고 있었다. 어디에도 피할 곳은 없어 보였다.

"아가씨?"

남정옥이 단월을 바라보았다. 그녀의 의견을 구하는 것이다. 하지만 이런 상황에서 단월이라고 별 뾰족한 수가 있을 리 없었다.

'방법이 있다면 단 한가지 뿐. 하지만 그렇게 된다면……'

그녀의 머릿속에 수많은 생각들이 스쳐지나갔다.

이제 결단을 내려야 했다.

그때 그녀의 생각을 눈치챘는지 곽일지가 살기를 북돋으며 외쳤다.

"엉뚱한 선택은 하지 않는 게 좋을 것이다."

촤촹!

황룡대가 무기를 꺼내들었다. 그들의 기세에 남정옥과 수행무인이 나직한 신음성을 흘렸다.

'아무래도 오늘은 득보다 실이 많겠구나. 하지만 이렇게 속수무책으로 당할 수도 없는 노릇.'

남정옥과 수행무인이 눈빛을 교환했다. 비록 짧은 순간이었지만, 그들은 곧 서로의 의중을 깨달았다. 그들이 미미하게 고개를 끄덕였다.

팟!

순간 수행무인이 쏜살같이 앞으로 튀어나갔다. 그의 돌발적인 행동에 황룡대의 시선이 순간적으로 쏠렸다. 그 순간 남정옥이 단월의 손을 잡고 반대방향으로 움직였다.

"결국 최악의 선택을 했군."

곽일지의 미간이 찌푸려졌다. 수하들은 수행무인의 돌발적인 행동에 현혹되었지만, 그는 달랐다. 그는 처음부터 단월의 일거수일투족을 주시하고 있었다.

곽일지는 무서운 속도로 단월과 남정옥의 앞을 막아섰다. 어느새 그의 손에는 애병 단룡창(斷龍槍)이 들려 있었다. 단룡창에서는 위맹한 창기가 줄기줄기 피어오르고 있었다.

카카캉!

단룡창과 남정옥의 검이 허공에서 격돌했다. 눈부신 불꽃이 사방으로 튀었다.

"크헉!"

그 순간 수행무사의 비명소리가 들렸다. 굳이 눈으로 보지 않아도 알 수 있었다. 이미 그가 목숨을 잃었단 사실을.

단월의 눈동자가 흔들렸다.

그녀를 앞에 두고 남정옥과 곽일지가 격돌하고 있었다. 어느새 수행무사를 처치한 황룡대가 다시 주위를 포위하고 있었다. 수행무사의 희생이 물거품으로 돌아가는 순간이었다.

곽일지가 남정옥과 싸우면서 외쳤다.

"절대 그녀가 도주하게 둬서는 안 된다. 그녀를 제압하라."

"예!"

황룡대가 대답과 함께 단월을 옥죄어왔다.

'역시 어쩔 수 없는가?'

단월이 면사 속에서 입술을 깨물었다. 그녀가 공력을 끌어올리려는 순간이었다.

『이 위기를 벗어나고 싶다면 내 말대로 하도록.』

누군가의 전음이었다.

위기의 상황에서 갑자기 들려온 전음에도 단월은 당황하지 않았다. 그 순간에도 전음은 이어지고 있었다.

『북쪽에 틈을 만들겠다. 그쪽으로 달아나도록.』

주인을 알 수 없는 전음이었다. 어쩌면 적의 함정일지도 몰랐다. 하지만 단월에겐 선택의 여지가 없었다. 그녀가 미미하게 고개를 끄덕였다.

순간이었다.

쉬쉬쉭!

어둠을 가르고 몇 개의 화살이 날아왔다. 화살은 단월을 압박해오던 무인들을 향하고 있었다.

"웬 놈이냐?"

황룡대가 날아온 화살을 쳐내며 소리쳤다. 그 틈을 놓치지 않고, 단월이 몸을 빼내며 남정옥을 공격하는 곽일지의 등을 향해 일장을 날렸다.

"이런! 방수(放手)가 있었던가?"

곽일지가 당황한 표정을 지었다. 눈앞에 있는 남정옥은 결코 녹록한 자가 아니었다. 그를 상대하는 것도 쉽지 않은 일인데 등 뒤에서 음유한 일장이 날아왔으니, 그가 당황하는 것도 놀랄 일은 아니었다.

뻔히 자신을 뒤흔들어 놓으려는 수작이란 사실을 알면서도 곽일지는 움직이지 않을 수 없었다. 그가 팽이처럼 몸을 회전시키면서 단룡창 중의 구명초식인 일휘참룡(一揮斬龍)을 펼쳤다.

콰콰콰!

막강한 창기가 일어나 단월의 일장을 막아냈다. 곽일지는 그 여세를 몰아 단월을 공격하려 했다. 하지만 그 순간 단월은 어느새 남정옥과 함께 북쪽으로 몸을 빼내고 있었다.

곽일지가 그들을 추적하며 외쳤다.

"도주할 수 있을 것 같은가?"

황룡대가 그를 따라 몸을 날렸다. 하지만 그 순간 그들은 거센 반격에 직면했다.

쉬쉬쉭!

어둠 속에서 또다시 화살이 날아왔다. 조금 전보다 더욱 강렬한 위력을 가진 화살의 공격에 황룡대가 주춤했다.

카캉!

무기를 휘둘러 화살을 쳐냈을 때는 이미 단월과 남정옥이 어둠 속으로 사라진 뒤였다.

곽일지가 외쳤다.

"무얼 하고 있느냐? 어서 추적하라."

"존명!"

황룡대가 서둘러 추적을 재개했다.

곽일지의 표정이 더할 수 없이 딱딱해졌다.

"방수가 있다니. 문상은 이런 상황을 예측하고 있었던 것인가?"

*　　*　　*

남정옥과 단월은 겨우 황룡대를 따돌리고 숲을 빠져나왔다. 하지만 숲을 빠져나오는 순간 두 사람은 또다시 한숨을 내쉬지 않을 수 없었다. 숲이 끝나자마자 커다란 강이 눈앞에 놓여 있던 것이다.

간신히 황룡대를 따돌렸지만, 그들이 곧 추격해올 것은 자명했다. 이렇게 시간을 보내고 있는 사이에도 그들은 무섭게 추격해오고 있을 것이다.

"여기서 발목을 잡히고 마는 것인가?"

남정옥이 그렇게 탄식을 터트릴 때였다. 강 저편에서 어선 한 척이 유유히 그들이 있는 곳으로 다가왔다. 일반 어선보다 두 배 정도는 커 보이는 배의 갑판에는 몇 명의 무인이 서 있었다.

무인 중 한 명이 활을 들어 단월이 있는 곳을 겨냥하고 있는 모습이 보였다.

남정옥이 그 광경을 발견하고 단월에게 소리쳤다.

"아가씨 피하십시오."

"잠깐만요."

"예?"

"그들은 적이 아닌 듯해요."

단월의 말이 채 끝나기도 전에 배에서 화살이 발사되었다. 화살은 곡선을 그리며 날아와 단월의 옆에 있던 나무에 박혔다. 그런 화살의 끝에는 새끼손가락 굵기의 밧줄이 연결되어 있었다.

배위에서 화살을 날린 무인이 외쳤다.

"밧줄을 타고 올라오시오."

"멈춰라."

그와 동시에서 등 뒤에서 황룡대의 음성이 들려왔다. 어느새 그들이 지척까지 추적해온 것이다.

단월과 남정옥은 더 이상 생각할 것도 없이 밧줄을 밟고 경공을 펼쳤다. 배와 연결된 밧줄이 흔들렸지만, 그들은 무사히 배 위에 안착할 수 있었다. 그러자 배 위의 무인들이 밧줄을 끊어버렸다. 졸지에 황룡대의 무인들은 닭 쫓던 개처럼 멈춰 서서 배 위에 내려선 두 사람을 바라봤다.

두 사람이 올라탄 직후 배는 유유히 강가에서 멀어져 갔다.

뒤늦게 도착한 황룡대주 곽일지가 그 광경을 보며 이빨을 뿌득 갈았다.

"이놈들!"

그가 노기 어린 눈으로 노려보았지만, 배는 이미 떠난 뒤였다.

그가 소리쳤다.

"어서 놈들을 추적할 방도를 마련하거라."

"예!"

그러나 대답하는 황룡대의 음성에는 어쩐지 힘이 빠져 있었다.

*　　*　　*

단월과 남정옥은 차분한 시선으로 배를 둘러보았다.

배에 의해 구함을 받았지만, 단월은 결코 마음을 놓지 않았다. 배의 주인이 자신들을 구한 의도를 알 수 없었기 때문이다. 그러나 다행히도 배 위에 있는 무인들은 자신들에게 적의를 갖고 있지 않은 모양이었다.

조금 전에 화살을 쐈던 젊은 무인이 단월에게 다가왔다. 단월은 그에게 예를 취하며 인사했다.

"구명지은에 감사드립니다."

"저는 주인님이 시키는 대로 했을 뿐입니다. 그러니 감사를 하려거든 주인님에게 하십시오."

"주인이 있단 말인가요?"

"아까부터 선실 안에서 기다리고 계십니다. 들어가 보시지요."

젊은 무인이 선실을 가리키며 대답했다. 그에 단월의 시선이 선실의 입구로 향했다.

"당신의 주인은 누군가요?"

"안에 들어가시면 자연 알게 될 겁니다. 참, 혼자 들어가십시오. 주인님이 대면하길 원하는 분은 아가씨뿐이니까요."

젊은 무인의 말에 남정옥이 발끈하려 했다. 하지만 단월이 손을 들어 제지하며 말했다.

"혼자 들어가겠어요."

"하지만……."

"어쨌거나 우리는 이들에게 은혜를 입었어요. 그 정도 부탁을 거절할 수는 없어요. 남 호위님은 밖에서 기다려주세요."

"알겠습니다."

남정옥이 어쩔 수 없이 그렇게 대답했다. 하지만 그는 절대로 경계의 빛을 풀지 않았다.

단월은 젊은 무인의 안내를 받으며 선실 안으로 들어갔다. 선실 안은 생각보다 넓고 깨끗했다. 배라고는 믿을 수 없을 정도로 깔끔하게 단장된 모습은 생각보다 많은 신경을 쓴 것 같았다.

선실 벽 한쪽에는 커다란 지도가 걸려 있었고, 그곳에 등을 보이고 서 있는 남자가 보였다. 남자는 단월이 들어왔음에도 불구하고 뒤돌아서지 않았다.

잠시 동안 침묵이 이어졌다.

먼저 침묵을 깨고 입을 연 이는 단월이었다.

"구해주셔서 고맙습니다."

"반갑소. 단월 소저. 이렇게 만나 뵙게 되어 영광이오."

그제야 남자가 뒤돌아섰다. 그의 얼굴을 확인하는 순간 단월은 놀라지 않을 수 없었다. 얼굴이 자리해야 할 곳에 은색의 가면이 존재했기 때문이다. 그의 모습에서 단월은 언젠가 들은 이름 하나를 기억해낼 수 있었다.

"은구사자?"

"고 문주에게서 들은 모양이군. 내가 바로 은구사자요."

은구사자는 자신의 정체를 숨기지 않았다.

은색의 가면 뒤에 숨겨진 눈이 날카롭게 빛을 냈다. 그의 눈빛을 보는 순간 단월은 오늘의 일이 결코 순탄치 않을 것임을 깨달았다.

은구사자는 반천련의 주축 인물이었다. 그리고 반천련은 무영문에게 반천련 휘하로 들어올 것을 강요한 적이 있었다. 고산도가 거절함으로써 결렬이 되었지만, 그때의 기억만큼은 단월의 머릿속에 똑똑히 남아 있었다.

단월이 호흡을 가다듬으며 최대한 차분한 목소리로 말했다.

"반천련에서 도움을 주시다니 뜻밖이군요."

"사해가 동도라고 하지 않았소. 위험에 처한 동도가 있으면 도움을 주는 것이 당연한 일. 단월 소저께서는 너무 의심할 필요가 없소."

"반천련에 대한 선입견이 너무 커서 은구사자의 말을 곧이곧대로 받아들일 수는 없을 것 같군요. 왜인가요? 왜 우리를 구한 건가요? 무영문은 반천련과 분명 다른 노선을 걷겠다고 했을 텐데요."

"후후! 나는 영원한 적도, 영원한 아군도 없다고 생각하는 사람이오. 그때의 사정이 그랬다면 지금의 사정은 또 달라질 수도 있는 법. 단월 소저는 어떻게 생각하시오?"

"글쎄요. 이 몸은 그렇게 똑똑하지 않아 은구사자께서 어찌 그렇게 생각하는 건지 모르겠네요."

"무영문의 단월 소저가 멍청하다면 천하의 그 어떤 이도 감히 똑똑하다 자부할 수 없을 것이오."

단월은 은구사자의 가면 속에 숨겨진 얼굴이 지금 이 순간 웃고 있을지도 모른다고 생각했다.

두 사람이 잠시 서로를 바라보았다. 팽팽한 기 싸움이 진행되고 있는 순간이었다. 그들은 서로를 바라보며 속내를 읽으려 하고 있었다. 그러나 두 사람 모두 은빛 가면과 면사로 자신의 얼굴을 가린 상태였다. 때문에 표정으로 서로의 속내를 읽는다는 것은 거의 불가능했다.

먼저 입을 연 이는 단월이었다.

"저에게 선택의 여지가 있나요?"

"선택은 모두 단월 소저의 몫이오. 선택에 따른 결과도 단월 소저가 짊어져야 할 몫이지."

"애초부터 선택의 여지 따윈 존재하지 않는단 말이군요."

늑대를 피해 호랑이굴로 들어온 형국이었다. 단월의 눈가가 파르르 떨렸다. 과도한 긴장에 신경이 멋대로 반응하는 것이다.

은구사자가 그런 단월의 얼굴을 빤히 바라보며 말을 이었다.

"단도직입적으로 묻겠소. 구주천가, 왜 탈출한 것이오?"

"내가 꼭 그 사실을 말해야 하나요?"

"후후! 마땅히 그래야 할 것이오. 사실 본련에서는 단월 소저 일행이 갑자기 구주천가를 탈출한 것에 의구심을 갖고 있기 때문이오. 상식적으로 단월 소저가 구주천가에서 탈출을 감행할 이유가 없다는 것이 우리의 생각이오."

"그런데 왜 우리를 구했나요? 그렇게 의심을 하면서."

"글쎄! 아직은 무영문에 대해 한 가닥 미련이 남아 있기 때문이라면 설명이 되겠소? 그냥 포기하기엔 무영문의 정보망은 군침이 돌 정도로 훌륭하지. 그것이 본련이 무영문을 쉽게 포기하지 못하는 이유요."

"좋아요. 나도 솔직히 말하죠. 구주천가에서는 분문을 흡수 동화시키려고 하고 있어요. 그것이 내가 구주천가를 탈출한 이유예요. 본문은 구주천가 못지않게 수백 년의 독자적인 역사를 가진 유서 깊은 문파예요. 그런 역사와 독립성을 포기하고 구주천가의 일부분으로 흡수된다는 것은 있을 수 없는 일이에요."

"결국 공조가 아니라 자존을 꿈꿨다는 것이구려."

"정확히 봤어요."

"대담하구려. 감히 구주천가의 뜻을 거절하다니."

"그래서 탈출을 택할 수밖에 없었어요. 그냥 가만있다가는 어떤 수도 쓰지 못하고 당할 수밖에 없으니까요."

"단월 소저의 말은 잘 들었소."

은구사자가 고개를 끄덕였다.

"이제 어떻게 할 셈인가요? 우리를 다시 구주천가에 넘겨줄 건가요? 그럴 바에는 차라리 우리를 놓아줘요. 우리는 스스로 살 방도를 찾겠어요."

"좀 전에 내가 말하지 않았소? 본련은 단월 소저를 귀빈으로 모실 의향이 있다고. 단월 소저의 말이 사실로 판명 날 때까지 본련에서 예의를 다해 모시겠소."

은구사자의 말은 통보나 다름없었다. 단월에겐 선택의 여지가 존재하지 않았다. 그녀가 마지못해 대답했다.

"당신의 뜻대로 기다리죠. 하지만 반천련이 무영문을 함부로 어찌할 수 있을 거라고는 생각하지 않는 게 좋을 거예요. 나는 반천련을 믿지 않으니까요."

"후후후!"

은구사자가 묘한 웃음을 흘리며 밖으로 나갔다.

선실에 홀로 남은 단월이 나직한 한숨을 내쉬었다.

"휴!"

*　　*　　*

철군패와 북풍대는 남하를 계속했다. 그동안 그들이 무너트린 문파의 수만 네 개. 모두 십이사조와 음으로 양으로 관련이 있던 문파였다. 그들을 무너트리고 얻은 정보를 토대로 철군패와 북풍대는 남하를 하고 있었다.

그들의 남하 소식에 수많은 문파들과 사람들이 촉각을 곤두세우고 있었다. 도무지 거칠 것이 없는 그들의 행보는 사람들의 관심을 끌게 하기 충분했다.

수십 년 동안 새외를 지배해온 십이사조에 대항하는 유일무이한 무인들. 그들은 자신들의 앞을 가로막는 그 모든 장애물을 넘어서 십이사조의 진실한 모습에 조금씩 다가서고 있었다.

"어쩌면 이번이 십이사조를 무너트릴 기회인지도 모른다."

"그들이라면 십이사조를 무너트릴 수 있을지도 모른다."

많은 이들이 동요를 하기 시작했다.

철군패와 북풍대는 새로운 전설이었다. 그들의 등장에 수많은 이들이 환호를 보냈다. 이제까지 수십 년 동안 고착화되었던 새외의 판도가 변하기 시작했다는 사실만으로도 사람들은 철군패와 북풍대를 응원했다.

그렇게 수많은 이의 염원과 함께 철군패와 북풍대는 남하했다. 남하하는 동안 의외로 적들의 움직임은 잠잠했다. 십이사조는 물론이고, 그들과 관련된 문파도 쉽게 움직이지 않았다. 그 때문에 북풍대가 남하하는 속도는 무척이나 빨랐다.

적다고 보면 적은 숫자지만, 또한 무시할 수 없는 숫자가 삼백 명이다. 삼백 명이나 되는 사내들이 움직이면 필연적으로 사람들의 시선을 끌 수밖에 없었다. 더구나 북풍대처럼 잘 조련된 사내들이 한꺼번에 움직이면 더더욱 시선을 끌 수밖에 없었다.

사람들은 북풍대를 두려운 시선으로 바라보고 있었다. 새외 사람들은 북풍대를 무인이라기보다는 군인집단으로 바라보았다. 사실 북풍대와 같은 형식의 조직은 새외의 그 어떤 문파도 갖고 있지 못했다. 그들이 낯설어하고 두려워하는 것도 당연한 일인지도 몰랐다.

철군패와 북풍대는 현재 오해(烏海)를 지나 한적한 마을 어귀로 들어서고 있었다. 시골 마을이라고는 보이지 않을 정도로 잘 정비된 마을은 무척이나 깔끔해 보였다. 길은 잘 정비되어 있었으며, 집들도 비교적 최근에 지은 듯 깔끔해 보였다. 길가를 지나다니는 사람들의 복장 또한 매우 단정해 보였다.

삼백 명이나 되는 사내들의 등장에 마을 사람들이 놀란 듯 겁에 질린 시선으로 바라보고 있었다. 특히 그들의 시선은 화왕에 올라타 있는 철군패에게 고정되어 있었다.

사위를 압도하는 거대한 덩치의 사내, 그리고 그가 타고 있는 괴물 같은 말은 마을 사람들의 가슴을 서늘하게 만들기 충분했다. 하지만 철군패는 마을 사람들의 시선을 담담하게 받아들였다.

검운영이 철군패의 곁으로 다가왔다.

"형님, 이 마을은 무척이나 깨끗하군요. 이런 시골에 이렇게 깨끗한 마을이 있다는 사실이 어쩐지 자연스럽지 못한 것 같습니다."

"그렇구나."

철군패가 검운영의 말에 동의했다.

확실히 눈앞의 마을은 여러모로 이상했다. 무엇보다 인위적인 느낌이 강하게 났다. 대저 이런 곳에 존재하는 마을이란 오랜 시간을 두고 형성되기 마련이었다. 우선 누군가 맨 처음 정착을 하고, 그 후로 조금씩 사람이 불어나기에, 마을은 정돈되기보다는 어지러운 모습으로 형성되기 마련이었다. 그에 반해 그들이 지나고 있는 마을은 지나칠 정도로 깔끔하게 정돈이 되어 있었다.

두 사람의 말을 듣던 양천의가 불쑥 끼어들었다.

"그게 무슨 말이야? 마을이 깨끗하면 좋은 거잖아."

"일반적인 경우라면 그렇겠지. 하지만 이곳은 너무 지나쳐. 마치 어제 마을이 만들어진 것처럼 모든 것이 새것이야. 하다 못해 바닥의 흙조차 때를 타지 않은 황토 흙이야."

"그럼 이 마을이 어제 만들어지기라도 했단 말이야?"

"모르지. 어쨌거나 정상적인 마을은 아니야."

"빌어먹을! 우리부터가 비정상인데, 더 비정상적일 것은 뭐야."

말은 그렇게 했지만 양천의의 표정이 변했다.

비록 투덜거리는 일이 많고 욕설을 버릇처럼 입에 달고 살았지만, 그는 결코 바보가 아니었다. 철군패의 말이 무엇을 뜻하는지 모를 리 없었다.

양천의가 북풍대에게 외쳤다.

"모두 들었지?"

"예!"

"알아서 준비해. 괜히 망신당하지 말고."

"알겠습니다."

북풍대의 얼굴에 긴장의 빛이 떠올랐다.

양천의도 한 손으로 말안장에 걸쳐 놓은 대부의 손잡이를 어루만졌다. 그 모습을 보며 철군패도 기감을 끌어올렸다.

확실히 이상한 마을이었다. 무엇보다 철군패는 이곳에 마을이 있다는 이야기를 들은 적이 없었다. 오해에서 길잡이를 만나 길을 물어볼 때도 이곳에 마을이 있다는 이야기는 듣지 못했다.

그때 철군패의 기감에 마을 전체가 술렁이는 것이 느껴졌다.

『들켰나?』

『녀석들이 눈치챘다.』

일렁이는 공기가 그렇게 말해주는 듯했다.

마을 전체가 적의를 가지고 그들을 노리는 듯했다. 사람들의 시선이 호기심과 경계에서 살의로 바뀐 것도 바로 그 시점부터였다.

검운영이 굳은 표정으로 철군패를 불렀다.

"형님."

"알고 있다."

쉬익!

철군패의 말이 채 끝나기도 전에 암기가 발사됐다. 철군패 앞을 지나가던 지팡이를 짚은 노인이 날린 것이었다.

챙!

철군패를 대신해 검운영이 암기를 쳐냈다.

그것이 시작이었다. 마을 전체가 철군패와 북풍대를 공격하기 시작한 것은.

우는 아이를 달래던 여인이 빨래 속에서 독이 묻은 비수를

꺼내 급습했으며, 한가롭게 앉아서 술을 마시던 유생이 책 속
에서 암기를 꺼내 던졌다.

"적이다."

"전군 방어진을 취하라."

그렇지 않아도 이상한 낌새를 눈치채고 있던 북풍대는 금세
방어진을 형성하고 적의 공격을 막았다. 하지만 적의 움직임
또한 만만하지 않았다.

마을 사람들 전체가 적이었다. 철군패나 검운영의 짐작대로
이곳은 하루 만에 만들어진 마을이었다. 이곳에 있는 모든 것
들은 어제까지 존재하지 않았던 것이다. 집, 길, 나무, 심지어
는 사람까지도 말이다.

이 마을 전체가 철군패와 북풍대를 위한 함정이었다. 북풍
대는 대로 위에 노출되어 있었고, 적들은 건물과 나무 등 엄폐
물에 숨어서 암기를 날리고 공격했다. 그 때문에 북풍대는 기
병의 묘를 살리지 못하고 수세에 몰려야 했다.

북풍대가 최고의 위력을 발휘할 수 있는 장소는 기병의 묘
를 살릴 수 있는 대로나 평원에서의 집단전이었다. 집단전에
서만큼은 그 어떤 단체와 싸워도 밀리지 않을 자신이 있는 북
풍대였다. 하지만 이렇게 집과 방해물이 얽혀 있는 마을 한가
운데서는 본연의 위력을 발휘하기가 힘이 들었다. 마을의 건
물 전체가 북풍대의 움직임을 방해하기 위한 최적의 형태로
배치되어 있었다.

철군패의 눈빛이 묵직하게 가라앉았다.

'역시 십이사조인가? 오직 그들만이 이런 상황을 만들 수 있다.'

철군패는 모르고 있었지만, 북풍대가 들어선 마을을 하루 만에 만들어낸 자들은 기환문(奇幻門) 소속의 무인들이었다. 기환문은 이백 년의 전통을 간직한 유서 깊은 문파로, 각종 기환술의 달인들이 모여 있었다. 그렇다고 해서 기환문이 단지 환술만을 사용하는 집단은 아니었다.

이백 년의 역사 동안 그들은 환술을 실제의 기관지술에 접목시켜 하나의 진법을 만들어냈으니, 그것이 바로 십리환영무혼진(十里幻影無魂陣)이었다.

십리환영무혼진은 실제와 환술이 결합된 진법이었다. 그러니까 지금 북풍대가 경험하고 보고 있는 마을은 실제와 환술이 절묘하게 결합된 결과라는 뜻이었다. 실제일 수도 있고, 아닐 수도 있다는 사실이 북풍대를 더욱 혼란스럽게 만들고 있었다.

마을에 투입된 이는 기환문의 무인들뿐만이 아니었다. 독으로는 새외에서 제일을 다툰다는 만독곡(萬毒谷)의 무인들과 이백 명의 무인들 전체가 궁수로 이뤄진 신기궁(神技宮)의 무인들까지 동원됐다.

마을 곳곳에서 독연이 피어올라 바람을 타고 북풍대가 있는 방향으로 날아왔고, 건물 곳곳에서 화살이 무서운 속도로 날

아왔다. 더구나 기환문의 무인들이 각종 환술을 이용해 북풍
대의 눈을 현혹하고 있었다.

마을 전체가 거대한 톱니바퀴처럼 맞물리며 북풍대와 철군
패를 공격하고 있었다. 확실히 이런 종류의 공격은 매우 효과
가 있어 일시지간 북풍대는 반격할 기회를 얻지 못하고 연신
수세에 밀리고 있었다.

십이사조의 본격적인 반격이 시작되었다는 사실을 철군패
는 피부로 느끼고 있었다. 이제까지와는 차원이 다른 그들의
반격에 북풍대가 마을 공터 한가운데로 밀리고 있었다. 이대
로 계속 밀리다가는 반격 한 번 제대로 하지 못하고 당할 수밖
에 없다는 사실을 철군패는 잘 알고 있었다.

"천의."

"왜?"

"일 대를 이끌고 정면으로 돌파하라. 진을 주재하는 자가
있을 것이다. 그를 찾아 척살하라."

"알겠다."

"운영."

"예! 형님."

"너는 이 대를 이끌고 후미로 돌아가라. 진의 이름이 무엇
인지 모르지만, 실제와 환영이 혼합되었다면 연결고리가 있을
것이다. 그것이 사람이든 물건이든 모조리 파괴해라."

"알겠습니다."

두 사람이 힘찬 대답과 함께 각각 백 명의 수하들을 데리고 움직였다.

"가로막는 놈들의 머리는 모조리 쪼개버린다."

양천의의 눈에 흉폭한 살기가 폭사되어 나오고 있었다. 그는 대부를 휘두르며 정면으로 돌진했다. 집을 엄폐물 삼아 적들이 공격하고 있었지만, 그는 개의치 않았다.

쾅!

그의 도끼질 한 방에 집의 전면이 박살났다. 그 사이를 북풍대가 내달렸다. 그렇지 않아도 반쯤 박살났던 집은 북풍대의 난입에 완전히 무너지고 말았다. 집에 숨어 북풍대를 공격하던 무인들은 무너지는 집의 파편에 깔리거나, 말발굽에 짓밟혀 목숨을 잃었다.

양천의는 결코 회피라는 단어를 몰랐다. 그는 자신의 앞을 가로막는 모든 것을 정면으로 돌파했다. 부수고, 쪼개고, 짓밟으며 전진하는 양천의는 그야말로 피에 미친 악마와 같았다.

"이런 미친……"

"피, 피해라."

그의 폭주에 습격을 하던 적들조차 할 말을 잃고 말았다. 그들은 이제까지 단 한 번도 양천의처럼 미친 듯이 날뛰는 자를 본 적이 없었다. 그의 미친 듯한 폭주에 수많은 무인들이 목숨을 잃었다.

그렇게 적들을 짓밟으며 양천의는 전진했다. 그 뒤를 백여 명의 북풍대가 뒤를 받쳤다. 이렇게 되자 십리환영무혼진이 여지없이 흔들리기 시작했다. 그에 기화문의 무인들이 더욱 분주해졌다. 그들은 흔들리는 진을 막기 위해 이리 움직이고, 저리 움직였다.

그렇게 기화문의 무인들이 선불 맞은 멧돼지처럼 날뛸 때 검운영이 후미를 급습했다. 그의 검에서 날카로운 예기가 빛 날 때마다 어김없이 한 사람씩 죽어나갔다.

그는 광도진결에서 얻은 심득을 자신의 검에 착실히 녹이고 있었다. 비록 칠백 년 전의 광도 연성휘처럼 빛을 검에 담지는 못했지만, 그의 심득을 상당부분 자신의 것으로 만든 것은 틀림없었다. 그 증거로 그의 검이 허공을 가를 때마다 섬전 같은 빛이 번쩍였다.

"놈을 막아야 한다."

"인원을 더욱 보강하라."

신기궁의 무인들이 더욱 활을 쏘아댔다. 하지만 그들이 쏜 화살 대부분은 북풍대의 환도에 막혀 힘없이 바닥에 떨어지고 말았다.

두두두!

지축을 울리며 순식간에 거리를 좁혀 오는 북풍대의 살 떨 리는 위용에 신기궁 무인들의 눈동자가 흔들렸다.

사실 십리환영무혼진에서 그들이 맡고 있는 역할은 무척이 나 중요했다. 그들은 기화문과 만독문의 연결고리 역할을 하며 원거리에서 북풍대를 견제하는 임무를 부여받은 상태였다. 그러면서 십리환영무혼진의 연결고리인 기물을 보호하는 것 역시 그들의 임무였다.

사실 처음 십리환영무혼진을 펼칠 때만 하더라도 그들은 자신들이 위험에 처할 거라고는 생각하지 않았다. 신기궁은 신기에 이른 궁사(弓士)들의 집단으로, 원거리에서 공격하기에 직접 위험에 노출될 일이 없었던 것이다.

그러나 눈앞에 펼쳐진 상황은 그들의 바람과는 전혀 다르게 전개되어가고 있었다. 검운영이 이끄는 북풍대는 그들을 막는 인물들을 가차 없이 베어버리고 신기궁의 무인들이 집결한 곳으로 무섭게 진격해오고 있었다.

마치 검은 해일이 밀려오는 듯한 그들의 모습에 신기궁의 무인들은 불길함을 느꼈다.

신기궁주 묵천호가 외쳤다.

"무얼 하느냐? 어서 속사(速射)를 하지 않고. 놈들의 진격을 막아야 한다."

그의 외침에 신기궁의 궁사들이 정신을 차리고 다시 활을 쏘기 시작했다. 방금 전보다 배는 더 빨라졌음직한 속도였다. 어떤 이들은 한 번에 두 대, 세 대의 활을 한꺼번에 쏘아댔다. 코끼리라도 단숨에 쓰러트릴 정도로 엄청난 양의 화살이 북풍대를 향해 날아갔다. 하지만 북풍대의 무인들은 창과 도를 휘둘러 신기궁의 궁사들이 쏘는 활을 하나하나 쳐냈다. 그들의 발밑에 화살이 차곡차곡 쌓여갔다.

마침내 검운영을 필두로 한 북풍대는 신기궁의 궁사들이 진을 치고 있는 영역에 근접했다. 이렇게 되자 당황한 것은 신기궁의 궁사들이었다.

스걱!

검운영의 검이 허공을 가르자 피분수가 치솟아 올랐다.

덧없이 사라지는 한 사람의 목숨.

그것이 시작이었다. 검운영을 필두로 북풍대가 창을 거둬들이고, 도를 들어 일제히 백병도를 펼치기 시작했다.

일백 명이 펼치는 백병도는 가히 살인적인 위력을 발휘했다.

파바박!

곳곳에서 호박이 깨지는 듯한 소리와 함께 궁사들이 힘없이 쓰러졌다. 원거리에서는 엄청난 위력을 발휘하는 궁사들이었지만, 이렇듯 근거리의 접전에서는 약세를 보일 수밖에 없었다. 물론 그들도 근거리에서 활용하는 무공을 배우고 익혔으나, 감히 북풍대에 비할 수는 없었다.

"이런 악귀 같은……."

묵천호의 얼굴이 흉측하게 일그러졌다.

그의 눈앞에서 신기궁의 궁사들이 처참하게 도륙당하고 있었다. 일방적인 학살이라고밖에 표현할 수 없는 북풍대의 가공할 신위에 온몸의 소름이란 소름이 다 올라오는 것 같았다.

그는 이제야 왜 십이사조가 왜 이렇게 철군패와 북풍대에 신경을 쓰는 것인지 알 수 있을 것 같았다. 그들에겐 근거리에서의 공격도, 어떤 함정도 통하지 않았다. 더구나 백 명이 움직이는데도 한 몸처럼 일사분란하며 대장의 명령에 한 치도 망설이지 않는 과단성까지 가지고 있었다.

수하를 이끄는 지휘관이라면 누구나 꿈꾸는 꿈의 군대가 눈앞에 있었다. 불행이라면 자신이 그런 군대의 적이라는 사실이었다.

그가 입술을 질근 깨물었다.

"강한 것은 인정한다. 하지만 나 역시 일대를 지배했던 무인. 쉽게 당하지만은 않을 것이다."

묵천호가 등 뒤에 매고 있던 강궁을 손에 쥐었다. 신기궁의 신물인 창영궁(蒼影弓)이었다. 탄성이 이루 말로 할 수 없을 정도로 강해 어지간한 무인들은 시위조차 당기지 못하는 신궁이 바로 창영궁이었다. 신기궁의 주인은 대대로 창영궁을 다뤘다.

묵천호는 특별히 제조된 화살을 시위에 걸었다. 나선형으로 홈이 파인 활촉이 인상적인 화살에는 신기궁의 이백 년 역사와 고집이 담겨 있었다.

묵천호는 화살에 내공을 주입했다. 그러자 화살촉 위로 아지랑이가 피어올랐다. 이른바 궁기(弓氣)라고 부르는 기운이었다.

묵천호의 화살이 향하는 곳에 북풍대의 선두에서 달리는 검운영이 있었다. 그의 화살은 검운영의 미간을 겨누고 있었다.

검운영의 시선도 묵천호를 향하고 있었다. 그 역시 묵천호가 자신을 겨누고 있다는 사실을 알고 있었다. 그런데도 그는 전혀 속도를 늦추지 않았다. 오히려 말의 속도를 높여 묵천호를 향해 무섭게 달려갔다.

그의 검이 묵천호를 향했다. 묵천호는 심장이 거세게 고동치는 것을 느꼈다. 검운영의 엄청난 기세에 심신이 압박을 받았다. 하지만 그는 애써 호흡을 차분하게 유지하며 공력을 운용했다. 그리고 마침내 공력이 최고조에 달했을 때 시위를 놓았다.

피잉!

한 가닥 날카로운 파공성과 화살이 허공을 갈랐다. 묵천호는 자신의 화살이 검운영의 미간을 꿰뚫을 것임을 믿어 의심치 않았다. 하지만 다음 순간 그는 자신의 눈을 의심해야 했다.

챙!

화살에 격중되기 직전 검운영이 검을 휘둘러 막아낸 것이다. 그 여파로 검운영의 몸이 말 위에서 크게 휘청이긴 했지만, 달려오는 속도는 전혀 줄어들지 않았다.

"젠장!"

묵천호가 욕설을 내뱉으며 다시 활에 화살을 걸었다. 이번에는 세 개나 되었다. 일발삼시(一發三矢)의 신기였다.

피피핑!

세 개의 화살이 연이어 허공을 갈랐다. 하지만 검운영은 고개와 허리를 가볍게 움직이는 간단한 동작만으로 세 개의 화살을 피한 후 순식간에 묵천호 앞에 쇄도했다.

묵천호는 급히 신기궁의 비전보법인 분수보(分水步)를 펼쳐 검운영의 공격을 피하려 했다. 하지만 그의 반응보다 검운영의 움직임이 훨씬 더 빨랐다.

푸욱!

가슴에 화끈한 느낌과 함께 불같은 통증이 등골을 타고 머리로 전해졌다.

묵천호의 눈동자가 흔들렸다.

창영궁이 두 조각나 있었다. 창영궁을 부순 검은 그의 가슴까지도 길게 갈랐다. 갈라진 상처 틈에서 검붉은 선혈이 흘러나오고 있었다. 묵천호는 자신의 피가 무척이나 붉다고 생각했다. 그것이 묵천호가 살아서 한 마지막 생각이었다.

털썩!

묵천호의 몸이 무너졌다. 그의 몸 위를 북풍대의 말이 짓밟고 지나갔다.

궁주인 묵천호가 죽자 신기궁 궁사들의 사기는 바닥에 떨어졌다. 어떤 이들은 악에 받쳐 덤벼들었지만, 어떤 이들은 활을 버리고 달아나기도 했다. 한 덩어리가 되어 달려드는 북풍대를 바라보는 그들의 눈에는 오직 공포만이 가득했다.

그렇게 검운영과 북풍대는 신기궁을 뚫고 십리환영무혼진

의 연결고리가 되는 기물들을 파괴했다. 그러자 십리환영무혼
진이 크게 흔들리기 시작했다.

철군패는 그 틈을 놓치지 않았다. 그가 나머지 수하들에게
외쳤다.

"진군하라."

"존명!"

대기하고 있던 백 명의 북풍대가 질주를 시작했다.

북쪽의 질풍이라는 이름처럼 그들은 거침없이 질주했다.

길이 열리고 있었다.

철군패는 북풍대가 만들어낸 길로 화왕을 몰았다.

화왕은 오만한 시선으로 주위를 내려다보며 걸음을 옮겼다.
말이 걷는 게 아니라 꼭 육식동물이 어슬렁거리는 것 같은 모
습이었다.

간혹 주위에 있던 무인들이 철군패를 기습하곤 했다. 하지
만 그런 무인들은 철군패에게 접근하기도 전에 어육처럼 짓이
겨져 숨이 끊겼다.

화왕 위에 올라타고 있어도 철군패의 일격포는 전혀 약해지
지 않았다. 아니, 오히려 높은 곳에 떨어지는 그의 일격은 더
욱 가공할 위력을 갖게 되었다.

쿵쿵!

화왕의 발자국 소리가 공포스럽게 울려 퍼졌다.

"으으!"

"어디서 저런 괴물이……."

감당할 수 없는 공포에 등을 보이고 도주하는 자들이 나타났다. 그들은 철군패를 뒤에 두고 앞을 다퉈 도망쳤다.

멸제라는 이야기를 들었지만, 그의 공포를 실감은 하지 못했다. 하지만 이제는 확실히 깨달았다.

멸제는 자신의 적에게 멸망의 비를 내리는 자였다. 그의 주먹에 자비란 존재하지 않았다. 어쩌다 일권을 마주한 자들은 어육처럼 짓이겨져 숨이 끊어졌다. 죽더라도 저렇게 형체조차 남기지 못하고 죽는 것은 사양하고 싶었다.

"멸제…… 멸제."

기환문주 낙무주가 망연히 중얼거렸다. 십리환영무혼진은 기환문의 모든 것이 담긴 총화였다. 일대에 십리환영무혼진을 펼치기 위해 기환문의 전 문도가 동원되었고, 만독문과 신기궁에서 도움을 주었다. 낙무주는 십리환영무혼진이라면 천하의 멸제라도 잡을 수 있을 거라 생각했다. 하지만 사태는 그의 생각과 다르게 돌아가고 있었다.

기환문의 모든 것이 담긴 십리환영무혼진은 허무하게 무너지고 있었다. 북풍대를 막던 기환문의 무인들은 처참하게 짓밟혔고, 가공할 인의 해일이 그가 있는 방향을 향해 똑바로 달려오고 있었다.

"그 말은 곧 내가 진을 운용하고 주재하고 있음을 꿰뚫어보고 있다는 뜻."

그가 안력을 끌어올려서 전방을 바라봤다. 달려오는 북풍대의 선두에는 양천의가 있었다. 지금은 철군패를 상대하기 앞서 양천의를 막아야할 상황이었다.

낙무주가 급히 수하들에게 외쳤다.

"진을 변환시켜라. 전방에 전력을 집중하라."

그의 명령이 떨어지자마자 진이 변화하기 시작했다. 무인들이 중첩되어 투입되기 시작하면서 튼튼한 방어진이 갖춰졌다. 하지만 북풍대는 아랑곳하지 않고 그대로 방어진에 부딪쳤다. 그것은 마치 온몸을 내던지는 것과 같았다.

쾅!

일진광풍과 함께 엄청난 굉음이 마을을 진동시켰다.

"끄으으!"

"아아!"

그 결과는 실로 놀라웠다. 그토록 두터운 방벽을 자랑하던 방어진이 송두리째 날아가고, 북풍대가 난입했다. 그 선두에 바로 양천의가 있었다.

양천의가 낙무주를 보며 눈을 빛냈다.

"네놈이구나. 진을 주재하는 녀석이. 얼굴이 희끄무리한 게 재수 없게 생겼구만."

비록 험악하게 생겼지만 눈치까지 없는 것은 아니었다. 양천의는 한눈에 낙무주가 진을 주재하고 있다는 사실을 눈치채고 다짜고짜 공격해왔다.

부웅!

거대한 도끼가 허공을 가르며 위맹한 기세를 발산했다. 낙무주는 한눈에 자신이 그의 일격을 감당할 수 없음을 깨달았다. 기환문의 무공은 환술과 사술을 이용하는 것, 이렇듯 힘을 바탕으로 압도해오는 무공에는 약할 수밖에 없었다.

낙무주는 정면대결을 택하는 대신 환술로 자신의 기척과 모습을 감췄다. 그의 역할은 어디까지나 진을 주재하는 것이지, 직접 격돌하는 것은 아니었다.

그의 모습이 허공으로 스며들었다. 극에 달한 환술이었다. 그가 환술을 펼친 이상 그 누구도 그의 종적을 눈치 챌 수 없었다. 그만큼 낙무주는 자신의 환술에 자부심을 가지고 있었다. 그러나 그는 상대를 잘못 택했다.

"놈! 겨우 이 따위 눈속임으로 이 몸을 속이려 했더냐?"

부웅!

대갈성과 함께 양천의의 대부가 정확히 낙무주가 은신해 있는 곳으로 날아왔다. 혼비백산한 낙무주가 급히 몸을 뒤로 뺐다. 하지만 도끼는 마치 눈이라도 달린 것처럼 정확히 낙무주의 기척을 쫓아왔다.

스걱!

미처 도끼를 완전히 피하지 못해 낙무주의 옷 앞섶이 도끼에 찢겨져나갔다. 피부 위로 느껴지는 도끼날의 섬뜩한 감촉에 낙무주가 몸을 흠칫 떨었다.

주위의 기환문도가 급히 달려왔고, 낙무주는 급히 다른 환술을 펼치려 했다. 하지만 양천의는 그들의 상상을 뛰어넘는 움직임을 보였다.

퍼버벅!

말안장에 걸려 있던 조그만 손도끼가 허공을 갈랐다. 손도끼는 정확히 낙무주를 돕기 위해 달려오던 기환문도들의 이마에 박혔다. 순식간에 네 명의 무인을 고혼으로 만든 양천의는 그 여세를 살려 대부를 다시 휘둘렀다. 낙무주는 이번에도 급히 뒤로 물러났다. 그러자 양천의가 이를 드러내며 씩 웃었다.

"흐흐! 멍청한 놈. 두 번이나 통할 것 같으냐?"

퍽!

"큭!"

조그만 손도끼가 어느새 낙무주의 발등에 박혔다. 지독한 고통에 낙무주가 비명을 지르며 멈칫하는 순간 양천의의 대부가 그의 머리를 날려버렸다.

낙무주의 머리는 자신의 죽음조차 인지하지 못하는 듯했다. 그의 머리는 바닥에 떨어진 뒤에도 몇 바퀴나 구른 뒤에야 겨우 멈췄다.

양천의가 두 손을 탈탈 털며 코웃음을 쳤다.

"별것도 아닌 녀석이 쥐새끼처럼 사람 속을 썩이다니."

"어떻게 한 겁니까?"

그때 수하 한 명이 다가와 물었다. 그에 양천의가 심드렁한 표정을 지었다.

"뭐가?"

"어떻게 저자의 기척을 찾아내신 겁니까? 환술로 자신의 모습을 완전히 감췄는데요."

"몰라. 그냥 보이던데."

"그게 보였단 말이에요?"

양천의의 심드렁한 대답에 북풍대원이 어이없다는 표정을 지었다. 자신들의 눈에는 낙무주가 전혀 보이지 않았다. 그런데 양천의의 눈에는 똑똑히 보였다니 왠지 손해를 본 느낌이었다.

양천의가 흰 이를 드러내며 웃었다.

"우하하! 내가 괜히 부대주인 줄 아냐? 다 그 만한 능력이 있어서 그런 거야."

"젠장!"

북풍대원이 투덜거리면서 고개를 흔들었다.

'대주에게 나도 그런 무공을 알려달라고 해야지.'

그렇게 북풍대원이 투덜거리고 있을 때 장내는 거의 정리가 되어가고 있었다. 기환문도가 유지하고 있던 십리환영무혼진이 무너지면서 마을의 실체가 서서히 드러났다.

"대로변에 있던 건물만 실제였지, 나머지는 모두 환술에 불과했던가?"

북풍대원들은 드러난 마을의 실체에 놀라지 않을 수 없었다. 환술로 이 커다란 마을을 만들어낼 수 있단 사실이 그저 놀랍기만 했다.

그렇게 북풍대는 십리환영무혼진을 철저하게 깨부쉈다. 하지만 진을 깨부쉈어도 그들의 표정은 전혀 밝아지지 않았다. 시야를 가리던 환술이 깨어진 후 주변의 상황이 적나라하게 드러났기 때문이다.

"이것은……."

북풍대의 얼굴이 딱딱하게 굳어갔다. 혼자서 앙천광소를 터트리던 양천의의 표정 역시 석고를 씌어놓은 것처럼 경직되었다.

이제까지 그들이 상대한 적과는 비할 수 없을 정도로 엄청난 수의 무인들이 마을 밖에 도열해 있었다. 눈에 보이는 모든 것이 사람이었다.

북풍대가 그토록 치열한 접전을 벌이는 동안 마을 밖에는 엄청난 수의 무인들이 모여들었던 것이다. 아무리 적게 잡아도 최소 수천 이상의 무인들이 거대한 인의 장막을 형성한 채 북풍대를 노려보고 있었다.

십리환영무혼진은 북풍대의 발길을 붙잡기 위한 눈속임에 불과했다. 북풍대가 십리환영무혼진을 상대로 힘과 시간을 소비하는 동안 십이사조가 동원한 무인들은 속속 이곳으로 모여들었다. 그 결과가 눈에 보이는 대로였다.

"으음! 함정에 빠진 것인가?"

검운영이 나직한 목소리로 중얼거렸다.

상대의 수는 수천 명이 넘었다. 제아무리 북풍대가 강력한 무력집단이라고 하지만, 이렇듯 한꺼번에 수천 명이 넘는 무인들을 상대하는 것은 쉽지 않은 일이었다.

"후후후! 너희들의 무력은 잘 구경했다. 이번에는 우리 차례인 것 같군."

북풍대를 포위한 수많은 무인들 속에서 한 남자가 걸어 나왔다. 음산한 웃음을 흘리며 나오는 남자는 십일사조 적일사였다.

적일사의 등장에 북풍대가 긴장했다. 그의 정체를 알지는 못했지만, 몸에서 흘러나오는 가공할 기도만으로도 그가 십이사조의 일원임을 짐작한 것이다.

북풍대를 헤치고 철군패가 앞으로 나섰다.

마침내 철군패와 조우하게 된 적일사의 얼굴에 흥분의 빛이 떠올랐다.

"네놈이군. 감히 십이사조를 멸하겠다는 헛소리를 한 녀석이. 네놈 스스로 멸제라고 했던가? 오만이 하늘을 찌르는 녀석이구나."

"왜 못할 것 같은가? 나는 반드시 십이사조를 멸할 것이다."

"뚫린 입이라고 못하는 소리가 없구나. 네놈이 영원히 헛소리를 하지 못하게 만들겠다."

"혼자서는 나설 용기가 없어 이 많은 이들을 동원한 것인가? 역시 십이사조는 대단하군.”

“흐흐! 그런 격장지계를 써도 소용없다. 이들은 모두 우리의 영향력 하에 있는 문파들의 무인들이다. 이들을 모두 상대한 후에도 그런 소리를 할 수 있을지 기대되는군.”

“당신만큼은 반드시 내 손으로 죽여주지. 감히 내 앞에 그렇게 나선 것을 후회하게 될 것이다.”

“놈!”

철군패의 말에 적일산의 얼굴이 흉측하게 일그러졌다. 이 지경이 되고서도 광오하기 그지없는 철군패의 태도에 자존심이 상했다.

그가 외쳤다.

“쳐랏!”

수천 명의 무인들이 일제히 움직이기 시작했다. 대지가 울리고, 대기가 요동치기 시작했다.

처척!

삼백 명의 북풍대원들이 일제히 무기를 꺼내들었다. 어떤 이들은 창을, 어떤 이들은 환도를 꺼내 쥐었다. 그들의 얼굴에 긴장의 빛이 떠올라 있었다.

이제까지와는 비교조차 할 수 없는 엄청난 전투가 시작되려 하고 있었다. 그들을 향해 끝이 보이지 않는 적들이 몰려오고 있었다.

그 순간 철군패가 선두로 나섰다.

철군패의 거대한 등이 마치 산맥처럼 우뚝 솟아올라 있었다.

"훗!"

철군패의 나직한 웃음소리가 그들의 가슴을 온통 뒤흔들고 말았다. 이런 상황에서도 웃을 수 있는 그의 배짱이 부럽다고나 할까?

"훗!"

"후후!"

북풍대원들이 하나둘 그를 따라 웃기 시작했다. 웃음은 곧 북풍대 전체로 번져나갔다.

"쳇! 재수 없는 놈."

투덜거리는 양천의의 얼굴에도 어느새 한 가닥 미소가 떠올라 있었다.

철군패의 나직한 음성이 전장에 울려 퍼졌다.

"가자."

그의 말이 북풍대를 움직였다.

*　　*　　*

콰콰콰!

마치 해일이 갈라지듯 북풍대는 끝없이 몰려오는 적들 속으로 돌진해갔다. 무기와 무기가 부딪치고, 육장과 육장이 격돌했다. 말발굽이 살아있는 육신을 잔인하게 짓밟았고, 흐른 피가 고여 웅덩이를 이뤘다.

피가 튀고, 처절한 비명소리가 어둠을 찢었다. 적들은 천라지망으로 포위한 채 압박해왔고, 북풍대는 그들의 일각을 뚫고 전진을 하려 하고 있었다.

막으려는 자들과 뚫으려는 자들.

지배하려는 자들과 지배를 거부하는 자들의 싸움이었다.

히힝!

말들의 거친 울음소리가 전장에 울려 퍼졌다. 말들 역시 주인들의 투혼에 전염된 듯 평소보다 더욱 거칠게 몸을 놀리고 있었다.

육중한 말들의 동체는 엄청난 박력을 뿜어내며 가로막는 적들을 압박했다. 북풍대와 전마는 혼연일체가 되어 거친 파도를 헤쳐 나갔다. 그 선두에 철군패가 있었다.

북풍대의 정점에 있는 남자. 그는 결코 자신을 향해 밀려오는 적을 피하지 않았다. 일격포가 연신 터지면서 달려들던 적들이 어육이 되어 튕겨나갔다. 그의 앞으로 길이 열렸다. 열린 길로 화왕의 육중한 동체가 튀어나갔다. 그 뒤를 삼백 마리의 전마가 따랐다.

두두두!

마침내 천라지망을 펼쳤던 무인들의 저지선이 조금씩 뚫리기 시작했다. 그것은 실로 장관이었다. 수천 명 무인들이 만들어낸 벽이 겨우 삼백 명의 북풍대에 의해서 붕괴되기 시작한 것이다.

 상황이 이렇게 되자 다급해진 것은 북풍대를 저지하는 측이었다. 그들 역시 기병의 무서움을 알고 있었다. 북풍대가 일단 천라지망을 돌파하면서 운신의 자유를 되찾게 되면 얼마나 위력이 극대화되는지 알고 있기 때문에 그들 역시 필사적이었다.

 "막아. 반드시 막아야 한다."

 "이곳으로 전력을 더욱 집중시켜라. 궁수들은 무얼 하고 있느냐? 놈들을 향해 활을 쏘지 않고."

 "하지만 우리 측 무인들과 한데 엉켜 있어 화살을 쏘면 아군 역시 피해를 입을 겁니다."

 "상관없다. 어떤 희생을 치러서라도 놈들을 저지해라."

 북풍대를 저지하려는 측에서 고성이 오갔다.

 "대단한 놈들이구나. 겨우 삼백 명으로 저 정도의 위력을 발휘하다니."

 인근의 높이 솟은 바위에서 전장을 바라보던 적일사는 감탄을 금치 못했다. 비록 적이었지만, 북풍대의 위력은 그조차 인정하지 않을 수 없을 정도로 엄청난 것이었다.

 "저 정도의 전력이라면 능히 천하를 노릴 수 있겠구나. 만약 놈들이 이 이상 성장한다면 어떤 문파나 무인도 저들을 제어할 수 없을 것이다."

 적일사는 오늘 이 자리에서 반드시 북풍대를 없애겠다고 맹세했다. 오늘 기회를 놓치면 언제 또다시 이런 기회를 얻게 될

지 몰랐다.

"아무리 놈들이 강하다 할지라도 오늘 이 자리를 벗어날 수는 없을 것이다. 일대에 펼쳐진 천라지망은 감히 일개 단체가 어찌할 수 있는 것이 아니니까."

일대에 존재하는 모든 문파들을 십이사조의 이름으로 동원했다. 그렇게 동원된 인원만 무려 이천 명이었다. 새외 역사상 한 단체를 없애기 위해 이토록 많은 인원이 동원된 적은 일찍이 존재하지 않았다. 아마 이후에도 이 정도의 인원이 동원될 일 또한 두 번 다시 없을 것이다.

쿠쿠쿠!

북풍대의 선두에서 철군패가 가공할 위력을 발휘하고 있었다. 그의 거대한 주먹이 휘둘러질 때마다 어김없이 달려들던 무인들이 형체도 알아보기 힘들 정도로 박살나고 있었다.

적일사의 시선은 철군패가 타고 있는 거대한 말에 고정되어 있었다. 그는 한눈에 화왕이 화안포라는 사실을 알아보았다.

"화안포는 제왕의 말. 저 녀석에게는 어울리지 않는다. 화안포는 나에게 어울린다."

그의 눈에 탐욕의 빛이 짙게 어렸다.

그가 바닥에 놓여 있던 무언가를 들었다. 그것은 거대한 활이었다. 신기궁의 궁주인 묵천호의 창영궁보다도 배는 큼직한 활의 이름은 낙일궁(落日弓)이었다.

하늘의 태양조차 떨어트린다는 이름의 이 거대한 궁은 대사조 신도제원이 적일사에게 내린 천고의 기물이었다. 낙일궁 하나로 적일사는 십이사조의 반열에 올랐다.

그가 살기를 품는 순간 상대는 이미 죽은 목숨이었다.

오백 장 밖에서 저격하는 그의 가공할 궁술은 알고서도 막을 수 없을 정도로 빠르고 정확했다. 그래서 다른 십이사조들은 그를 이렇게 불렀다.

일시일사(一矢一死) 추혼령(追魂靈)이라고.

그가 특별히 주조한 화살을 꺼내들었다. 금빛으로 빛나는 노란 몸체에 어울리지 않게 요사스런 붉은 기운을 흘리는 녀석.

"사아(死牙), 일명 죽음의 어금니라고 불리는 이 녀석의 활촉은 매우 특별한 금속으로 만들어졌지."

적일사의 얼굴에 한줄기 미소가 떠올랐다.

전설에서나 나올 법 하지만, 매우 특별한 이름을 가진 금속이 존재한다. 절대고수를 죽이기 위해 신이 이 세상에 내놓았다는 아주 특별한 금속.

이른바 금장혈괴(金仗血塊)라 불리는 신의 금속.

사아의 화살촉은 바로 금장혈괴로 만든 것이었다.

이제까지 사아가 쏘아진 적은 몇 번 없었다. 하지만 사아가 죽음의 어금니를 드러낼 때마다 절대고수 한 명이 반드시 목숨을 잃었다.

이번에는 철군패 차례였다.

사실 따지고 보면 수많은 고수들을 동원해 이토록 요란하게 천라지망을 펼친 것도 철군패의 저격을 용이하게 만들기 위함이었다.

지금 철군패는 수많은 적들을 상대하느라 적일사에 대한 경계심이 흐트러진 상태였다. 한마디로 저격하기에 이보다 최적의 상황은 없었다.

"후!"

적일사가 호흡을 가다듬으며 사아를 시위에 걸었다. 손안에 착 감기는 느낌이 무척이나 좋았다. 오늘도 그의 낙일궁은 기대를 배신하지 않을 것이다.

우웅!

시위를 당기자 낙일궁에서 희미한 진동이 느껴졌다.

적일사는 호흡을 고르며 내공을 운용했다. 그의 독문심법인 오혈심안공(五血心眼功)이 운용되자 낙일궁에 아지랑이가 피어올랐다. 희미하던 아지랑이는 점차 형체를 갖추더니 곧 거대한 활 모양이 되었다.

궁강(弓罡)이었다. 검강이나 도강보다 훨씬 성취하기 어렵다는 궁강이 그의 화살에 서리고 있었다.

금장혈괴는 그의 공력을 견딜 수 있는 몇 안 되는 금속 중의 하나였다.

적일사의 눈과 화살, 그리고 철군패가 일직선이 되었다.

그 순간 모든 시간이 멈춘 듯했다.

아직까지 철군패는 적일사가 자신을 노리고 있는지 알지 못하는 듯했다.

"잘 가라. 어리석은 자여."

핑!

그 순간 적일사가 시위를 놓았다.

날카로운 소리와 함께 사아가 시위를 떠나 철군패의 가슴을 향해 날아갔다.

무언가 이상한 기척을 느낀 철군패가 고개를 들었을 때는 이미 사아가 그의 가슴부근까지 도달한 뒤였다.

인간의 감각으로는 결코 감지할 수도, 막아낼 수도 없는 사아였다. 사아는 그대로 철군패의 가슴에 직격했다.

퍼억!

소성과 함께 철군패가 비명도 지르지 못하고 뒤로 나가떨어졌다.

"대주."

근처에 있던 북풍대의 당혹한 음성이 울려 퍼졌다. 철군패는 순식간에 북풍대에 에워싸였다. 그 때문에 더 이상 그의 상태를 볼 수는 없었다. 하지만 적일사는 그가 죽었을 거라고 생각했다. 분명 자신의 눈으로 사아가 그의 가슴에 박히던 광경을 보았기 때문이다.

"끝이다."

적일사의 입가에 득의의 웃음이 떠올랐다.

　다른 사조들이 그토록 꺼려하고, 두려워하던 멸제를 자신의 손으로 죽이는 순간이었다.

　"으하하! 멸제도 별게 아니구나. 네 녀석이 타던 말은 내가 아주 잘 타겠다."

　그가 광소를 터트릴 때였다.

　쐐액!

　갑자기 날카로운 파공성과 함께 불길한 기척이 적일사를 향해 다가왔다.

　"뭐냐?"

　적일사가 급히 뒤로 물러나며 허공을 바라봤다. 그러자 급속도로 확대되어 보이는 창의 모습이 보였다. 창은 정확히 그의 가슴을 노리고 날아오고 있었다.

　피할 여유가 없었다. 적일사는 내공을 주입해 낙일궁을 휘둘렀다.

　까앙!

　"크윽!"

　손아귀를 타고 올라오는 엄청난 충격에 적일사가 자신도 모르게 신음성을 흘렸다. 어찌나 충격이 강했던지 아직도 낙일궁이 떨리고 있었다.

　창은 두 동강이 나서 바닥에 떨어져 있었다. 평범한 창을 던져 이 정도의 충격을 줄 수 있다는 것은 적일사의 상식으로는 불가능했다. 하지만 불가능을 가능으로 바꾼 존재가 있었다.

창이 날아오던 방향을 바라보던 적일사의 눈동자가 흔들렸다.

북풍대원들에게 둘러싸인 채 그가 서 있었다. 주위의 인물들보다 최소한 머리 두 개는 더 큰 거한이 무서운 눈으로 그를 노려보고 있었다. 방금 전 창은 철군패가 던진 것이다. 그의 몸짓, 눈빛만 봐도 그 사실을 알 수 있었다.

최소 오백 장의 거리가 존재했지만, 그의 무서운 눈빛이 느껴졌다. 적일사는 등줄기를 타고 한 줄기 식은땀이 흘러내리는 것을 느꼈다.

"어떻게 멀쩡할 수 있단 말인가? 어떻게 나의 기척을 눈치챌 수 있단 말인가?"

그는 도저히 지금의 상황이 이해가 되지 않았다. 철군패가 어떻게 자신의 저격에도 무사할 수 있었는지 알아내지 못한다면 죽어도 눈을 못 감을 것 같았다.

그의 얼굴이 흉측하게 일그러졌다.

"놈!"

그가 바위를 뛰어내려 철군패가 있는 방향으로 질주하기 시작했다. 어느새 그의 낙일궁에는 세 대의 화살이 걸려 있었다.

그 순간 철군패도 화왕 위에 올라타 있었다.

그가 적일사를 향해 화왕을 폭풍처럼 몰았다. 북풍대와 그 사이의 거리가 급격히 멀어졌다.

"대주."

등 뒤에서 북풍대원들이 불렀지만 그는 들은 척도 하지 않았다. 그는 적일사를 향해 최단거리로 질주했다.

그 순간 적일사가 시위를 놓았다.

쉬쉬쉭!

세 대의 화살이 연달아 철군패를 향해 날아왔다. 시간차를 두고 날아오는 세 대의 화살은 철군패가 피할 방위마저 미리 점하고 있었다.

적일사는 이 한 수로 철군패를 죽이지는 못해도, 운신하기 힘들 정도의 상처는 줄 수 있을 거라 생각했다. 하지만 다음 순간, 눈앞에서 그의 상식이 철저하게 깨져나갔다.

우웅!

철군패의 몸이 부르르 떨리는가 싶더니 갑자기 화살이 산산이 부서지며 튕겨져 나갔다.

적일산의 눈이 경악으로 찢어질 듯 크게 떠졌다.

그는 자신이 본 것이 착각이 아닌가 싶어 다시 한 번 철군패를 바라봤지만, 그가 본 것은 결코 착각도, 헛것도 아니었다.

그가 잠시 멈칫하는 사이 철군패와 그 사이의 거리는 급격히 좁아졌다. 화왕은 무서운 속도로 그를 향해 질주해오고 있었다. 엄청난 덩치의 화왕이 그렇게 질주를 하자 더 이상 누구도 막아서지 못했다. 지금 화왕을 막는 것은 맨몸으로 산에서 굴러오는 바위를 막아서는 것과 같은 것이란 사실을 무인들이 깨달은 것이다.

"놈!"

당황하긴 했지만 적일사도 물러서지 않았다.

그가 제이, 제삼의 공격을 연이어 철군패에게 날렸다. 그때마다 은색 실선이 허공을 수놓았다. 은색 실선이 향한 곳은 바로 철군패의 거대한 동체였다. 너무 커서 오히려 맞추지 못하는 것이 이상할 정도였다. 그런데도 적일사는 자신의 공격이 그를 맞출 거라고 자신하지 못했다.

불과 방금 전까지만 해도 그는 스스로를 천하제일의 궁수라고 자부했지만, 지금 이 순간만큼은 그런 자부심을 가질 수 없었다. 벌써 몇 번이나 그의 화살이 철군패를 맞추지 못했기 때문이다.

'저 기묘한 진동 때문이다. 그의 몸에서 일어나는 기묘한 진동이 나의 화살들을 무력화시키고 있다.'

적일사는 알지 못했다. 지금 철군패가 천공패라는 천고의 방어기공을 펼치고 있음을. 초진동으로 흔들리는 그의 육체는 그 어떤 가공할 신병이기라도 튕겨낼 준비가 되어 있음을.

사실 첫 번째 공격은 정말로 위험했다. 만일 천공패를 운용하는 것이 조금만 늦었다면, 그리고 몸을 뒤로 젖히는 것이 조금이라도 늦었다면, 그는 지금쯤 이 세상 사람이 아니었을 것이다.

그의 가슴에서는 붉은 선혈이 흘러나오고 있었다. 천공패를 운용했음에도 가슴에 상처를 입고 만 것이다. 하지만 그는 지혈을 하는 대신 공격을 택했다.

　적일사의 궁술은 그야말로 가공했다. 지금 당장은 자신에게 집중되어 있기에 망정이지, 그렇지 않고 북풍대를 향한다면 엄청난 피해를 입고 말 것이다.

　현시점에서 가장 큰 위험요인은 적일사였다. 원거리에서 저격할 수 있는 그의 능력은 이런 난전에서 가장 크게 위력을 발휘했다. 그 때문에 철군패가 위험을 무릅쓰고 뛰어나온 것이다.

　철군패가 화왕 위에서 허리를 숙이며 손을 뻗자 서너 자루의 창이 한꺼번에 잡혔다. 철군패는 창을 잡기 무섭게 적일사를 향해 날렸다. 그의 손을 떠난 창은 무서운 기세로 적일사에게 날아갔다.

　퍼벅!

　그러나 창이 채 반도 날아가기 전에 적일사에 의해 저격당해 부서졌다. 하지만 철군패는 포기하지 않고 연이어 창을 던졌다.

　퍼버벅!

　허공에서 창이 부서지며 나무 파편이 사방으로 비산했다. 흩날리는 파편 사이로 또다시 시위를 당기는 적일사의 모습이 보였다. 그때는 이미 철군패와 적일사의 거리가 삼십여 장으로 좁혀진 후였다.

　그들과 같은 수준의 고수에게는 의미가 없는 거리였다. 한 호흡만으로도 서로에게 치명상을 입힐 수 있는 거리. 적일사의 심장이 미친 듯이 두근거렸다.

그는 본능적으로 이 한 방으로 승부의 향방이 갈릴 것을 알았다. 그는 남아 있는 전 공력을 화살에 집중시켰다.

부르르!

시위가 금방이라도 끊어질 듯 팽팽하게 당겨졌다.

철군패와 그의 시선이 허공에서 마주쳤다.

"죽어랏! 괴물 같은 놈."

슈욱!

화살이 그의 손을 떠났다.

커다란 궤적을 그리며 날아가는 화살에는 이기어시(以氣馭矢)의 묘리가 담겨 있었다. 적일사는 이번에는 좀 전처럼 그렇게 허무하게 막히지 않을 거라고 자신했다.

화살촉에는 궁강이 서려 있는데다 이기어시의 묘리를 담고 쏘아진 화살. 철군패도 이번만큼은 아까처럼 경시하지 못했다.

철군패가 화왕에 올라탄 채 파멸력을 운용했다.

우웅!

순식간에 그의 신체 내부의 혈도를 타고 가속한 기운이 파멸력을 토해냈다.

"챠핫!"

철군패가 외침과 함께 거대한 주먹을 내질렀다. 파멸력을 운용한 일격포였다.

쿠콰콰!

일격포와 화살이 허공에서 격돌했다.

격렬하게 회전을 하며 앞을 가로막은 거대한 기운을 뚫으려고 하는 화살. 그러나 강물을 거슬러 오르는 연어처럼 격렬하게 회전을 하며 날아오던 화살은 철군패 지척에서 힘을 잃고 산산이 부서지고 말았다. 파멸력이 적일사의 궁강을 압도한 것이다.

적일사의 눈이 크게 떠졌다. 설마 자신의 모든 것이 담긴 일시가 이토록 허무하게 막힐 줄 몰랐기에 충격은 더욱 컸다.

적일사가 그렇게 잠시 멈칫하는 사이 철군패는 그의 지척까지 다가왔다. 적일사가 그 사실을 퍼뜩 깨달았을 때는 이미 철군패의 커다란 주먹이 날아오고 있었다.

적일사는 망설일 틈도 없이 낙일궁을 들어 철군패의 주먹을 막았다.

콰앙!

"크윽!"

적일사의 몸이 크게 흔들렸다. 막대한 충격에 내부가 온통 뒤틀리고 말았다. 그러나 아직 철군패의 공격은 끝이 아니었다. 화왕을 박차고 허공으로 떠오른 그의 몸이 지옥의 수레바퀴처럼 회전을 하기 시작했다.

주먹을 시작으로 팔꿈치, 등, 어깨, 가슴, 그리고 다시 주먹으로 이어지는 일련의 연환공격에 적일사는 반격의 기회조차 변변히 잡지 못하고 뒤로 물러났다.

죽음의 수레바퀴 멸옥쇄(滅獄碎)였다. 멸옥쇄에 적일사의 팔과 어깨, 가슴이 격중당하며 그의 몸 내부에서 무언가 부서지는 소리가 들렸다.

지독한 고통에 정신이 다 아득해져왔다. 그런 그의 눈에 철군패의 몸이 활처럼 휘는 것이 보였다. 극성의 일격포였지만, 적일사는 그런 사실을 알지 못했다.

쾅!

적일사의 몸이 뒤로 훌훌 날아갔다.

낙일궁은 산산이 부서져 있었고, 그의 몸은 막대한 압력과 충격을 견디지 못해 전신의 뼈가 산산이 부서져 있었다.

"크헉!"

거칠게 바닥에 구른 낙일사가 죽은피를 토해냈다.

쿵!

그제야 철군패가 바닥에 내려섰다.

그 모습을 보면서도 적일사는 움직이지 못했다. 이미 몸 안의 뼈란 뼈는 다 부서져 더 이상 움직일 기력도 없었다.

쓰러져있는 적일사를 곁에 두고 철군패가 고개를 들었다. 그의 시선이 적일사가 은신해 있던 바위에서 그리 멀지 않은 언덕으로 향했다.

강렬한 시선이 느껴지고 있었다.

적일사만큼이나, 아니 그보다 더욱 강렬한 시선 여럿이 철군패를 보고 있었다. 철군패는 시선들의 주인이 다른 십이사 조임을 알고 있었다.

철군패가 거대한 다리를 들었다. 그의 발밑에 적일사의 얼굴과 몸통이 있었다. 철군패가 그대로 다리를 내리 꽂았다.

콰직!

전율스런 느낌과 함께 발밑에서 무언가 부서지는 소리가 들렸다.

그의 발밑으로 붉은 선혈이 넓게 흘러나와 웅덩이를 이뤘다.

"거봐! 후회하게 될 거라고 했잖아."

*　　*　　*

"으음!"

경율진은 가슴 한켠이 절로 서늘해지는 것을 느꼈다.

철군패의 철안은 분명히 그와 나머지 사조들이 있는 곳을 정확히 보고 있었다. 그토록 먼 거리에서도 철군패는 십이사조의 기척을 감지하고 견제하고 있는 것이다.

경율진은 적인사가 철군패를 저격하는 것을 말리지 않았다. 죽이지는 못하더라도 최소한 그가 상처 입는 일 따윈 없을 거라고 생각했기 때문이다. 하지만 그런 그의 예상을 뒤엎고 경율진은 목숨을 잃었다. 그리고 치명상을 입거나 죽을 거라고 생각했던 철군패는 철 기둥처럼 우뚝 서서 그들을 노려보고 있었다.

"저놈!"

"그래도 금장혈괴로 만든 화살촉에 당했으니 그리 오래 버티지는 못할 겁니다."

신이 절대고수를 사냥하기 위해 내렸다는 전설이 있는 금장혈괴였다. 일단 금장혈괴에 당한 이상 상처는 계속 악화될 수밖에 없었다.

그러나 다음 순간 사조들의 얼굴에 곤혹스러운 표정이 떠올랐다.

스걱!

저 멀리서 철군패가 소도로 자신의 살덩이를 베어내고 있었다. 금장혈괴에 당한 그 부분이었다. 스스로 상처 주위의 살점을 베어내어 괴사의 진행을 멈춘 것이다. 한 치의 망설임도 없는 단호한 그의 모습에 사조들은 할 말을 잃고 말았다.

경율진의 얼굴이 철갑을 씌운 듯 딱딱하게 굳었다.

"반드시 놈을 죽여야 한다. 저런 놈은 한번 맺은 은원을 결코 잊지 않는다. 오늘 놈을 죽이지 못한다면 두고두고 후환이 될 것이다. 어떤 희생을 치르더라도 이곳을 놈의 무덤으로 만들어야 한다."

사조들이 고개를 끄덕여 그의 말에 동의했다.

철군패는 수십 년 이래 처음으로 그들의 가슴을 서늘하게 만든 자였다. 거대한 몸집에서 뿜어져 나오는 엄청난 박력하며, 잔혹한 손속, 그리고 필요하면 자신의 몸을 스스로 포기하는 과단성까지 어느 것 하나 모자람이 없었다. 적으로 삼지 않았다면 모르지만, 일단 적으로 삼은 이상 무슨 수를 써서라도 제거해야 했다. 그렇지 않으면 앞으로 십이사조의 앞날은 존재하지 않을 거란 위기감이 강하게 들었다.

더구나 그를 따르는 북풍대의 위용은 어떠한가? 겨우 삼백 명으로 이천 명에 이르는 무인들의 인해전술을 훌륭히 막아내고, 오히려 반격을 하고 있었다.

마치 한 몸이라도 된 것처럼 삼백 명이 펼치는 백병도는 단순하지만, 매우 훌륭한 살상력을 자랑하고 있었다. 그들은 톱니바퀴처럼 돌아가며 서로의 약점을 보완하고, 공격력을 극대화시키고 있었다. 철군패만큼이나 압도적인 모습을 보이는 북풍대의 모습은 확실히 보는 사람을 질리게 하는 면이 있었다.

철군패나 북풍대나 오늘 제거하지 못하면 두고두고 후환이 될 자들이었다.

"백련귀."

"예! 주군."

"광혈마인은?"

"대기시켜 두고 있습니다."

"그들을 동원하라."

"예! 알겠습니다."

백련귀가 고개 숙여 대답했다. 고개를 숙인 그의 얼굴이 부들부들 떨리고 있었다.

혈뢰사원에서 제조법을 얻은 광혈마인은 확실히 무적의 병기였다. 하지만 폭주하는 경향이 있어 아직까지 제어가 불완전했다. 그렇기에 시간을 두고 보완을 해야 했다. 경율진이 그 사실을 모를 리 없을 텐데도 광혈마인을 동원한다는 것은 그만큼 상황이 좋지 않다는 뜻이나 마찬가지였다.

광혈마인은 경율진이 준비한 최후의 보루였다. 원래 그들은 이천 명의 무인들이라면 철군패와 북풍대를 세상에서 완전히 지울 수 있을 거라 자신했다. 하지만 돌아가는 상황을 보니 이천 명으로는 부족했다. 이천 명은 결코 작은 숫자가 아니었지만, 최소한 철군패와 북풍대에겐 그다지 많은 숫자가 아니었다.

백련귀가 하나 남은 팔을 들었다. 그러자 곳곳에서 괴인들이 몸을 일으켰다. 그 수가 무려 스무 명에 이르렀다. 혈뢰사원에서 제조법을 얻은 이후 그들이 제조한 광혈마인이었다.

백련귀가 외쳤다.

"놈들을 세상에서 지우거라."

크워어어!

그의 말이 끝나기도 전에 광혈마인들이 포효성을 터트리며 무서운 속도로 산을 내달리기 시작했다. 마치 짐승처럼 두발로, 혹은 네발로 대지를 박차고 내달리는 그들의 모습은 전율적인 박력을 자아냈다.

양천의와 검운영이 그 광경을 봤다.

무서운 기세로 짓쳐오는 광혈마인의 엄청난 박력이 멀리서도 똑똑히 느껴졌다.

양천의가 투덜거리듯 말했다.

“저것은 또 뭐야? 젠장 이젠 네 발로 달리는 것까지 나오네.”

“형님?”

“알아! 저 짐승들이 장난이 아니란 사실 정도는 말이야.”

양천의가 북풍대를 바라보며 소리쳤다.

“전군 밀집대형을 취하라.”

“밀집대형을 취한다.”

그의 말이 끝나기 무섭게 북풍대가 말의 안장에 걸려 있던 방패를 들었다.

그 순간 광혈마인이 그들과 격돌했다.

쿠와아앙!

대지를 울리는 굉음이 멀리멀리 퍼져나갔다.

“크으윽!”

“아악! 귀가…….”

그 굉음에 근처에 있던 무인들이 귀를 붙잡고 비틀거렸다. 엄청난 충격파에 그들의 고막이 터져나간 것이다. 그들의 귀에서는 한 줄기 선혈이 흘러나오고 있었다.

“이런 괴물 같은…….”

광혈마인과 격돌했던 북풍대원들이 한껏 우그러진 방패를 보며 어이없다는 표정을 지었다. 어깨와 몸이 시큰거리는 것이 마치 맨몸으로 바위와 부딪친 것 같았다. 그나마 삼백 명이 밀집대형을 이뤄 서로의 몸을 받쳐줘 충격을 분산시키지 않았다면 큰일이 났을지도 몰랐다. 그만큼 그들이 느낀 충격은 결코 적은 것이 아니었다.

"어디서 이런 인간 같지 않은 것들이……."

양천의는 한눈에 광혈마인이 정상적인 인간이 아니란 사실을 알아봤다. 비정상적으로 발달한 근육과 초점이 잡히지 않는 눈이 그 사실을 증명해주고 있었다.

광혈마인 중 열 명은 북풍대를, 나머지 열 명은 철군패를 에워쌌다. 다시 그들을 이천 명의 무인들이 포위를 하고 있었다. 그야말로 첩첩산중 적으로 둘러싸인 형국이었다.

검운영은 본능적으로 광혈마인을 쓰러트리지 않고는 더 이상 전진할 수 없다는 사실을 깨달았다. 그 정도로 광혈마인의 몸에서 느껴지는 기세는 엄청났다.

"형님, 느껴지는 기세가 보통이 아닙니다."

"흐흐! 그래봤자, 피와 살로 이뤄졌을 터. 쪼개면 잘라지겠지."

양천의가 대부를 휘두르며 일부러 아무렇지 않게 대답했다. 철군패가 따로 떨어져나간 이상 북풍대의 수장은 그였다. 그가 약한 모습을 보이면 북풍대의 사기가 떨어졌다. 그는 일부러라도 강한 모습을 보일 필요가 있었다.

크르르!

광혈마인이 짐승의 울음소리를 흘리며 다시 다가왔다. 그들은 마치 육식동물이 먹이를 사냥하듯 엄청난 살기를 흘리고 있었다. 하지만 북풍대는 결코 기죽지 않았다.

"이런 멍멍이 뒷다리 같은 새끼들이 어디서 살기를 흘리고 지랄이야."

"아주 회를 쳐주마. 되다 만 인간 같은 것들."

북풍대 역시 살기를 피워 올렸다.

평생 동안 대막의 다섯 부족을 지키기 위해 전장을 전전한 그들이었다. 내뿜는 기세나 살기는 결코 광혈마인에 못지않았다.

부웅!

양천의가 대부를 휘두르며 말을 달렸다. 그 뒤를 검운영과 북풍대가 뒤따랐다.

콰가가각!

북풍대와 광혈마인이 격돌했다. 방패가 우그러들고, 피륙이 부서지는 소리가 울려 퍼졌다. 그 섬뜩한 광경에 포위를 하고 있던 무인들이 몸을 떨었다.

"으으!"

"어디서 저런 자들이……"

광인처럼 날뛰는 광혈마인이나, 그들을 상대로 한 치도 밀리지 않고 집단전을 벌이는 북풍대나 무인들의 눈에는 모두 인간으로 보이지 않았다.

그렇게 북풍대가 광혈마인들과 치열한 접전을 벌이고 있을 때 철군패도 십여 명에 이르는 광혈마인들에 의해 포위를 당해 있었다.

크르르!

광혈마인들이 살기를 주체하지 못하고 사방으로 흩뿌리고 있었다.

"그때의 괴물들인가?"

세상에 처음 출도했을 때 이런 괴물들을 본 기억이 있었다. 혈뢰사원은 천산분원에 이런 자를 가둬놓고 있었다. 이성보단 본능이 강하고, 스스로의 살기를 주체하지 못해 정신마저 잠식당했던 괴물이.

눈앞의 괴물들은 그때 보았던 괴물들의 복제판이었다. 아니, 한 가지 다른 점이 있다면 그때의 괴물보다 조금은 더 체계적으로 사고를 한다는 것이다. 그 증거로 무작정 철군패에게 덤비지 않고 허점을 노리고 있었다.

철군패가 피식 미소를 흘렸다.

"조금은 더 발전을 한 것인가?"

그가 다시 한 번 경율진 등이 있는 곳을 바라봤다.

한편으로는 실망이었다. 그는 그래도 십이사조쯤 되면 정면으로 부딪쳐올 줄 알았다. 하지만 그들은 마치 두꺼운 껍질에 숨어있는 거북이처럼 자신들의 진체를 감춘 채 이렇게 대체물들을 내세우고 있었다.

"언제까지 남들을 앞세우고 뒤에 숨어있을 것 같은가? 내가 너희들의 진체를 끄집어내 주지."

쿵!

그가 크게 한 발을 내딛었다. 그러자 대지가 강한 진동을 일으켰다. 대지를 타고 흐르는 그의 가공할 살기에 이성이 마비된 광혈마인들이 몸을 흠칫 떨었다. 하지만 그것도 잠시, 이내 광혈마인들이 기괴한 함성을 내지르며 철군패에게 달려들었다.

광혈마인과 철군패의 경천동지할 대결은 그렇게 시작됐다.

쿠콰쾅!

마치 천둥벼락이 치는 것처럼 대지가 흔들리고, 열한 명의 신형이 얽혀들었다.

쾅!

광혈마인이 철군패의 등을 두 손으로 내리쳤다. 엄청난 충격에 철군패의 몸이 휘청거리자, 다른 광혈마인이 뒤에서 그의 몸을 감싸 안았다. 순식간에 손발의 자유를 잃은 철군패. 그 기회를 놓치지 않고 다른 광혈마인들이 철군패의 몸통을 후려쳤다.

쾅쾅!

사람을 치는데 마치 철판을 내려치는 듯한 소리가 울려 퍼졌다. 그렇게 열 명의 광혈마인들에 의해 난타를 당하던 철군패가 자신을 옭아맨 광혈마인의 팔을 두 손으로 잡고 힘을 주기 시작했다.

그그극!

그러자 엄청난 힘으로 옭죄어오던 광혈마인의 두 팔이 서서히 벌어졌다. 광혈마인은 더욱 힘을 주어 철군패를 옭죄려 했지만, 소용없었다. 철군패의 가공할 힘은 광혈마인의 그것을 능가하고 있었다.

콰드득!

철군패가 잡은 광혈마인의 팔뚝이 우그러들었다. 살점을 짓이기고, 뼈를 부러트리는 철군패의 가공할 악력에 광혈마인의 입이 떡 벌어졌다. 그리고 마침내 철군패가 자유를 찾았을 때는 광혈마인의 두 팔이 수수깡처럼 부러져나갔다.

크으으!

철군패는 양팔이 부러져 비틀거리는 광혈마인의 목덜미를 잡고 그대로 대지를 향해 내리꽂았다.

쿠와앙!

광혈마인의 뒤통수가 그대로 깨져나가며 바닥에 함몰됐다. 바닥에 꽂는 그 순간 철군패가 파멸력을 운용했기 때문이다. 하지만 그 사실을 알지 못하는 십이사조는 경악할 수밖에 없었다.

광혈마인의 육신은 금강불괴나 마찬가지였다. 어떤 무기로 상처도 낼 수 없고, 내상을 입힐 수도 없었다. 그런 광혈마인을 철군패는 너무나 손쉽게 파괴했다.

만일 철군패가 광혈마인과 상극이라는 사실을 알았다면 십이사조는 절대로 광혈마인을 동원하지 않았을 것이다.

철군패의 육신은 광혈마인보다 단단했고, 그의 힘은 광혈마인을 찢어발길 수 있을 정도로 대단했다. 지닌 바 육체적인 능력이 광혈마인을 압도하는 인간은 오직 철군패밖에 없을 것이다.

광혈마인이 다른 모두를 압도하고 능가할 수 있을지 모르지만, 단 한 명 철군패에게는 통하지 않았다. 광혈마인을 철군패에게 보낸다는 것은 지푸라기를 온몸에 매달고 불속으로 뛰어드는 것과 마찬가지였다.

콰직!

철군패의 주먹 한 방에 광혈마인의 육신이 들썩였다. 힘겹게 고개를 드는 광혈마인의 머리로 철군패의 주먹이 작렬했다.

퍼석!

마치 호박처럼 깨져나가는 광혈마인의 머리.

철군패의 팔과 몸이 광혈마인의 피로 붉게 물들었다.

광혈마인을 압도하는 광기와 살기를 발산하는 철군패. 오히려 그가 광혈마인 같았다. 상황이 이렇게 되자 오히려 광혈마인이 철군패의 살기에 겁을 집어먹고 주춤주춤 뒤로 물러났다.

씨익!

철군패가 하얀 이를 드러내며 웃었다. 그의 잇몸은 피로 붉게 물들어 있었다. 그가 웃자 오히려 공포스럽게 느껴졌다.

쿵!

그가 거칠게 앞으로 내딛었다.

극성의 만중보였다.

그의 가공할 살기가 대지를 타고 주위를 압도했다. 그의 살기에 노출된 이들이 감히 움직이지 못하고 숨만 쉬었다.

후퇴나 회피는 없었다.

오직 전진만 있을 뿐이다.

그것이 파형권을 익힌 자의 숙명이었다.

콰직!

철군패의 눈앞에서 또 한 명의 광혈마인이 부서졌다. 모래성처럼 힘없이 무너지는 광혈마인의 등 뒤로 수많은 무인들의 경악에 찬 표정이 보였다.

멸제(滅帝).

적에게 멸망의 비를 내린다는 존재.

그들은 실제로 멸제를 보고 있었다. 그 느낌은 공포 그 자체였다. 철군패의 가공할 존재감에 그들은 숨조차 제대로 쉬지 못하고 있었다.

풀썩!

마지막 광혈마인까지 쓰러졌을 때 더 이상 철군패를 막는 자는 존재하지 않았다.

길이 열리고 있었다.

길은 십이사조가 있는 곳까지 향해 있었다.

철군패는 열린 길을 따라 걸었다. 그가 지나간 자리에 핏방울이 떨어졌다. 그 모두가 그의 적의 것이었다. 일반 무인의 것도 있었고, 광혈마인의 것도 있었다. 그리고 십이사조의 것도 있었다.

그 모두의 생과 사를 주관하며 철군패가 걸음을 옮기고 있었다. 철군패의 시선을 정면으로 마주하는 자는 없었다. 그의 시선이 닿을 때마다 무인들은 분분히 고개를 돌려 감히 그와 얼굴을 마주하는 것을 피했다. 그들 모두가 철군패의 존재감에 압도당하고 만 것이다.

철군패가 고개를 들었다.

경율진의 경악에 찬 시선이 느껴졌다. 패용문과 단청윤, 그리고 염광의 떨림이 피부로 느껴지고 있었다. 그들의 감정이 여과 없이 철군패에게 전해지고 있었다.

이제 그들과 철군패 사이를 가로막을 것은 아무것도 없었다. 오직 열린 길만 존재할 뿐이다. 철군패는 열린 길을 걸어서 경율진과 사조들 앞에 섰다.

파츠츠!

불꽃이 튀는 듯했다. 그들이 강렬한 시선으로 서로를 노려봤다. 철군패를 노려보는 경율진의 시선에는 노기와 당혹스러움이 공존하고 있었다.

경율진은 오늘을 위해 자신이 움직일 수 있는 모든 것을 동원했다. 그가 동원한 물량은 분명 북풍대를 압도했다. 천하의 어떤 무인일지라도 이 정도의 인원과 전력을 동원했으면 흔들리고, 무너졌어야 했다. 그런데도 철군패는 오히려 건재했다. 아니, 싸우면 싸울수록, 적이 많으면 많을수록 그는 강해지는 것 같았다.

그 한 명에 의해 십이사조의 아성이 송두리째 흔들리고 있었다. 경율진은 도저히 지금의 상황을 믿을 수 없었다. 하지만 그가 보고 있는 광경은 모두 현실이었다. 그리고 지금 철군패가 그의 눈앞에 서 있었다.

"놈!"

"당신이 신도제원인가?"

경율진이 대답 없이 철군패를 노려봤다. 그러자 철군패가 고개를 저으며 말했다.

"아니군."

"왜 그렇게 생각하느냐?"

"당신은 지배자의 그릇이 못 돼. 만일 당신이 진짜 신도제원이었다면 이런 조잡한 수는 동원하지 않았을 거야."

철군패의 아무렇지 않은 말에 경율진의 얼굴이 일그러졌다. 철군패의 말은 비수가 되어 그의 열등감을 사정없이 쑤셔댔다.

철군패의 말에 경율진이 노성을 내질렀다.

"네놈이 무엇을 안다고 그런 소리를 하는 것이냐?"

"말했잖아. 당신은 지배자의 그릇이 못 된다고."

"노옴!"

경율진의 어깨가 부르르 떨렸다.

그 모습을 보면서도 철군패의 눈빛은 흔들리지 않았다. 그는 이미 경율진이 신도제원이 아님을 확신하고 있었다.

십이사조를 탄생시키고 키워낸 이가 신도제원이었다. 오랜

세월을 두고 자신의 계획을 실현시켜온 자가 진행한 일이라고
보기엔 오늘의 일은 너무나 허술했다. 단순한 물량공세, 그 이
상도, 이하도 아니었다. 신도제원이라는 거대한 인물이 펼치
는 작전이라고 보기에는 여러모로 조잡했다.

"당신은 누군가?"

"내 이름은 경율진. 이사조가 바로 나다."

"그렇군. 그럼 저들 역시 사조들이겠군."

철군패의 시선이 경율진의 뒤쪽에 서 있는 패용문과 단청
윤, 염광을 바라보았다. 비록 대답이 없었지만, 부정하지 않는
그들의 태도로 자신의 생각이 맞았음을 확신할 수 있었다.

그의 손에 이미 죽은 적인사를 비롯해 십이사조의 네 명이
동원됐다. 그 모두가 자신 때문이란 사실은 두말할 나위가 없
었다.

"과연 스스로 멸제라 자부할 만하구나. 하지만 네놈은 커다
란 실수를 했다."

철군패의 시선이 패용문을 향했다. 그러자 패용문이 누런
이를 드러내며 말을 이었다.

"네놈의 손에 다른 사조들이 죽은 것은 인정하지만, 우리는
그들과 질적으로 다르다. 네놈의 잘못은 감히 우리 앞에 혼자
섰다는 것이다."

"다른 이들도 그러더군."

"뭣이?"

"하지만 그들은 모두 내 손에 죽었어. 당신들은 조금 달랐으면 좋겠군."

철군패의 광오한 말에 패용문의 미간이 꿈틀거렸다. 그가 막 발작하려 할 때 단청윤이 패용문 앞으로 나서며 말했다.

"참으로 대단한 놈이구나. 그 짧은 순간에도 격장지계를 쓰다니. 그따위 격장지계가 통할 것 같으냐?"

"후후! 당신이 나서지 않았다면 저 덩치만 큰 바보는 앞뒤 가리지 않고 덤볐을걸."

"이익!"

철군패의 말에 패용문이 이를 악물었다. 하지만 그는 무작정 발작할 수 없었다. 단청윤의 말에 철군패가 자신을 격동시키려 한다는 사실을 깨달았기 때문이다.

단청윤이 차가운 목소리로 말을 이었다.

"네놈은 정말 대단한 놈이다. 아마 무림이 존재한 이래로 네놈처럼 파격적으로 진보를 거듭한 놈도 없을 것이다. 불과 십 몇 년 만에 이 정도의 성취를 얻은 것은 네놈이 최초일 것이다. 하지만 네놈은 오늘 커다란 실수를 했다. 네놈은 그 사실을 아느냐?"

"모르겠는걸."

"그것은 바로 네놈이 우리 앞에 혼자 나섰다는 것이다. 네놈이 강하다는 것은 인정한다. 멸제라는 별호를 써도 손색이 없다는 것을 인정한다. 하지만 네놈이 우리 앞에 홀로 선 것은 커다란 실수다.”

단청윤이 허리춤에 손을 가져갔다. 그러자 붉은색 검신을 가진 요사스런 검이 모습을 보였다.

스르릉!

몸신을 드러냄과 동시에 요사스런 요기(妖氣)를 물씬 풍기는 검의 이름은 참요(斬妖)였다. 단청윤이 참요를 꺼내자 패용문이 거대한 청룡도를 꺼내들었다. 그의 애병인 벽라(碧羅)였다. 염광 역시 전투준비를 갖췄다.

세 사람의 모습을 보면서도 경율진은 쉽게 움직이지 않았다. 그의 눈엔 갈등의 빛이 떠올라 있었다. 그의 육감은 나머지 사조들과 함께 움직여야 한다고 속삭이고 있었지만, 그의 자존심이 용납을 하지 않았다.

그는 끝없이 대사조의 권능을 탐한 존재였다. 비록 대사조에 의해 탄생하긴 했지만, 그의 자리를 탐할 만큼 걸출한 능력과 야망을 가지고 있었다. 그는 자신이 나머지 사조들과 질적으로 다른 존재라고 생각하고 있었다. 그런 그의 자존심이 협공을 하는 것을 허락하지 않고 있었다.

그가 그렇게 갈등을 하는 사이 단청윤과 패용문, 염광이 동시에 움직였다.

쐐애액!

허공을 가르며 참요와 벽라가 공간을 단축해왔다.

제아무리 철군패가 금강불괴를 능가하는 강력한 육체를 소유했다지만, 이런 공격에 당한다면 치명상을 입을 수밖에 없었다. 그러나 철군패는 피하는 대신 만중보를 펼쳐 오히려 적의 권역으로 전진했다.

위험하다고 해서 피하는 것은 그의 성향이 아니었다. 철군패는 가장 위험한 곳에 자신의 몸을 던져서 생로를 찾는 존재였다. 그는 기꺼이 가장 위험한 곳에 자신을 내던졌다.

콰가각!

참요와 벽라가 허공을 가르는 충격에 대기가 흔들렸다. 참요와 벽라는 정확히 철군패의 사혈을 노리고 있었다. 순간 철군패의 몸이 격렬하게 떨렸다. 파형권 궁극의 방어기공인 천공패였다.

지잉!

초진동에 의해 참요와 벽라의 궤도가 바뀌었다. 그러자 두 사람의 안색이 싹 바뀌었다. 궤적이 바뀐 것은 그들의 의도가 아니었기 때문이다. 분명 철군패의 몸에서는 그 어떤 호신강기의 흔적도 발견되지 않았다. 그런데도 자신들의 무기가 빗나간 것이 이해가 되지 않았다.

하지만 한가하게 자신들의 무기가 왜 빗나갔는지 생각할 시간은 주어지지 않았다. 그 순간에도 철군패의 무지막지한 공세가 시작되고 있었기 때문이다.

철군패의 등이 활처럼 휘어지나 싶더니 다음 순간 무지막지한 일격이 작렬했다.

쾅!

"크윽!"

참요를 통해 느껴지는 강렬한 충격에 단청윤이 나직한 신음성을 흘렸다. 그나마 참요나 되는 신병이니까 충격을 견뎠지, 다른 무기였다면 한 방에 박살이 나고 말았을 것이다.

상황은 패용문도 마찬가지였다. 그도 벽라를 들고 있는 손이 저릿함을 느끼고 있었다. 어깨도 뻑적지근한 것이 얼마나 강렬한 충격을 받았는지 쉽게 알 수 있었다.

하지만 두 사람은 결코 기죽지 않았다. 이 정도로 기죽기에는 그들의 자존심과 무공실력이 너무 강했다. 그들은 오히려 투지를 불태우며 철군패에게 덤벼들었다. 거기에 염광이 틈을 보고 있었다.

콰콰쾅!

그들의 격돌에 주위의 모든 것이 초토화가 되었다. 집채만 한 바위가 부서져나가고, 아름드리나무가 엄청난 기파에 휩쓸려 가루로 변해 바람에 흩날렸다.

마치 그들이 격돌하는 공간만 다른 세상인 것 같았다. 현실 세계와 동떨어진 이질적인 세계 말이다.

그 광경을 바라보는 경율진의 주먹이 부르르 떨렸다.

"멸제……그야말로 새로운 북쪽의 패왕이로구나."

철군패의 무위를 견식하는 순간 그는 깨달았다.

철군패가 새로운 물결을 몰고 온 자라는 사실을. 멸제라는 거센 물결에 의해 북방의 판도가 새로이 변할 거란 사실을 말이다.

꼭 담천월의 일이 아니어도 철군패와 십이사조는 필연적으로 부딪칠 수밖에 없는 운명이었다. 호랑이는 자신의 영역에 다른 호랑이를 두지 않기에.

어찌하여 철군패와 같은 무인이 나타났는지 모르지만, 그와의 격돌은 결코 피할 수 없는 숙명이었다.

"어쩌면 대사조는 이와 같은 결과를 내다본 것인지도 모르겠구나. 그래서 나를……."

경율진의 악문 잇몸 사이로 붉은 선혈이 흘러나왔다.

어쩌면 신도제원에게 버림받았을지도 모른다는 생각이 그를 격동시켰다. 이로써 신도제원은 자신에게 걸림돌이 되는 모든 이들을 남겨두고 온전히 자신의 세력을 중원으로 옮겼을 것이다.

"좋다! 이번은 내가 당했음을 인정하지. 하지만 순순히 당신의 의도대로 되지는 않을 것이다. 나는 반드시 당신을 뛰어넘을 것이다."

이 자리에 없는 그 누군가에게 묵직한 음성을 토해내며 경율진은 걸음을 옮겼다. 그가 향하는 곳에 세 사내가 뒤엉켜 싸우고 있었다.

"멸제여!"

경율진의 음성이 전장에 울려 퍼졌다.

그가 네 사내의 싸움에 뛰어들었다. 지금 이 순간 그는 한 사람의 무인으로서 자신의 모든 것을 내던졌다.

경율진의 참전에 철군패가 미소를 지었다.

"덤벼!"

쿠콰콰!

*　　*　　*

"북쪽이 시끄럽군."

"변방의 족속들이 영역싸움을 벌이는 모양입니다. 그다지 신경 쓰실 일은 없을 듯합니다."

"그런가?"

수하의 대답에 노인이 미소를 지었다.

황금빛 장포를 입은 노인의 온몸에는 고목처럼 깊은 주름이 새겨져 있었다. 하지만 추레한 겉모습과 달리 노인의 몸에서는 감히 항거할 수 없는 절대적인 기운이 흘러나오고 있었다.

노인의 앞에는 마찬가지로 금빛 무복을 입은 남자가 한쪽 무릎을 꿇은 채 고개를 숙이고 있었다.

남자뿐만이 아니었다. 그의 양측으로는 창을 든 무인들이 이열로 도열해 있었다. 그들은 마치 석상처럼 미동도 없이 서 있었다. 보기에도 섬뜩해 보이는 예기를 흩뿌리는 사내들은 노인의 친위대였다. 그들은 노인이 가는 곳이라면 어디든지 따라간다. 천하의 그 누구라도 노인에게 가기 위해서는 반드시 그들을 통과해야 했다.

평소에는 자신의 감정을 결코 내보이지 않는 노인이었지만, 그는 지금 이 순간 미미하게나마 자신의 감정을 드러내고 있었다. 그것은 분명 초조함이었다.

세상의 그 무엇도 노인을 초조하게 할 수는 없었다. 노인은 자신의 죽음마저도 초연하게 바라볼 수 있는 철석간담의 소유자였다. 하지만 단 한 가지에 관해서만큼은 노인은 결코 담대해질 수 없었다.

"아무래도 예감이 이상하구나. 그곳에 가 봐야겠다."

문득 노인이 몸을 일으켰다. 그러자 무릎을 꿇고 있던 수하가 몸을 일으키고, 친위대가 움직이기 시작했다.

끼기긱!

대전의 문이 열리며 밖의 풍경이 고스란히 눈에 들어왔다.

이곳은 산 한가운데 존재하는 거대한 분지였다. 아직 만년설이 녹지 않은 산들이 병풍처럼 둘러싸여 있는 이곳에 이처럼 거대한 분지가 존재한다는 사실을 사람들은 알지 못했다. 그리고 분지 위에는 사람들의 기를 질리게 할 정도의 엄청난 전각군이 들어서 있었다.

망루는 하늘 높은 줄 모르고 솟아 있었고, 전각 사이에는 수풀이 우거져 청량감을 주고 있었다. 햇살을 받은 전각의 지붕은 황금색으로 눈부시게 빛나고 있었다.

노인은 그림에서나 나올법한 풍경 속을 거닐었다. 노인이 지나갈 때마다 주위에 있던 자들이 고개를 숙여 최대한의 경의를 표했다. 하지만 노인은 그들의 인사를 받는 둥 마는 둥 걸음을 옮겼다. 그래도 누구 한 명 노인에게 뭐라 탓하지 못했다. 최소한 이곳에서만큼은 노인의 말이 곧 정의였기 때문이다.

노인이 향하는 곳은 이곳에서 가장 깊고 은밀한 곳이었다. 여섯 개의 관문과 열두 번의 검문을 통과해야만 들어설 수 있는 곳. 절대자라고 할 수 있는 노인에게도 예외는 없었다.

노인은 열여덟 걸음을 내딛은 뒤 멈춰야 했다. 노인이 도착한 곳은 거대한 절벽 앞이었다. 깎아 지르는 듯한 절벽의 상부는 구름에 가려 도무지 그 끝이 어딘지 가늠할 수조차 없었다.

절벽의 하단에는 엄청난 크기의 철문이 존재했다. 굳게 닫힌 철문에는 한 치의 틈도 존재하지 않았다.

철문을 바라보는 노인의 눈에는 만감이 교차했다. 그는 한참동안이나 그 자리에 서서 철문을 바라보았다. 노인이 움직이지 않자 그를 따라온 남자와 친위대 역시 움직이지 않았다.

그렇게 석상처럼 멈춰 서서 한참을 절벽을 바라보던 노인이 나직이 한숨을 내쉬었다.

"역시 오늘도인가?"

노인이 고개를 내저으며 뒤돌아서려 했다.

쿠르르!

갑자기 지진이라도 난 것처럼 절벽이 흔들렸다.

노인의 눈동자가 흔들렸다. 그가 급히 절벽을 바라봤다. 그 순간 거대한 절벽에 금이 가고 있었다. 마치 산 전체가 금방이라도 무너져 내릴 듯 절벽을 타고 엄청난 균열이 가고 있었다.

"서, 설마?"

노인의 어깨가 떨렸다.

격동하기는 노인의 수하들 역시 마찬가지였다. 석상처럼 표정이 없던 그들의 눈에 감정의 빛이 드러났다.

진동이 커질수록 균열 역시 급속도로 번져갔다. 균열은 엄청난 크기의 철문에도 일어났다.

콰가각!

여기저기 우그러들고, 찌그러지는 섬뜩한 소리가 울려 퍼졌다. 마치 보이지 않는 거인이 있어 손으로 철문을 우그러트리는 것 같은 광경이었다.

그렇게 우그러들던 철문이 어느 순간 '쾅' 하는 소리와 함께 튕겨나갔다. 동시에 정적이 찾아왔다. 마치 이제까지의 소동이 꿈결이었던 것처럼 지독한 정적이 일대를 지배했다.

저벅!

잠시 후 철문 안 동굴에서 나지막한 발자국 소리가 들렸다. 노인과 수하들은 그 소리를 똑똑히 들을 수 있었다.

"오오!"

노인의 떨림이 더욱 강렬해졌다. 그의 눈은 철문이 부서져 나간 동굴에 고정되어 있었다.

잠시 후 어둠속에서 누군가 모습을 드러냈다.

눈이 부실 정도로 하얀 피부에 삼단 같은 검은 머릿결을 늘어트리고 있는 사내. 명장이 심혈을 기울여 다듬은 듯 또렷한 이목구비는 마치 여인처럼 아름다웠다. 마치 이 세상의 것이 아닌 듯한 이질적인 존재감을 발산하는 사내의 입가엔 한 줄기 미소가 떠올라 있었다.

보는 이의 눈을 멀게 할 듯 마성(魔性)의 아름다움을 발산하는 사내의 모습에 노인이 무너지듯 무릎을 꿇었다. 그 뒤를 수하들이 차례로 노인을 따라 부복했다.

"천마시여!"

노인의 음성이 울려 퍼졌다.

이곳은 마해(魔海)였다.

〈5권에서 계속〉